U0922068

创新的文学实践

——中国当代作家作品专题研究

张清芳 著

齐鲁书社

图书在版编目（CIP）数据

创新的文学实践：中国当代作家作品专题研究/张清芳著．—济南：齐鲁书社，2014.6
ISBN 978－7－5333－3095－8

Ⅰ.①创… Ⅱ.①张… Ⅲ.①中国文学—当代文学—文学研究 Ⅳ.①I206.7

中国版本图书馆 CIP 数据核字(2014)第 090348 号

创新的文学实践
——中国当代作家作品专题研究
张清芳 著

主管单位 山东出版传媒股份有限公司
出版发行 齊魯書社
社　　址 济南市英雄山路 189 号
邮　　编 250002
网　　址 www.qlss.com.cn
电子邮箱 qilupress@126.com
营销中心 (0531)82098521　82098519
印　　刷 日照日报印务中心
开　　本 880mm×1230mm　1/32
印　　张 8.5
插　　页 2
字　　数 203 千
版　　次 2014 年 6 月第 1 版
印　　次 2014 年 6 月第 1 次印刷
标准书号 ISBN 978－7－5333－3095－8
定　　价 **30.00 元**

自 序

这是我获得博士学位以来出版的第三本专著。此前两本专著的内容均与台湾文学和文化研究有关,而台湾文学、文化研究是我的研究方向之一。这两本专著均由相关的专家——包括我的博士生导师陈晓明教授在内——写了序言。我非常感谢各位专家和老师对我的帮助和支持,我今天能够在台湾文学和文化研究上取得一点成绩,是和大家对我的支持和帮助分不开的。不过除了研究台湾文学和文化之外,我的研究方向还有另外两个,分别是海外汉学(主要是海外中国现当代文学研究)和大陆当代文学研究。我的博士后课题就以海外中国现当代文学研究为主,我也已经撰写出一部分相关的文章,争取明年能够写出一部专著来。而我近年来对大陆当代文学研究的一些看法和心得,则主要体现在这本名为《创新的文学实践——中国当代作家作品专题研究》的专著中。

本书主要从中国当代文学(主要指大陆文学)"艺术创新"的角度切入,以新时期以来当代具体作家作品为具体个案,从中探寻20世纪80年代到21世纪今日以来的中国当代文学三十余年来的走向,同时也探讨中国当代文学在当下以及未来的发展趋势。具体来说,本书对当代文学作家作品的选择范围较广,老中青作家皆有,专门选择了在实践上追求艺术创新,并在某种程度上形成独特文学风格特点的作家作品为研究对象,这样更能够体现出中国当代作家在艺术上不断追求创新的特点,这也是新时期以来中国作家最明显的艺术特征之一。其中包括20世纪八九十年代就已经享有盛名的作家,以王润滋、曹文轩等为代表;也有八九十年代就登上文坛,到今日仍孜孜不倦地在文坛上耕耘并有丰美收获的作家,主要以张炜、洪峰、陈应松、素素等为代表;也有21世纪以来才成名的文坛新人作家,主要有李浩、徐则臣、高晖等人。要特别强调的是,80多岁的老作家赵曙光(笔名徜徉)多年以来坚持创作,已经出版了几十本小说集和散文集,本书专门选取了他近期的一部长篇小说《无端之约》作为代表性文本,从艺术创新的角度进行解读,并且进行文学史的定位。

除此之外,本书也涉及台湾个别的当代作家作品和文学现象的阐释,主要是在第十二章、十三章和十四章中,仔细梳理出作为小说流派的台湾"眷村小说"繁盛和衰落的文学史流变过程,以及"审美意识形态"策略对台湾怀乡散文的影响,还包括21世纪以来台湾家族小说的某些艺术特点。

需要指出的是,本书还在后半部分增添了附录部分,名为"鸟瞰当代最新小说风景",不仅谈到近几年来一部分最新小说的艺术特点,也谈到一些文化热点问题。这也决定了本书的另一个特点,即读者和参考者在研究中国当代文学专题时,可以把本书当成临时教材来使用,从中查阅对新时期以来单个作家作品的文学史评价。也因为是附录,所以与前面十五章的格式有所不同,没有标注引文出处,特此说明。

最后要申明的是,本书对中国当代文学的研究和看法,不可避免地带有个人的意见和偏见,也敬请方家批评指正!

张清芳

2013 年 9 月

目 录

第一章

“独立创作”的美文小说

——评曹文轩的长篇小说《天瓢》和《青铜葵花》

在中国当代文坛，曹文轩始终是一个独特的存在，他不但是知名小说家，还是著名的学者和教授，拥有良好的艺术修养和渊博的中西文学理论知识，尤其是关于中外古今小说的艺术美学知识。正是基于这种学院派背景和一个知识分子的良知，他对当下小说的发展趋向有了清醒的认识和判断，绝不苟同于流行的浮躁媚俗的文学潮流，始终追求小说的艺术美，坚守自己的写作立场和写作方式——一种艺术纯美的风格。他在2005年出版了两部长篇小说《天瓢》和《青铜葵花》，无论是在内容上，还是在语言形式上，均是小说中的“美文”典范。在他眼中，“小说乃是一种自然形式”①，其表现内容既是对个体精神和生命的抒写，又是对当下生活的思考和回答。尽管他这两部小说中选取的背景多是20世纪六七十年代的乡村和城镇，而且两者主题和题材存在着细微的差异，前者侧重成人世界，后者是十二三岁的青少年世

① 曹文轩：《小说门》，作家出版社2002年版，第21页。

界，但主旨都“是对苦难与痛苦的确定，也是对苦难与痛苦的诠释”①，提倡一种由苦难的超越而产生的崇高美感。这既是对当今现实生活中盛行享乐主义、缺乏忧患意识的质疑和反拨，又是对文坛现在流行的书写“无节制的苦难意识”和“审丑”的一种纠正，而且也是把生活中“苦难的丑”变为小说艺术中至高的美感的一种努力。这两部小说还是在“每个民族实际上都有自己的小说史”②观念指导下的创作，是对“近代形式的小说，特别是现代形式小说的生成之大功，当归西方”③的观念的质疑。值得注意的是，他非常注重文学的永恒性和传承性，看到西方现代小说中某些技巧在中国传统小说中早就存在，强调了中国本民族的小说财富，而且把唐诗宋词的格调和意象运用到作品中，因此《天瓢》的神韵极似一首宋词，而《青铜葵花》则似一首唐诗，充满了中国传统文学的美学意蕴。但是，作为一名智者，他又非盲目排外，而是把西方现代小说的一些技巧浑然天成地融入小说的内容和形式中，创造出的一种中国气派的“独立创作”的美文小说。

作为小说中的“美文”，《天瓢》和《青铜葵花》均弥漫着一种清新和谐的纯美风格特色。从内容上来看，这首先来自于小说中故事的背景，无论是“油麻地”，还是“大麦村”，都是20世纪六七十年代的纯朴乡村，拥有极纯净美丽的大自然，是人类童年的故

---

① 曹文轩：《美丽的痛苦（代后记）》，见曹文轩《青铜葵花》，江苏少年儿童出版社2005年版，第243页。

② 曹文轩：《小说门》，作家出版社2002年版，第18页。

③ 曹文轩：《小说门》，作家出版社2002年版，第21页。

土和乐土，如同废名笔下的“竹林”①、沈从文的“湘西世界”②、莫言的“高密东北乡”一样，成为作者精心营造的一块充满理想色彩的精神故土。

其次，来自于小说中人物的美好品质。这片美丽、健康的土地塑造了生活在其中的主人公，他们亦是美丽、健康的“自然之子”。《青铜葵花》中的青铜最为典型。这个被认为是哑巴的少年，他的孤独是“一只鸟独自拥有天空的孤独，一条鱼独自拥有大河的孤独，一匹马独自拥有草原的孤独”③，其实他本身就是自然的精灵和化身。河流、芦苇、他家的牛、各种花草树木都是他的伙伴和朋友，最神奇的是当他“掌心朝下，来来回回地在一片蔫头耷脑的草上抚摸了几下，那些草一根根地直立了起来”④。虽然《天瓢》中的杜元潮性格复杂得多，有一些心计和诡诈，但是他在晚年宽恕了多年的宿敌邱子东，仍然是大自然宽厚性格的产物。女性人物多是美丽、宽厚纯良的良家少女和妇女，像地母一样善良仁慈，又拥有大自然的血性和生命力。如《青铜葵花》中的葵花，尽管是一个城市女孩，但是她是在广阔的乡间干校和大麦村成长，就像乡村里一株朴素神秘的葵花，她的美丽、健康和懂事是大自然生活培养的；程采芹是《天瓢》中的女主人公，她对杜元潮无私的爱和奉献，对周围人们的善良和宽容，无不展现出她美好的品性，而且她也不乏油麻地的血性和野性，新寡后就遵从自己的爱

---

① 参阅废名《废名短篇小说集》，湖南文艺出版社 1997 年版。

② 参阅钱理群、温儒敏、吴福辉：《中国现代文学三十年（修订本）》第十三章，北京大学出版社 1998 年版，第 275 页。

③ 曹文轩：《青铜葵花》，江苏少年儿童出版社 2005 年版，第 25 页。

④ 曹文轩：《青铜葵花》，江苏少年儿童出版社 2005 年版，第 45 页。

情,投入还是有妇之夫的恋人的怀抱,她遵守的不是压抑人性的礼法秩序,而是自然、自由的法则。

小说的魅力,还来源于主人公们面对困难的乐观态度和超越精神,这赐予作品一种健康欢快的纯净之美。面对物质和金钱的极度匮乏,青铜和家人依靠的是用芦花编成鞋子卖钱来渡过难关,他在夏天捉萤火虫做南瓜灯在晚上照明。艰苦的体力劳动没有压垮地主小姐程采芹,反而让她的身体更加健康美丽。正是浩荡的河流、茂密的芦苇和白嫩的芦芽滋养了他们的身体和精神,他们始终保持了人类童年时期乐观向上的精神,勇敢坚强地面对和克服苦难,由此产生了一种崇高的美感。美好的人物和美丽的自然在作品中产生了一种和谐之美。

但是,还要看到,作者写苦难是有现实针对性的,并不仅仅只是为了塑造一个纯美的艺术世界。从现实层面来看,作为一名有良知的知识分子,曹文轩认识到"有些苦难,其实是我们成长过程中的一些无法回避的元素"①,因此对当下现实中逃避苦难的"享乐主义"深为不满,希望通过小说来凸显"乐观主义,是一种深刻认识苦难之后的快乐,那才是一种真正的、有质量的快乐"②,这是对生命质量的追求,也是"面对苦难时的风度"③。从小说艺术美学的角度来看,他所推崇的自然之美、人性之美、人情之美,其实又是对当下流行的"苦难叙事"的一种反拨和质疑,因为这种"苦难叙事"把乡土中国的破败推向了极端,彰显人性的凶恶、猥琐和卑鄙,崇尚"审丑"的美学风格。当然了,艺术中的"审丑"有

①②③　曹文轩:《美丽的痛苦(代后记)》,见曹文轩《青铜葵花》,江苏少年儿童出版社2005年版,第244页。

其重要价值,现代主义的“审丑”观念就是美学的一个重要范畴。但是当这种“审丑”成为一种铺天盖地的潮流,整个文坛充斥着太多的《爱人同志》、《天宫图》之类的“苦难叙事”之时,《天瓢》、《青铜葵花》的出现就显得弥足珍贵。与前者相比,它们就像一缕清新的风,给文坛刮来一股久违的纯美气息,给文学描写苦难提供了另一种选择方式。这也是文学自身不断突破单一的旧有模式,不断创新和超越的一种表现。

《天瓢》、《青铜葵花》语言形式产生的美感,则归因于作者对中国古典诗词的化用,尤其是对唐诗宋词的化用,这也是其最显著的一个艺术特点。其实,从小说发展史来看,曹文轩既不是吸收借鉴古典诗词的第一人,也不会是最后一个人,早在20世纪二三十年代,废名就用“唐绝句的方法写小说”①。但是曹文轩深谙唐诗宋词的神韵,借助一些意象的使用,尤其是在小说的语言形式上达到了一种唯美的极致。

被徐坤称为“美轮美奂”的《天瓢》,其神韵极像一首慢调的宋词,其中流宕着柳永的“杨柳岸,晓风残月”的缠绵凄婉,但是其中又隐隐夹杂着一股雄壮豪迈之风,又有苏东坡的“乱石穿空,惊涛拍岸,卷起千堆雪”的豪放词风格。这主要归功于作品对“雨”意象的运用。在中国古典文学传统中,“雨”不再是自然界中的一种现象,而是一种人生境遇的比拟和写照。中国文学中源远流长的“悲凉”美学传统,使“雨”的内涵不是侧重北方暴风骤雨的雄伟暴烈,而是一种南方绵绵细雨的阴柔凄凉。宋代

① 钱理群、温儒敏、吴福辉:《中国现代文学三十年(修订本)》,北京大学出版社1998年版,第316页。

及之后的词曲把这种特点推到极致，从悲凉的梧桐细雨，“何处合成愁？离人心上秋。纵芭蕉不雨也飕飕”，至李清照的“梧桐更兼细雨，到黄昏，点点滴滴”，写尽了人生与爱情的悲凉和凄楚。可以说，在某种程度上，《天瓢》延续了这一美学传统，但是又不拘泥于此，而是以此基本内涵作为整部小说的基调，又有所生发和新创，“雨”的阴柔中有雄壮的一面，柔美中融合了崇高的壮美。《天瓢》中的“雨”是各种各样的，既是人生百态的象征、比喻、摹写和映衬，更是主人公们性格的间接写照。这群“雨的儿女”就在雨中的江南大地上生活着，经历人生的爱恨情仇和生老病死。具体来说，正是典型的江南细雨孕育了杜元潮的性格，“雨”的阴柔塑造了他绵密细腻的心思，不动声色，工于心计，但是雨的豪放一面又让他有情有义，成为一个正面的英雄形象。同时他的成长、爱情婚姻和命运总是和一系列的“雨”紧密联系起来。

最先出现的是“香蒲雨”。因为当一个人的生命从开始到结束，从生的希望走向死的绝望，其死亡结局是无法避免的，自然就奠定了这部小说的悲剧基调，更何况杜元潮在晚年成为一个失败者，他的棺材就在雨中被冲走，绵长悲凉的香蒲雨是其完整人生的见证。在“金丝雨”中，幼小的杜元潮和程采芹无意中种下情根。对李长旺来说，“梨花雨”是一种夺取他性命的“鬼雨”，然而却造就了杜元潮以后的政治辉煌，也是后者工于心计、有魄力的显示。如果说“哑雨”和“雁雨”是杜元潮、程采芹两人恋情被迫结束的哀怨，那么“痴雨”就是程采芹对杜元潮丝丝缕缕的爱意和牵挂。在“黑雨”中，杜元潮拥有了程采芹的爱情和肉体，人生的得失就是这样的莫测。“骚雨”是专为疯狂的性欲望而下的雨，主人公们都沉溺其中，不能自拔。“巫雨”害死了杜元潮的女儿，随即妻子离他远去，而“梧桐雨”和“病雨”就是杜元潮晚年的象征和写照，他失去了政治权力和忠贞的情人，随后死亡降临。正是这些多姿多彩的“雨”和大自然环境，能够与人物平分秋色，它们不再是表现人物性格和命运的一个背景，也使人物不再是纯粹的现实主义手法的产物。各种“雨”就是人物的象征，而人物就是“雨”的具体体现。在这里，“雨”和人物融为一体，达到了情景交融的境界，这正是中国古典诗词常用的艺术手法。换句话说，自然风景描写在《天瓢》的叙述中占据了半壁天下，使这部小说不仅仅是在“讲故事”，而且形成了一种既美丽绝伦又微微惆怅忧伤的情调，流淌着宋词的某种韵味和氛围，再加上清新流畅的语言，更使这部小说成为一种“美文”小说。

《青铜葵花》更像一首唐诗，欢快明朗的色彩较多，但同时也少了《天瓢》中的韵味悠长和绵邈。当然这也与这两部小说的题材不同有关系。与《天瓢》不同，它选取的不是一个人完整的一生，而是十几岁的未成年少男和少女的世界，类似于一个童话的世界。当然，其唐诗的韵味同样主要来自小说中的意象。《青铜葵花》中存在两个意象，就是“青铜”和“葵花”。其实“青铜葵花”本是一个意象，只是有意地被分成两个意象来突出它不同方面的内涵。青铜“永远闪耀着清冷而古朴的光泽，给人无限的深意”①，是一种质地厚重，甚至有些沉重的金属，是没有生命的死物。然而，“葵花算得上最具灵性的植物，它居然让人觉得它是有

① 曹文轩：《青铜葵花》，江苏少年儿童出版社2005年版，第28页。

敏锐感觉的,是有生命与意志的"①,可以说与青铜完全相反,它轻灵,生长在自由的乡村。但是当这二者融合在一起,当用青铜作质料制作出葵花雕塑,当"暖调的葵花与冷调的青铜结合在一起,气韵简直无穷。一片生机,却又是一片肃穆"②,简直呈现出一种完美的艺术美和生命力,它就"坐落在城市广场的中央"③,成为城市的一种标志。青铜和葵花还是少男和少女的名字。青铜成为一个土生土长的乡村少年的名字,而浓厚乡土气息的葵花,却成为一个城市女孩的名字,大概其中也同样暗含着乡村和城市的和谐。所以青铜和葵花都是大自然的宠儿,单纯而快乐,远离了杜元潮在成人世界里的勾心斗角,浸淫在大自然风物的美丽中。尽管他们也经历了很多物质上的困苦和艰难,但是并未给他们造成伤害,反而使他们更加纯净和健康,所以青铜和葵花又是两个孩子纯真品质的象征。正是自然之美、艺术之美和人性之美,共同组成了一首田园诗。而这一特点,又是《天瓢》所没有的。

但是不可忽略的是,《青铜葵花》不再仅仅是中唐和盛唐时的田园诗,而在更深层内涵上是晚唐李商隐哀怨的《无题》。某种程度上,这是由它的悲剧结尾造成的。在这一点上,它与《天瓢》又是相似的,两者都呈现出一种悲剧的美感。但是从美学角度看,这又是对作品的纯美特点的有益补充。因为这种纯美风格很可能造成一种单一,甚至是单调的审美效果——空灵、美丽而虚幻的优美。然而,这种悲剧把现实的、厚重乃至沉重的壮美掺杂到其中,增加了作品的内涵,使其更加的丰富和厚重。悲剧观念本

① 曹文轩:《青铜葵花》,江苏少年儿童出版社 2005 年版,第 30 页。

②③ 曹文轩:《青铜葵花》,江苏少年儿童出版社 2005 年版,第 28 页。

来自西方的理论，然而这两部小说的悲剧产生的美感，与西方产生崇高美的英雄悲剧并非一样，更倾向于《红楼梦》的悲剧，是中国式的悲剧。王国维认为，《红楼梦》的悲剧“不过是通常之道德，通常之人情，通常之境遇为之而已”①产生的，即普通人普通事产生的悲剧，这也是《天瓢》和《青铜葵花》中的悲剧特点。杜元潮因为政治的原因，放弃了恋人程采芹，而让她嫁给别人，这种恋爱婚姻的悲剧是时代造成的，也是普遍存在于现实生活中的。葵花是城市的女孩子，最终还是离开暂住的乡村回到城市，只留下孤独的青铜。本来一体的青铜葵花被硬生生地拆开了，但是这并不具备任何传奇色彩，这种分离也是现实的常态。这种中国式的悲剧是中国传统中特有的，产生的美感也是中国特有的，并非是因为受了西方文学和文化的影响，这也是作者对“西方文化中心论”的质疑和反击。

作为深谙小说艺术美学的学者，曹文轩的视野始终是开阔的，尽管他提倡每个民族应该发展自己的小说，但是他同样认识到小说作为一种文学艺术，始终是开放的，越是民族的，就越是世界的，在一个全球化的后现代主义时代，中国小说只有汇入其中，才能永远葆有艺术生命力。因此，《天瓢》和《青铜葵花》并没有拒绝西方现代小说的一些艺术技巧，尤其是《战争与和平》、《百年孤独》和《伊豆的舞女》等世界经典作品中的艺术技巧，而是把它们巧妙地融合进自己的小说中，使之呈现出更丰厚的艺术美。

“人物思想感情的复杂性”是西方现代小说美学的一个重要

① 转引自黄曼君主编《中国近百年文学理论批评史(1895～1990)》，湖北教育出版社1997年版，第164页。

特点,亦是一个衡量标准。中国传统小说注重的是故事,人物感情和心理描写则相对薄弱一些,即使像《红楼梦》这样的佳品也如此。虽然不能说这是一个缺点,但是它的确与"文学是人学"的现代观念不符,无疑会削弱小说挖掘人性的力度和深度。在这个意义上,《天瓢》和《青铜葵花》恰恰对感情的复杂性进行了浓墨重彩的刻画和勾勒,正是非常现代的一种表现方式。友情、爱情和亲情是文学吟咏的永恒主题和内容,其实在现实生活中,这些感情并非能如此清晰地分辨出来,而是互相微妙地纠缠在一起,你中有我,我中有你,不能简单地用道德标准来进行评价。在《天瓢》中,杜元潮和邱子东的友情极其复杂,两人既是朋友又是竞争对手,可能正是因为两人的友谊反而让他们明争暗斗了一生。《青铜葵花》中青铜对葵花的爱,不仅仅是一种兄妹的亲情,但是也不能因为两人没有血缘关系,就简单分析成少年男女的恋情,而是更加复杂。因为如果用弗洛伊德的精神分析学的观点来看,不但"俄狄浦斯情结"是很正常的情感,其实兄妹和姐弟之间也存在着类似的乱伦爱情,亲情之爱中也会夹杂着异性之爱,同性之间的恋情也是普遍存在的。这正是人类感情复杂性的表现。青铜对葵花持有一种更极端的情感,类似郭敬明《幻城》中的"绝望的、破碎的不顾一切的爱"。这种感情超越了兄妹亲情,更超越了男女爱情和友情,或者说正是掺杂了这三种感情,可能也正因为太多的爱而使人绝望、不顾一切。正是这种极端而纯粹的感情产生的超常力量,才让哑巴青铜在葵花回城后开口说话,无法抑制地呼喊"葵花"。

在作品中,这种复杂感情的描写,不但没有与纯美风格相抵牾,反而水乳交融地结合在一起,如此自然,如此和谐,就如同不可分割的青铜葵花雕塑。究其原因,当然首先是因为作者拥有纯熟的艺术技巧,但是还有另一个同样重要的原因,即西方现代小说中的某些艺术技巧,实际上在中国古典小说中早就存在。正如曹文轩在《小说门》一书中指出的,古典小说《红楼梦》中情节空缺的设置,和现代小说中的“省略”完全一样;而宋元话本的“入话”形式,则和法国新小说家罗伯-格里耶所谓的“小说套小说”的后现代主义技巧,根本没有太多的区别。[①] 至于风景的描写和意境的营造,因为不仅日本“现代文学中的写实主义很明显是在风景中确立起来的”[②],而且西方浪漫派乃至现实主义的兴盛才使风景描写成为普通的艺术手法。然而,早在中国魏晋时期的山水田园诗中,风景就已经是作者内心状态的象征和比拟,更遑论唐诗宋词元曲中由风景产生的“意境”了。这不是阿Q式的精神胜利法,总是吹嘘“中国古已有之”,而是因为疏于发现,才使“我们的历史的宝贵之处,有许多还是通过西方人的解释而被我们发现与珍视的,比如说布莱希特的‘间离效果论’”[③]。这种现象在古代西方和其他国家的文学中同样存在,例如日本的《源氏物语》,“它的大布局和章节安排甚至是情节的空缺设置,都已经处在近代形式与现代形式的小说的水平上。至于说到它的文笔之细腻,对细小物象与感觉的精微把握,当下小说与之相比,也不过如此”[④]。这也是文学自身的传承性特点决定的,因为小说就是人

① 曹文轩:《小说门》,作家出版社2003年版,第22~23页。

② 〔日〕柄谷行人著,赵京华译:《日本现代文学的起源》,生活·读书·新知三联书店2003年版,第19页。

③ 曹文轩:《小说门》,作家出版社2002年版,第23页。

④ 曹文轩:《小说门》,作家出版社2003年版,第19~20页。

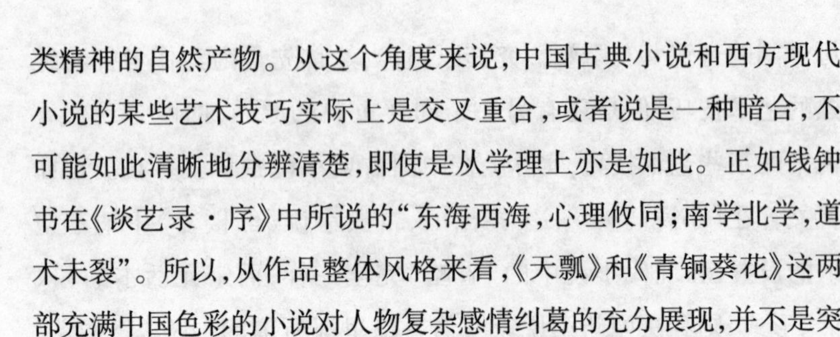

类精神的自然产物。从这个角度来说，中国古典小说和西方现代小说的某些艺术技巧实际上是交叉重合，或者说是一种暗合，不可能如此清晰地分辨清楚，即使是从学理上亦是如此。正如钱钟书在《谈艺录·序》中所说的“东海西海，心理攸同；南学北学，道术未裂”。所以，从作品整体风格来看，《天瓢》和《青铜葵花》这两部充满中国色彩的小说对人物复杂感情纠葛的充分展现，并不是突兀多余的，反而加深了作品的表现力度，能够揭示更深层微妙的人性，也由此呈现出更丰厚的艺术美学魅力。

《天瓢》和《青铜葵花》从美学上为当下文坛提供了一种独具特色的小说样式，是一种“独立创作”的美文小说，不仅在现代存在，在未来也将同样存在，因为“这是文学特别是小说之所以成为文学和小说的独立品质性，纯粹的美就是永恒”①。

① 曹文轩：《天瓢·编者荐言》，见曹文轩《天瓢》，长江文艺出版社2005年版。

第二章

举“重”若“轻”的现代哲理小说

——评李浩的小说

在文学作品中融入某种哲学观念来探索和发现现实世界和宇宙的奥秘，当然包括人类的生存状态，即在文学审美中涵盖一些哲学理念，这是文学自身试图不断扩大其内涵和外延的一种有效方式，是文学一直没有放弃的尝试和努力，也是传统文化中“文史哲不分”留下的一个传统，尽管这个传统一直受到压抑，处在边缘位置。但是毫无疑问，这同时是很危险的，因为文学很容易在阐释哲学观念的过程中，由于目的性太强，而忘记了文学自身不同于哲学的文学性，仅仅变成了对这种观念的一种图解，从而使文学作品变成了一部哲学著作，失去了文学的活力和生命力。因此，如何把一些哲学思想天衣无缝地融合进文学作品中，抑或如何在文学作品中自然呈现出某种哲学性，创作出充满哲学意味的哲理小说，这一直是一个文学难题，横亘在作家的面前。在西方文学史中，一些被称为“现代主义”和“后现代主义”的小说作品在某种程度上解决了这个难题，提供了很多典范之作，最典型的是卡夫卡的一系列小说作品。《城堡》中的主人公

永远也进入不了城堡，这是一个带有荒谬意味和荒诞色彩的故事，与其说它是一部充满怪异叙事的小说，不如说更像是一个表达现代人类无处归依的焦虑感的形而上寓言，而且它的确是一篇充满了对人类存在进行现代哲学探求的经典小说文本。还有加缪的《第二十二条军规》、萨特的《恶心》、博尔赫斯的《小径交叉的花园》等，都是充满了某种现代哲学色彩的小说。我们还可以发现，西方经典的现实主义小说都不是哲理小说，只有以上提到的这些题材怪异和奇幻色彩的非现实主义之作更容易表达形而上的哲学观念，因为"越是具有形而上色彩的主题，就越难以依赖于正常情景"①。在中国文学传统中，古代文人更擅长用散文来承载形而上的哲思妙想，《老子》和《庄子》就是充满了宇宙哲理的散文。而小说如《世说新语》、唐传奇等则具有传奇性却缺乏哲理色彩，即使是有《金瓶梅》和《红楼梦》等作品充斥着佛教哲学观念，但是不可否认的是，哲理小说始终没有占据小说的主流。当然原因是多方面的，但是最主要的原因或许是朱光潜先生认识到的，是因为中国"哲学思想的平易和宗教情操的淡薄"②。

在中国进入现代和当代文学历史时期之后，这条小说脉络却始终拥有顽强的生命力，一直或隐或显地存在着，被一些作家所延续和发展。在现代文学史中，徐订是其中的一个。对他来说，无论是《鬼恋》、《阿拉伯海的女神》等神秘特色小说，还是《风萧萧》等更具现实性的作品，他都在其中追寻爱情和生命的现代哲

① 曹文轩：《20世纪末中国文学现象研究》，作家出版社2002年版，第363页。

② 朱光潜：《诗论》，安徽教育出版社1997年版，第67页。

学意义。在他看来,“情爱和性爱既代表一种现实的生命,又代表一种超越的生命,高尚的性爱与生命同构,具有悲剧性质,而真正的情爱稍纵即逝,易于幻灭,难以保持自尊,也在在揭示生命的严峻性。所以徐讦男女爱情的结局都无从圆满,性爱的形而上的表现处处与西方现代主义文学穷究人生哲理的倾向相通”①。当然还有钱钟书,他的《围城》就是哲学上的人类困境通过文学方式表达的杰作。在当代文学“十七年”和“文革”中,只有写现实生活的革命现实主义之作才具有合法性,追求形而上色彩的哲理小说几乎完全消失了。进入新时期之后的当代文坛,有一部分作家曾经做了一些尝试,像以徐星、刘索拉为代表的“现代派”小说,就借鉴西方现代主义手法试图揭示整个人类的困境,充满了某种哲学意味,可惜很快就烟消云散了。特别是进入 21 世纪的以“底层写作”成为主流的时代以来,《那儿》类的现实主义小说几乎是一统文坛,小说主要强调其认识功能,作为认识客观现实生活的一种工具而已,而其他的功能和作用则被压抑,或者被有意忽略。在这种大一统的局面下,李浩和他的哲理小说的出现就显得弥足珍贵,因为这代表了文学的另一种声音和风格,为文学自身不断追求创新找到了一个可能的角度,也是形而上的哲理小说在当前文坛得到继承和发展的一个明证。

米兰·昆德拉在《小说的艺术》中说:“小说家是一位发现者,它一边探寻,一边努力揭开存在的不为人知的一面。他并不为自己的声音所迷惑,而是为自己追逐的形式迷惑,只有符合他的梦

① 钱理群、温儒敏、吴福辉:《中国现代文学三十年(修订本)》,北京大学出版社 1998 年版,第 518～519 页。

幻要求的形式才属于他的作品。”①这是针对成熟的小说家而言，也只有成熟的作家才能达到这个标准，而李浩就可以称得上是这样一个文学上比较成熟的作家。他的小说已经形成了自己独特的形式和风格——一种举“重”若“轻”的现代哲理小说。按照李浩在《文学所承受的重与轻》一文中的观点，所谓“重”，就是把小说看作是一种“为人生的艺术”，文学反映的是重大的人生和社会问题，如果以创作方法来划分的话，“重”的小说就是那种最典型的现实主义作品，是对现实社会生活现象直接反映的一类小说。在这些小说中，所描写的生活表象和它反映出的所谓社会本质相一致，也就是说，表象和本质是一一对应的关系，固定的表象反映了内涵固定的社会本质，使表象没有多余的其他内涵；而且“因为重在我们的心里和写作里一直存在着，我们对文章的评判总有这么一点：是不是深刻”，因此“重”的小说的另一个特点是指在内容和主题上拥有深刻的现实意义，也就是拥有实用价值，曹征路的《那儿》就是被当下文坛推崇的“重”的代表作。其实从文学的发展进程来看，对“重”的过分强调会产生很多消极的影响，就像李浩幽默地形容的：“按照我的观点，我们许多作品的‘重’就不值一提了，在我看来，有些的重不过是在蜗牛的背上加三个旗杆、十个安全套和一个秤砣。”这也就是马克思和恩格斯所说的把文学变成了“庸俗社会学”的东西，而失去了文学自身的审美特性，这也是一种文学样式发展到极致后所出现的不可避免的缺陷，所以对这种“重”的小说的质疑一直存在着。20 世纪 80 年代中期“先锋

---

① 〔捷〕米兰·昆德拉著，孟湄译：《小说的艺术》，生活·读书·新知三联书店 1992 年版，第 144 ~ 145 页。

小说”的形式主义策略,就是试图通过形式上的创新来回归文学自身,从而弥补“重”的缺陷。“轻”是相对于“重”而言的,“其实应当说也不是卡尔维诺第一个发现了文学的轻,在博尔赫斯那里已经发现了,他一再强调的文学的游戏功能实质是对轻的强调”,因此“轻”的小说首先是指一种强调游戏、消遣的功能和作用的小说,重视小说的娱乐性和审美性,不再是承载了严肃现实意义的现实主义作品。为了达到功能作用上的“轻”,必须在题材和体裁上有一些鲜明的独特之处,卡尔维诺、昆德拉和博尔赫斯的一些非现实主义小说就是很典型的“轻”的小说。在“轻”的小说中,事物表象和社会本质并非是一致的,在很多情况下,可能表象并非只有一种内涵和本质,而且越是非现实的、抽象事物的表象,所涵盖的内容和象征意义就越丰富复杂,就拥有更多的“本质”。其次,“轻”强调了文学是一种虚构的艺术,重视艺术上的创造和创新,可以从中展现出丰富的想象力,甚至是奇特的幻想能力,它所蕴含的审美意味并非是单一的,能够包括超越性的形而上追求,比如对人类命运和归宿的哲学探求等等,因此更适合被哲理小说所采用。当然“轻”的小说并非没有缺点,最明显的一个缺点就是因为缺乏社会意义的“重”而导致和社会人生的脱离,尤其是在推崇文学“载道”的当代文学语境中,总是“为艺术而艺术”也是行不通的。

从以上的分析可以看出,从理论和逻辑推理上来说,如果把小说的“重”和“轻”适当地结合起来,吸取两方的优点和特点,就很有可能创造出一种新型的小说,为小说的创新和发展提供一条可能的途径。但是这不仅需要作家个人有很高的文学修养,而且还要求作家有独特的天赋和创新的勇气,才有可能在“轻”和

“重”之间找到一种独特的表达方式。当然,这更需要作家冒很大的风险,因为这种创新的小说并不一定能被同时代的学者和读者承认,何况还是一种充满了现代哲学观念的哲理小说,是处在主流小说边缘的一种试验,可能就像卡夫卡的小说一样,只有在他死后,其作品才成为永远的经典,而且更有可能的是,其文学价值和成就一直不被文坛承认。然而,作家中仍然有很多无畏的“普罗米修斯”,勇敢地面对这个严峻的考验,而且在实践中创作出了比较成功的作品。李浩就是其中的一个,他的哲理小说比较成功地把“轻”与“重”融合起来,创造出了一类举“重”若“轻”的现代哲理小说。

对于“轻”和“重”的关系,李浩尽管赞扬卡尔维诺、昆德拉的一些小说具有“轻”的品质,而且坦率承认自己喜欢和推崇这些作家,但是李浩有自己的文学观念,他是这样认为的:“是在向下的方向挖掘,做一个艰难的根雕,而这根雕最后的形状是,一只正在飞翔的鸟。在这里,我实际是想让文学兼具重和轻,而在本质上,却隐藏着对重的侧重。即使今日,我仍然不想改变我的看法,但我在注意,如何让轻成为更轻。”也就是说,李浩的举“重”若“轻”是指如何把“重”的内容和意义用一种“轻”的方式表达出来,其实这是对传统的“重”的一套表意系统的质疑和创新。“文学的重应当是智力的深度和情感的深度”,所以李浩的“重”强调的是小说中蕴含的智慧,以及其中表达出的情绪和情感,其实这已经倾向于“轻”了,不再是单纯强调重大社会意义的“重”,更精确地说,李浩对“重”的这个定义其实已经涵括了“轻”和“重”,并且取长补短,把二者巧妙地融合起来。同时,李浩坚持“文学是人学”,因而这种“智慧”主要是指在作品中透视现代人类的命运和归宿,给读者以启迪和思考，有些类似钱钟书的《围城》体现出的智慧。何况作为哲理小说的“重”和“轻”，又有其独特之处，正像李浩自述的，“我一直想要质询的是，我们的存在其目的如何，我们是不是真正存在，我们的存在如何呈现，呈现与不呈现有没有质上的区别？我们被夺走的是什么，我们有什么可以留下？……”①因而李浩的目光始终凝聚在“人”的身上，具体体现为一种存在主义式的对人类整体和个体存在的呈现和思考。但是也要看到，作为一个有社会使命感的中国作家，李浩的现代哲理小说依然与中国现实和现状有紧密的联系，包含了对现实社会生活进行写实反映的一面，和卡尔维诺等人的现代主义和后现代主义小说的主题和内容并不十分相同，尽管他在作品中吸收借鉴了这些作家的经验和某些艺术手法——一种艺术形式上的“轻”。所以从某种程度上说，这类小说依然是“轻”“重”兼并的，无论是在内容主题，还是在艺术手法上。

李浩的哲理小说有两种类型，一种是文体类型上侧重“轻”的非现实主义小说，主要包括科幻类的《一次计划内的月球旅行》、《夏冈的发明》，仿童话的《黑森林》，武侠历史类的《谁生来是刺客》、《三个国王和各自的疆土》等作品，强调文学是一种虚构的艺术，具有丰富的想象力，哲学意味最浓。另一类是形式上近似写实主义的小说，像《闪亮的瓦片》、《那支长枪》、《拿出你的证明来》、《日常的流水》和《如归旅店的叙事》等，这是题材和内容上侧重“重”的小说，靠近现实的社会日常生活，虚构的成分少一些，也显现出作者扎实深厚的写实功底。然而，这两种文体类型的小说仍然都是作者在现代哲学层面进行形而上思考的产物，两者的

① 李浩：《我说〈那支长枪〉》，载《河北作家》2001年第2期。

区别只是其中涵盖的哲学理念多少的不同而已。因此与典型的主流现实主义小说相比,这些哲理小说在内容上几乎没有什么激烈的矛盾冲突,人物性格也不很鲜明,更像是某种偏执性格的载体而已,很多细节的描写也亦真亦幻,因而这些作品的表达方式带着西方现代主义和后现代主义的烙印,是一种很现代的小说类型。同时,因为"当代文学的艺术创新被注定了要在现代主义的旗帜下才能突飞猛进"①,因此如果从这个角度来说的话,它们又是一种注重艺术探索和创新的实验小说。

李浩的现代哲学理念在小说中的呈现,是借助一系列的意象,而不是现实主义创作方法惯用的情节和人物。李浩几乎每一篇小说都有一个中心意象。"瓦片"、"长枪"、"飞翔的树"、"日常生活"、"死亡"、"黑森林"、"旅店"等意象通常贯穿全篇,既具有内容的意义,又呈现出鲜明的形式化特征,具有可塑性和延展性,是小说的中心和重心所在,从而代替了对生活表象的单一描摹和再现,使小说具有了寓言和象征的作用,同时其深层内涵又超越了这些意象的表层,对人的存在进行哲学探讨,而直指西方存在主义所谓的"他人即地狱"的存在状态、萨特式的"自在的世界"以及后存在主义的一些理念。

按照内涵和象征意义的细微差别,这些意象能够分成三类。一类是"瓦片"和"长枪"等由客观实物构成的意象。《闪亮的瓦片》中的"瓦片"是一种很漂亮的建筑材料,"这是一种能在阳光下闪烁白色光辉的瓦,半透明,有着淡红的丝线,敲击它会发出类

---

① 陈晓明:《表意的焦虑》,中央编译出版社2002年版,第70页。

似于金属的脆响"①。在《那支长枪》中,"那支猎枪是我爷爷传下来的,它把我父亲造就成了红旗公社向阳大队最有名的猎手"②。但是在小说中,这些美的、荣耀的事物成了丑恶和罪恶的代名词,拥有了一种巫术般的破坏性魔力,影响和控制着很多人的命运,使他们走向堕落和毁灭,既有精神上的也包括肉体上的。"那些瓦片在运来的最初就有着某种不祥的意味"③,最早的受害者是这些瓦片的拥有者村长,他因贪污罪被捕。然后这些瓦片毁坏了邻村一个来偷它们的拖拉机。"我"的哥哥李恒无意中用一片瓦片割破了霄红的脸,使这个漂亮的女孩脸上留下了无法消除的伤疤。在毁容之前,霄红一直是一个温顺可爱的女孩,又极其善解人意、乐于助人,简直就是一个人间的天使。但是,在她美丽的脸被毁掉之后,她就变成了一个加入流氓团伙的泼妇,如一个恶魔般地对李恒和周围的世界进行疯狂的报复,美完全被丑代替了。李恒曾经也是一个好孩子和好学生,而且性格有些懦弱,从不惹是生非。在刚刚开始受到报复的时候,他懦弱的性格和心中的后悔还占据首位,对遭受的暴打和人身侮辱总是逆来顺受,但后来他拿着瓦片进行反抗和反击。然而,这不是一个人被逼到极限的正常反抗行为,而是一个好人走向罪恶、残暴和堕落的开始。美和善良总是如此脆弱,因经不住现实丑恶的打击而转瞬即逝,丑恶和荒谬却成为人类存在的常态。曾经打猎物的长枪在《那支长枪》中变成了自杀的影子。当"我"父亲在被禁止上山打猎后,就深陷在疾病和自杀的纠缠之中。同时,长枪也像一个噩梦,波及

①③ 李浩:《谁生来是刺客》,作家出版社 2003 年版,第 1 页。

② 李浩:《谁生来是刺客》,作家出版社 2003 年版,第 13 页。

"我"家所有人,甚至在精神心理上留下了终生的黑暗阴影。"我第一眼望见的是猎枪黑洞洞的漫长的枪口。它似乎在喘息,它随时都准备发出一声巨响,把我父亲、我母亲和我们全家都响到一片黑暗中去。从此,我对猎枪、步枪、机枪等等长枪都开始了恐惧。"①这支废弃的猎枪也是父亲命运的写照,失去打猎资格的父亲也变成了一个废物,除了编织丑陋、无用的粪筐之外,一无所长。父亲也被周围的人遗弃了,包括他的家人。父亲和母亲之间只有无尽的争吵,两个年幼的儿子与他也没有感情,他在家庭中变成了一个无足轻重的人,丧失了家长的地位和权威,在社会中同样是可有可无的存在,没有人能够或者愿意理解他的孤独无助。为了反抗这种遗弃,引起别人的关注,也就是为了呈现自我的存在,父亲采取了"自杀"这种最极端的方式。但是,除了第一次用猎枪自杀取得了一点效果之外,后来因为家里人把枪藏了起来,他以后屡次未遂的自杀则适得其反,变成了一场场的闹剧,只是加剧了亲人的厌烦和周围人的蔑视、嘲弄。他越努力希望引起别人的重视和关注,而其他人就越冷淡地对待他,忽略他的存在。小说中凸现的这种冷漠无情、人与人无法沟通的可怕情景,以及人的孤独感和失落感,既是存在主义的哲学观念在文学作品中的感性呈现,亦是20世纪五六十年代乡土中国中衰败历史的真实写照,显然是对现实生活的"重"的体现。

"飞翔的树"、"如归旅店"和"黑森林"是第二类意象,它们既是客观世界存在的实物,又被附着上抽象的、主观想象出来的特点。同"瓦片"、"长枪"等意象相比,这些奇特的意象更多地融入

① 李浩:《谁生来是刺客》,作家出版社2003年版,第14页。

了作者的主观感受和幻想，侧重文学的“轻”。《飞过村庄的树》更像是一篇幻想型的作品，充满了非现实色彩。父亲乔赌博完后在村庄的晨曦里，先是看到像蝙蝠一样乱飞的死人魂儿，随后看到了一棵树“悬浮在空旷和黑暗里，相当缓慢地移动着”①。当他失魂落魄地回到家中，女儿琳已经因为治疗过晚而病死。在父亲乔的眼中，这棵树就是可怕的预言和见证，此后他的家庭渐渐地走向家破人亡。女儿晓因为未婚先孕，让家庭的亲人蒙受羞辱，因而在父亲的责骂下自杀身亡。傻子儿子智误食毒药而死。神志正常的儿子失却是另一个青年的父亲乔，他不但继承了父亲好赌的陋习，外表也和父亲越来越像，而且只有他像父亲一样看到了那棵“飞翔的树”，他只是父亲生命的重复和其命运的翻版而已，大概这是“飞翔的树”意象多重涵义中的一重。所以，尽管他离家出走，命运的重复和轮回又让他多年后重回家园。死了的人变成了飞舞的灵魂，活着的人仍然一代一代地在重复无法摆脱的宿命。《如归旅店的叙事》中年久失修的如归旅店，极其破败腐烂，到处是“木质门框上探出头来的虫子、倒在木板床上的水和漏出棉花来的被”②，无论“我”父亲如何修补，总是无法阻挡它一天天地衰败。《黑森林》中的“黑森林”是一个很奇怪的世界，“从高处看黑森林，它的确是一枚镜子，左右相反的镜子，它具有镜子的一切质地。同时，它还可能是一个缓缓旋转的魔方”，四个来探险的人无论是变成飞翔的燕子，还是深掘地洞，就是没有办法走出去。他们也无法融入黑森林的世界，因为阴森、变化莫测的环境

① 李浩：《谁生来是刺客》，作家出版社 2003 年版，第 58 页。

② 李浩：《如归旅店的叙事》，载《长城》2005 年第 1 期。

使他们非常恐惧，却无处可躲藏，永远是黑森林中的他者。"黑森林"和"如归旅店"这两个意象很相似，都揭示了人类生存的一种永恒的环境和状态，一个无可名状的、偶然的、荒诞的世界，处在其中的人丧失了自由，被物及一切异己的力量所控制，失去了自主性和自我意识。

第三类意象是完全抽象的，完全是一种情绪和感觉的附着物，作品中最常见的此类意象是"日常生活"、"计划"和"死亡"。《十月》2005 年第 6 期刊载了《日常的流水》，这是李浩的小说中最接近现实主义的一篇作品，但是同样充满了存在主义的意味，把"重"和"轻"较完美地结合起来。琐碎无聊的日常生活无处不在，缠绕着退休的王书记。失去了奋斗目标的老人只能在似流水的日常生活中寻找自身的存在。为了从别人那里得到一点可怜的认可，他不惜和老赵头翻脸，只是为了多争取几个免费学太极拳的学生；本想在退休干部书画展中一展身手，却被对手老赵头排挤了下来；他希望能够通过去澳洲看女儿获得存在的价值，然而去澳洲的手续却被女儿无限期地拖着，不禁令人想到这可能是永远等不来的"戈多"。可能唯一能带来一丝安慰的，就是他的如同潮涨潮落般的梦，可是他很快就遗忘了这些梦，连最后的一根救命稻草都抓不住。整部小说既是对退休老人沉闷生活的真实反映，又营造了一种由日常生活产生的不安情绪。日常生活造就了一个使人感到苦闷、孤寂、厌倦、恐惧甚至是绝望的世界，即萨特所谓的"自在的世界"。"死亡"意象在李浩的小说中很特别，虽然它是作者情绪的抽象凝结物，但是在小说中常常以形象的实物出现，"重"的社会意义和"轻"的艺术技巧被巧妙地融合起来了，而且几乎每一篇小说都牵涉死亡，通过死亡来探讨人的存在和人之本质的哲学意味。《那支长枪》中的死亡有一条黑暗的影子，当“我”父亲最后一次成功地上吊自杀，“那条自杀的影子，也跟着轻轻地颤抖了一下、两下……”①《生存中的死亡》以各种形式和现象来呈现死亡，得脑炎病死的小孩，出车祸而亡的儿童，溺水而死的老地主和二叔。对一个个体而言，死亡意味着失去生命，无法再参与现实生活，是个人存在的终结，所以总是充满了悲剧意味。对中国人“好死不如赖活着”的生命哲学观而言，死亡是生活苦难和人生苦难的极端形式，最残酷的苦难就是死亡。因此，当死亡成为个人存在的常态时，其中体现出的悲观和绝望情绪是不言而喻的。李浩的深刻之处在于，他对死亡的探讨没有仅仅停留在上述分析的表层上，而是深入更深处的一层。在他的很多作品中，人的死亡又是对苦难的解脱。《如归旅店的叙事》中的“母亲”在死前，把几代人苦心经营的如归旅店付之一炬，目的是为了把它带给已经死去的“父亲”，“他说他在那边买了一些石头和木头。那边没有打仗。母亲说，我这就给他把旅店送过去”②。《监护病房的志愿》中那个被烧伤的男孩，一直费尽心机地希望离开病房，为此想出来很多匪夷所思的方法，但是都没有成功。最后，他企图从病房的窗户里逃走时被摔死。死亡反而使他逃离了监狱般的病房。死亡的未知世界竟然成了避难所，再没有什么比这更令人心酸的社会现象了。《那支长枪》和《生存中的死亡》中的“父亲”和“二叔”，两人并不想死而且都很怕死，可是他们只能被逼迫自杀身亡，既有社会的原因，又有人和人之间无法沟通产

① 李浩：《谁生来是刺客》，作家出版社 2003 年版，第 31 页。
② 李浩：《如归旅店的叙事》，载《长城》2005 年第 1 期。

生的孤独、绝望的因素。由此可以看出,李浩是不相信人具有未来性的,他并不赞成萨特和海德格尔的观点。后者强调人的未来性,认为“人不是他所有的一切的总和,而是他还没有而可以有的一切的总和”①,然而在李浩的眼中,他的观点更接近福克纳,认为处在“自在的世界”中的人只能悲叹“我的好日子在哪里呢?从小时候就一直在等到现在也没等来”②。而命运的轮回和重复使人只具有现在性和过去性,已经丧失了未来性。从这个角度来说,李浩对人和人之存在的哲学意识又是属于后存在主义的。

综上所述,这种举“重”若“轻”的现代哲理小说成功地把文学的“轻”和“重”融为一体,既灌注着现代哲学观念,带着形而上追求,对人的存在和人的哲学本质进行执着的探索,从哲学层面上来阐释“文学是人学”,又在某种程度上是对社会人生的现实反映,把西方哲学观念和社会现实描写比较完美地结合起来,显示了李浩的文学天赋和艺术才情。博尔赫斯曾经说过:“事实是每一位作家创造了他自己的先驱者。作家的劳动改变了我们对过去的概念,也必将改变将来。”③可以毫不夸张地说,李浩和他的现代哲理小说就是这种能够改变小说“过去”和“将来”的作家和作品,在“现代派”和“先锋派”的形式主义溃败后,为当下文坛小说领域的开拓创新提供了一条新的出路,文学就会继续前进。

① 转引自吴晓东《从卡夫卡到昆德拉》,作家出版社2003年版,第169页。

② 李浩:《谁生来是刺客》,作家出版社2003年版,第28页。

③ 〔阿根廷〕博尔赫斯著,王永年译:《巴比伦彩票——博尔赫斯小说诗文选》,云南人民出版社,第255页。

第三章

省略和空白的叙事美学

——论徐则臣2006年之前小说的叙事特点

作为一位获得2004年“春天文学奖”的年轻小说家，徐则臣无疑已经形成了自己比较成熟的风格和特色。他的小说在内容题材上比较丰富多彩，“如果把徐则臣的作品加以题材上的分类，那么，人们看到的大抵有如下两个方向：其一，以一个外地来京者的视角，观察和描摹活跃在北京不同角落的外地人的境遇和心态”，“其二，是对故乡印象的附拾与整理”。还有一类是“体现了强烈的怀疑精神和对形而上的兴趣，这类作品致力于小说意蕴的模糊性的开掘，也体现了徐则臣对小说艺术性的追求”。① 虽然已经有师力斌的《慢，作为一种人生观的艺术——论徐则臣的小说艺术》细致地阐释了这个年轻作家的艺术特点，当然是非常精彩到位的文学史评价，但是很少有评论家注意到这个年轻作家最独特的艺术创造——由某些语言、情节结构的省略和空白造成的小

---

① 《鸭子是怎样飞上天的·序》，见徐则臣《鸭子是怎样飞上天的》，作家出版社2006年版，第1~2页。

说叙事上的变化和转折,由此能够使一些传统、常规的小说题材翻陈出新,注入了新的艺术活力和生命。另外,这些省略和空白既融合了以虚写实的中国古典美学精髓,又是对海明威的“冰山理论”的某种继承和发展。从这个角度来说,徐则臣或许已经创造出了一种新的小说叙事美学,使他的小说作品既具有摹写社会生活的现实主义特点,又具有形而上的现代主义色彩。再加之他真正把小说当作一门艺术来苦心经营,不仅是因为他最初以需要高超艺术技巧的中短篇小说登上文坛,自然对小说的艺术结构特点谙熟于心,更重要的是来自于他对小说艺术的尊重和虔诚热爱,这使他对自己要求极高,不肯苟同于当下文坛中某些媚俗化极浓的快餐小说,而是每一篇都要经过呕心沥血地构思和琢磨,由此几乎每一篇都是艺术性很高的小说精品,并且具有了艺术实验的先锋色彩。

在徐则臣的小说作品中,省略和空白是指小说语言和情节结构的省略和空白,几乎每一篇作品都有这种省略和空白,尤其是在他的那些以花街、石码头为背景的“故乡印象”和有形而上追求的一些作品中。需要注意的是,每一篇小说的省略和空白的位置均不同,或在语言上以无代替有,或是人物身份背景不明、充满神秘色彩,或是省略掉某一重要的情节结构,当然也有的作品是混合了以上几种情况,而这些不同的省略和空白对小说叙事和情节发展产生的作用就相应地有差别。《西夏》一文中的西夏是一个身份来历不明的女子,拿着一个不知是何人所写的纸条找到了王一丁,然后就住在了他那里。西夏的哑进一步为她莫名其妙的出现增加了神秘色彩,以下的故事会如何发展呢?在典型的现实主义小说中,西夏的神秘身世就是一个“谜”,通常会被描述为推动小说叙事发展的动力,故事的发展、高潮和结局均被这个揭示谜底的过程所牵制,小说的叙事就会变成一个揭示这个谜的过程,由此故事的魅力就在这个过程中逐步呈现出来。然而徐则臣另辟蹊径,他舍弃了这种常规的“揭示谜底”手法,却让这个身世的空缺始终存在,即使是在故事的结尾。当然这不是说这种创作思路落伍了,博尔赫斯的《死亡和指南针》就是此类小说杰作。徐则臣的大胆创新是建立在自身扎实的创作功底上的,他选择了标准更高、难度更大的一种表述方式,把小说的中心和重心放在了人性和情感上,重在挖掘人性心理结构和复杂的情感世界,而不是外部故事情节上。因此,西夏和王一丁这两个陌生男女,在相识之后的矛盾冲突具体体现在人物心理和心灵的变化上,尤其是王一丁从最初对突来艳遇的恐惧,经历了驱赶不走对方之后的尴尬无奈,到没有勇气再驱赶的听天由命的坦然,再到最后害怕失去西夏和爱情的新的恐惧担心,心理情绪和感情成为推动叙事发展的主要动力,因此本篇小说设置的空缺实际上是为了突出人物的心灵变化流程,是符合人性和人情的逻辑的。同时,这种人物身份的空缺其实还表达出作者对人间温情和爱情的向往,因为从作品蛛丝马迹的线索中,隐约能够猜测到西夏一定是经历了巨大变故才失去了说话能力的,而在这背后可能隐藏了一个悲惨的故事,一段无法言说的噩梦往事,所以作者就用省略和空缺掩盖了这段残酷的真相,表现出一种悲天悯人的情怀。

在《花街》中,老默遗嘱里留给麻婆之子的存折本来可以成为一个“谜”,作品也确实曾经利用这个“谜”产生的叙事动力而推动故事发展——揭开了两个老人年轻时候的爱恨交织的陈年往事。老默和麻婆年轻时候的情爱纠葛以及老默晚年的愧疚后悔,这个原本会被演绎成悱恻缠绵的苏童式的《红粉》的叙事，却被徐则臣给省略掉了，存折之"谜"产生的推动力量到此为止，作者转而把重点放在老默死后发生的一系列故事上，从日常生活和人情人性的角度来演绎这个爱情悲剧的余波。老默的死亡遗嘱和存折引起了花街上人们的猜疑和谣言，更加震撼着麻婆那颗早就静如止水的心灵，"就是因为老默死了我才要想明白。我得知道良生是谁的孩子。过去我以为不思不想就能过一辈子，现在不一样了"①。对往事真相追溯的愿望是如此强烈，以致当她理不清往事的时候，就选择了死亡来解脱——最后喝盐卤自杀身亡。作者省略掉了很多议论抒情的描写，只是白描地勾勒出麻婆两次自杀的过程，实际上这深得中国古典美学的神韵，是以无写有的一种艺术写法，由此激发读者的想象力，让其参与进来，营造出一种"大音无声"、"大象无形"的美学效果。而《花街》也的确达到了这种效果，马婆的自杀更加具有震撼力，当年悲剧的余绪仍然波及活着的当事人身上，竟然只能够以死亡来解脱这份感情的折磨。这既说明人类情感的复杂微妙，同时又可以表明当年两人的情爱纠葛是如何的悱恻缠绵和爱恨交加，这种以无写有、以虚写实的手法更加能够激起读者的想象力，同时也造成一种含蓄、韵味悠长的美学韵味，如同中国传统的写意山水画一般。但是还要注意到，作为一个深受西方现代小说影响的学院派作家，徐则臣对省略和空白的运用还有一些海明威小说的气质，尤其是《花街》中对议论抒情的省略，颇受海明威的"冰山理论"的理论的影响，是用最经济的笔墨把故事衬托凸现出来，而且隐藏了作者的道德评

① 徐则臣：《鸭子是怎样飞上天的》，作家出版社2006年版，第201页。

价，不像《那儿》等现实主义小说的直抒胸臆，反而给作品留下了多重解读和阐释的余地，不会随着时间变迁和小说主流趋势的变化而消逝。

何况，在苏童的《红粉》和《妻妾成群》描写情爱纠葛的绝唱之后，还有哪个作家能够避免由此类题材创作所产生的“影响的焦虑”①？徐则臣的选择无疑是明智和睿智的，他避开了司空见惯的写作方式，用扎实的写作功底作为基础，从中国古典美学和西方现代小说艺术中吸取营养，建立了自己独特的叙事方式和艺术技巧，开辟出新的小说园地，达到了他在《答师力斌十三问》一文中所说的目标——“你得把自己从人群里区别开，让别人看到这些是你种的，只有你能种出来的”。

《我们的老海》主要讲述了一个三角恋爱的故事，更具体地说是丈夫和妻子与妻子的情人的故事。就像张爱玲感叹的，太阳底下没有新鲜事，这种情感纠纷是很多作家愿意极力渲染描写的，而且很容易写成通俗言情和艳情肉欲小说，就像张资平在20世纪二三十年代的上海所创作的低俗小说作品。徐则臣却把塑造重点放在丈夫海生的身上，来挖掘一个丈夫对待妻子婚外情和第三者的态度。蒙在鼓里的海生应妻子请求，把她的朋友——其实是情人，热情地接到了家中招待。第一次去看海的时候，海生用摩托车带着妻子和她的情人三人共同去海边；当他从这两人的亲密举动中看出端倪之后，摩托车轮胎就变得一直瘪着，使他只能够单独带着妻子，而妻子的情人则在太阳底下骑自行车去看海。

① 〔美〕哈罗德·布鲁姆著，江宁康译：《西方正典》“序言”，译林出版社2005年版。

同时他回家的次数增多了，并且有意设计让妻子给她的情人吃泻药，再加上故意邀请对方和自己去海中游泳，在海中游泳的情人双脚被人抓住后身体失去平衡……这所有的情节发展都指向一场谋杀——亲夫预谋杀死奸夫的故事。然而，海生开始时的憨厚热情，和后来被嫉妒心折磨下的疯狂举动，均被刻画得栩栩如生。如果《我们的老海》按照常规发展成为一个谋杀故事的话，那么海生就只是莎士比亚笔下的奥赛罗，只是他杀的不是妻子而是妻子的情人而已。但是，这就不会是苦心经营自己"园子"的徐则臣了，他设计了一个独特的故事结尾：在海边苏醒的不是海生，而是他的情敌，海生在他熟悉的大海里永远地失踪了，沉默的死亡代替了仇恨的爆发。那么，海生是如何在情敌濒临死亡的时刻改变主意，没有取走对方的生命而是把他推到海岸上的？在这个过程中海生的思想是如何转变的？作者故意省略了这个可以造成故事高潮的关键情节，也就是把由事件矛盾张力造成的高潮取消了，然而小说叙事的这种空白实际上是避实就虚，更加映衬突出了海生性格中的善良，他对失去所爱之人的痛苦心情，还有什么能够比放弃生命而寻求死亡更加悲苦的情绪呢？由此可知这个省略确实是神来之笔，不但写活和完成了海生这个人物形象的塑造，而且把这篇小说拉出了艳情凶杀的窠臼，成为值得反复回味的艺术珍品。毫无疑问，这种叙事方式是对平铺直叙的现实主义手法的挑战和超越，自然具有更多的艺术魅力。

《养蜂场旅馆》属于徐则臣致力于探讨形而上模糊意蕴一类题材内容的小说，玄学色彩浓厚，始终弥漫着一股左右着人物命运的神秘气息，更像是魔幻现实主义作品。在《养蜂场旅馆》里，偶然来左山旅游的"我"住宿在养蜂场旅馆里，老板娘认为"我"

是她八年前的旧情人，是她孩子的亲生父亲，但是“我”不认识她，对此事没有记忆。这个故事很容易被看作是一个错认者的讲述，类似于韩少功的《归去来》中的情节——个人被别人错认为是另一个人，其实这两个外貌相似的陌生人之间没有任何关系，目的是揭开错认者的往事，一般是满含辛酸的陈旧往事。徐则臣却撇开“错认模式”，而是写出了一个失忆者重新回忆起曾经失忆的往事的故事。作者的目的不在于编造出一个三角恋爱或者有情人破镜重圆的故事，而是要刻意营造出一种扑朔迷离、亦真亦幻的气氛，以及对不可知命运感慨的抒发。因此他设计的省略和空白就较为独特，不是在情节上，而是记忆的空缺——因为在某种程度上，记忆是表明身份的一种属性，失忆者由于失去了一部分记忆就变成身份不明的人。正是记忆的空缺，使情人重逢故事的高潮一直往后延宕，而且与主人公时常产生的“一些说不清楚的熟悉的东西”的感觉相呼应，以及摇摇和八年后老板几乎如出一辙的尖叫，更加创造出一种亦现实亦梦幻、现实和梦幻不分、现在和过去交叉的神秘气息，弥漫在作品的字里行间。与此同时，又具有象征意味，指向命运的莫测和宿命式的循环，充满了作者对命运和人生的探索，带有西方现代小说的浓厚的形而上色彩。小说最后的结尾其实也是一种省略和空白，以老板娘和“我”在床上亲热时老板看到后尖叫而戛然而止，省略掉了道德判断和这三个当事人此后的命运结局。实际上，在《鬼火》、《弃婴》、《逃跑的鞋子》、《鸭子是怎样飞上天的》、《啊，北京》和《古代的黄昏》等小说的结尾处，都有一个巧妙的省略和空白，给读者留下了一个不确定的却又余味悠长、极富想象力的结局。这亦是作者讲究精妙的结构和高超技巧的一个表现。

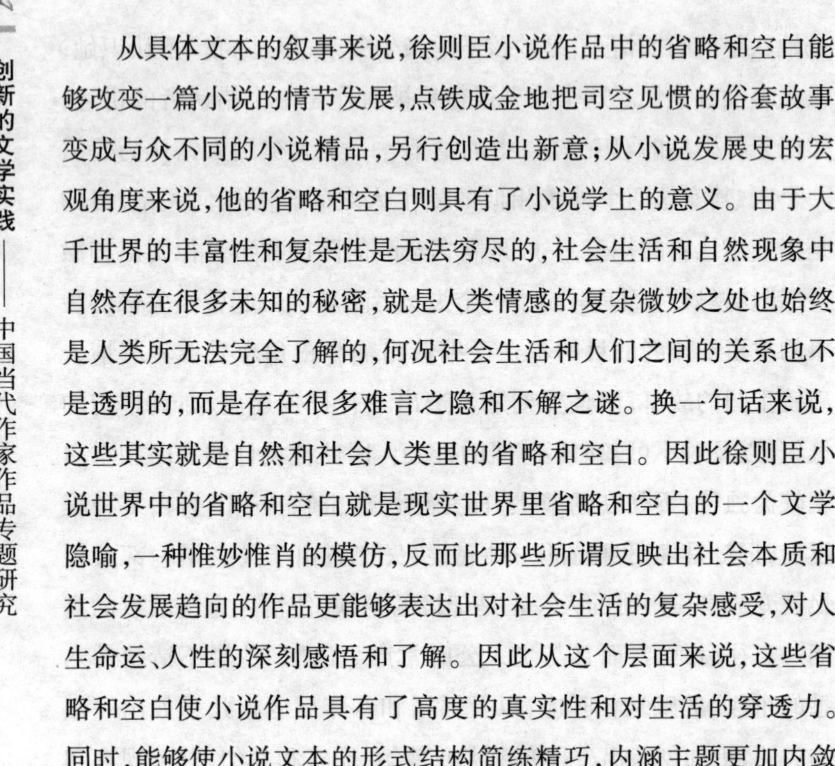

从具体文本的叙事来说,徐则臣小说作品中的省略和空白能够改变一篇小说的情节发展,点铁成金地把司空见惯的俗套故事变成与众不同的小说精品,另行创造出新意;从小说发展史的宏观角度来说,他的省略和空白则具有了小说学上的意义。由于大千世界的丰富性和复杂性是无法穷尽的,社会生活和自然现象中自然存在很多未知的秘密,就是人类情感的复杂微妙之处也始终是人类所无法完全了解的,何况社会生活和人们之间的关系也不是透明的,而是存在很多难言之隐和不解之谜。换一句话来说,这些其实就是自然和社会人类里的省略和空白。因此徐则臣小说世界中的省略和空白就是现实世界里省略和空白的一个文学隐喻,一种惟妙惟肖的模仿,反而比那些所谓反映出社会本质和社会发展趋向的作品更能够表达出对社会生活的复杂感受,对人生命运、人性的深刻感悟和了解。因此从这个层面来说,这些省略和空白使小说作品具有了高度的真实性和对生活的穿透力。同时,能够使小说文本的形式结构简练精巧,内涵主题更加内敛和丰富厚重,亦能够产生一种陌生化的效果,调动读者的想象力,让其参与进来。所以,徐则臣使用的省略和空白使小说具有更强大的艺术表现力,这是符合小说自身不断创新发展、不断突破旧有的规范窠臼的内在发展规律的。正是徐则臣们不断创新的艺术勇气和精神,才能不断淘洗同时也不断催生着滚滚文学长河中的小说浪花,文学才能够不死不灭。

另外,需要说明的是,这种省略和空白凝聚着徐则臣对小说艺术的尊重和敬畏,他把小说真正地当作一门严肃的艺术来看待和创作,每个空白和省略之处都凝聚着他的心血。当这种艺术努力和天赋恰当地结合在一起之后,他才能够在诸多东西方小说大师们造成的“影响的焦虑”之下，依然创作出很多令人耳目一新的小说精品。

米兰·昆德拉曾经引用布洛赫的观点来描述小说的本质：“发现只有小说才能发现的，这是小说的存在的惟一理由。”①徐则臣就用省略和空白的叙事美学发现了自己的小说世界，使这个世界既有对社会人生、人性进行反映的精彩故事，又充满了因省略和空白带来的某种神秘、玄学色彩，拥有现代主义小说的某些特质，同时又获得了含蓄蕴藉、回味无穷的美学效果。可以说，这种叙事美学策略能够给予当下文坛中流行的现实主义创作方法以有益的启示，可以更进一步说，徐则臣和他的小说为当下越来越趋向艺术粗糙和粗俗化的“底层写作”指出了一条回归艺术美的可能的途径，并且已经做出了很好的示范。

① 〔捷〕米兰·昆德拉著，孟湄译：《小说的艺术》，生活·读书·新知三联书店1992年版，第4页。

第四章

小说家王润滋论

王润滋是新时期著名的小说家,除去"文革"中的长篇小说《使命》之外,其余20篇左右的中短篇小说均发表在"文革"之后。他以20世纪70年代末期公开发表的短篇小说《党小组长》为正式创作标志,随后《卖蟹》、《内当家》等作品获得全国性的文学大奖,在当时的中国文坛中声名鹊起,获得很高的声誉。这不仅因为其作品主题具有强烈的现实社会意义,带有鲜明的新时期文学色彩,反映出"文革"结束之后和20世纪80年代初、中期中国文学的发展趋势和走向,堪称是那个时代的典范之作;亦因其小说艺术上的先锋性,连续几年引起当时中国文坛的轰动与论争,堪称是新时期文坛上的弄潮儿和艺术实验先锋,具有独特的艺术特征。因此王润滋的小说作品虽然在数量上不是很多,但是艺术质量比较高,迄今为止仍然具有不可或缺的文学史意义和价值。遗憾的是,他在20世纪80年代末期就"再也写不出什么轰动性的作品了"①,在90年代患重病,几乎停笔不再写作,2002年因病去世。

① 安家正:《胶东当代文学史略》,山东大学出版社1995年版,第237页。

作为当代著名作家，王润滋之所以能够在当时的文坛占据重要位置，主要是因为他的小说既体现出浓厚的现实主义精神，可以说是中国改革初期社会历史的“编年史”，折射出此阶段改革的嬗变和阵痛，又在某种程度上注重小说的艺术创新，在当时现实主义一统文坛的主流中，较早尝试着在小说艺术形式上进行某些实验，力图在现实主义的基础上，为文学表达和人物塑造开拓更多的可能性。具体而言，首先，他的作品表现出一个作家的使命感，体现出强烈的忧患意识，紧贴当时的社会现实，关注中国刚刚开始的改革开放政策对普通人民的影响和由此引起的变化，尤其是对农民精神和心理层面的影响，这也是他的作品的一个主要内容特点。他以一个作家的敏感抓住社会历史转折期——中国20世纪70年代末到80年代初、中期——作为小说的背景，此时“文革”刚刚结束，而改革开放亦刚开始，广大农村由“文革”的大锅饭开始转向新时期的包产到户，旧的时代正在结束，一个必然包含着精神阵痛和道德伦理混乱的新阶段也由此开始，这正是作家通过作品力求表现出来的时代特点。从这个角度来说，王润滋的小说作品是中国改革开放初期的一面镜子，映照出广大农民在这个转折时期经历的苦辣酸甜，以及物质生活和精神心理所经历的巨大变化。进而言之，王润滋的小说较早地把农村经济改革产生的各种影响和后果纳入作品之中，不但从人物经济地位的变化，而且从人们的心理落差上来考察改革得失，而当时其他作家很少涉及此主题内容。其实这可以看作是他对改革政策的一种文学反思，把改革反思纳入20世纪80年代初期“反思文学”的体系之中，相应地拓宽和深化了“反思文学”的深度和广度，由此奠定了他在中国当代文学史中的重要地位。

其次,他的作品把真善美放在首位,重视体现道德伦理价值的善和艺术上的真实,塑造出具有传统美德品质的胶东劳动人民形象,这是因为"给人们以生活下去的信心和力量,是文学的职能之一,也是作家的职责之一"①。虽然他在小说中并不是一味美化生活,盲目附和与赞扬改革开放的各种政策,而是突出了生活的复杂性,思考改革给农民带来的种种变化。但是即使是在20世纪80年代中后期《随小儿子去》等具有现代主义色彩的小说中,作者始终坚持一种"愿生活美好"的文学理想:"要写出美好的人物,要有美好的语言、美好的细节、美好的情调、美好的意境……"②因此大部分作品的结尾都是乐观积极的,这成为贯穿王润滋整个创作的一个基本特征。

再次,王润滋作品的可贵之处还在于,他始终很注意在艺术形式上进行多种探索,有的作品属于意识流心理小说,创作的中心和重心放在了历史转折时期人们的身上,尤其是在他的《鲁班的子孙》、《残桥》等后期小说创作中,在时代变迁的背景中,重点剖析人物灵魂的冲撞和裂变,写出了改革开放初期普通人,尤其是广大农民的"心灵发展史"和"心灵裂变史";有的则受到拉美魔幻小说影响而创作出的典型中国式魔幻色彩的艺术试验小说,不但侧重对小说艺术手法的试验探索,对现实主义创作手法进行突破和创新,而且对人物形象的塑造更加立体可感,这亦是他在当时的文坛不断引起轰动的一个重要原因。

按照写作时间和内容主题、艺术手法的不同,王润滋的小说作品可以分为前后两个阶段,从1977年的《党小组长》到1982年

①② 王润滋:《愿生活美好——创作断想》,载《人民文学》1981年第4期。

的一些小说属于前一阶段的创作，基本上是用传统的现实主义手法写就，小说的主要内容多涉及当时中国社会紧密相连的农村经济改革，以及由此带来的社会变迁，重视对人物形象和美好心灵的描绘，即关涉“写什么”的问题；以1983年发表的《鲁班的子孙》为开始，到1986年期间的《雷声召唤着雨》、《跟小儿子去》和《残桥》等作品则是他后一阶段的作品。与前一阶段相比较，其后期作品内容关注的是改革开放过程中产生的夹杂“新”、“旧”气质的人物和改革的复杂性，在艺术手法上的运用也有所差异。虽然王润滋在前期的某些作品中就开始了一些艺术形式上的创新实验，但是在后期的创作中才转化为一种自觉意识，由现实主义转向魔幻现实主义和现代主义，注重艺术手法上的先锋创新，关涉“怎么写”的形式问题，后期作品由此体现出与前一阶段不同的特点。

在创作前期，按照内容题材关注点的不同，他的作品可以细分为三类。第一类小说侧重通过主人公形象的塑造达到对美好人性和高尚伦理道德赞颂的目的，重点是对善和美的挖掘，充满了理想的乐观主义情绪；第二类作品是以农村经济改革政策在农村初步执行为其背景，是关于农村经济改革的故事；第三类是对“文革”的反思和人生命运的哲理乃至玄学神秘主义式的思考。

1980年的《卖蟹》和1981年的《内当家》是第一类小说的代表作品。《卖蟹》中的卖蟹小姑娘重义轻利，当她知道老农民“旱烟袋”买螃蟹是为了给病重的老伴吃，同情心使她没有把螃蟹高价卖给别人，而是几乎免费送给了这个可怜的老人。面对自私冷酷的城里人“过滤嘴”，她利用其贪便宜的心理，巧妙地对他进行戏耍和嘲弄。《内当家》中的李秋兰在旧社会时是地主刘金贵的丫环，她和丈夫锁成受尽了冷酷凶残的地主的压迫，心中种下对刘金贵的阶级仇恨。改革开放初期，逃亡到日本发财的刘金贵作为爱国华侨将回归故乡，要看看多年前的老宅。住在刘家老宅的李秋兰夫妇面临着一个问题，即是否接待和如何接待地主仇人。经过激烈的思想斗争，“内当家”李秋兰深明大义，以平等而自尊的方式接待了刘金贵。由此可以看出，卖蟹的姑娘和“内当家”李秋兰是作家笔下的理想人物，带有胶东劳动妇女美好的品质，具有重情尚义的传统侠义之气，以及自尊、自爱、自强的性格特点。这类作品还包括《亮哥和芳妹》中的水芳和水亮，《寒夜里的哭声》中的老福奎等心灵美的人物。其实早在王润滋于 1974 年开始动手写作，直至 1976 年才完稿的长篇小说《使命》中，就已经开始塑造具有美好心灵和品质的主人公了，这也成为作者在所有作品中有意识的一种美学追求，因为“悲悲切切的作品我不喜欢（但不一定不是好作品）。我很少为作品中的人物难过而落泪，却常常被他们的壮烈献身精神感动而哭。但总的说来，我还是喜欢明朗的、向上的、美好的东西。人生在世，艰辛也好，坎坷也罢，总要生活下去。人生是一切美的总和”①。当然不可否认，小说的主人公杨青志作为一个刻意塑造的“文革”时期的“革命小将”，身上有很多矫揉造作的、概念化的性格特征，这是“文革”的时代特点造成的。然而也要看到，作为东风中学的青年教师杨青志的另一面——一个称职的老师，很有人情味，对学生的成长非常负责。当他在篮球场看到生龙活虎的高中生王少华跌倒了，是出于一种自然的人之常情而非阶级感情，把王少华扶起来；对不爱学习的

① 王润滋：《愿生活美好——创作断想》，载《人民文学》1981 年第 4 期。

李小豹和太爱学习的杜向学在生活实践中耐心地对他们进行教育,而不是简单粗暴地进行“阶级处理”。从这一个方面来说,如果忽略掉杨青志作为“文革斗士”层面的性格特点,实际上他的形象比较丰富生动,富有人性和感情,与卖蟹的姑娘和李秋兰等人的形象内涵极其相似,都是作者极力赞扬和塑造的美好人物形象。从以上的分析可以看出,《使命》在艺术上并非一无可取,其中生动的人物形象,细致的、生活气息浓厚的细节描写已经显现出作者的艺术才华。由于“文革”结束,作为“文革文学”产物的《使命》虽然已经由出版社印出,可是并没有公开发行,作者此后亦不提起此部作品,文学史上也不再提及。1977 年的《党小组长》依然残留对党员的一些概念化描写模式,但是老党员孟广田的热心和耿直是较符合自然人性和人情的,可以说是一个从“文革”走向新时期的过渡时期的“杨青志”。在此之后,作者就几乎完全摆脱“文革文学”的束缚,按照现实主义的“真实性原则”,创作出《卖蟹》、《内当家》等充满了美和善内涵的人物形象的作品,这成为王润滋小说在人物塑造上的一个最显著的特征。

第二类包括 1979 年的《孟春》和 1980 年的《孟春辞职》等小说,内容涉及当时农村经济改革政策的落实等社会现实问题。可以这样说,这些作品虽然触及农村经济改革中的某些实质性问题和执行困境,但是基本上都是放在“改革者”和“反改革者”二元对立斗争的框架中来进行描述,基本思路并没有脱离当时“改革小说”惯用的模式,即“反改革者”想出种种阴谋诡计来阻挠农村改革和反对“改革者”,不过却不会成功,“改革者”自然会冲破种种阻挠,取得改革的胜利。具体到作品来说,“反改革者”孟海等人千方百计来阻挠孟春的改革计划,但是深受广大普通农民支持

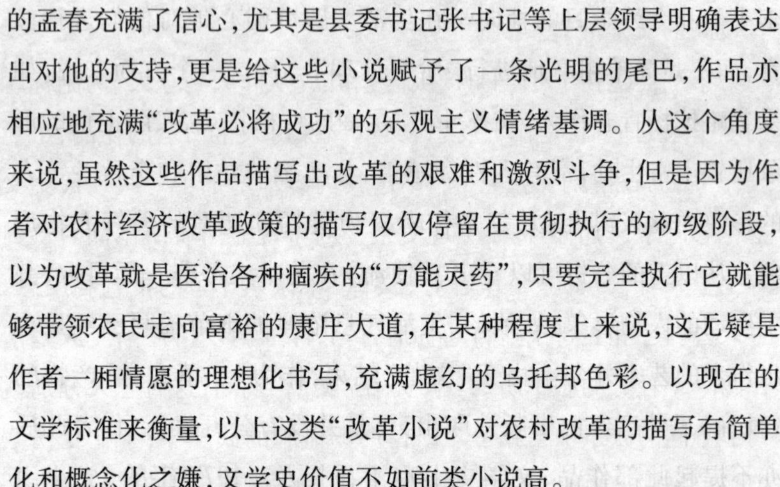

的孟春充满了信心，尤其是县委书记张书记等上层领导明确表达出对他的支持，更是给这些小说赋予了一条光明的尾巴，作品亦相应地充满“改革必将成功”的乐观主义情绪基调。从这个角度来说，虽然这些作品描写出改革的艰难和激烈斗争，但是因为作者对农村经济改革政策的描写仅仅停留在贯彻执行的初级阶段，以为改革就是医治各种痼疾的“万能灵药”，只要完全执行它就能够带领农民走向富裕的康庄大道，在某种程度上来说，这无疑是作者一厢情愿的理想化书写，充满虚幻的乌托邦色彩。以现在的文学标准来衡量，以上这类“改革小说”对农村改革的描写有简单化和概念化之嫌，文学史价值不如前类小说高。

然而还要看到，虽然这两种类型小说的内容主题的侧重点不同，却有相似的艺术追求，即作品重点都不是描摹事件，而是放在人物形象身上，主要目的是通过情节事件来展现主人公们的传统美德，他们被塑造成为美的心灵和善的伦理意识的象征与化身。作者这样说：“我写出了这样几个人物：孟春、老奎哥、水亮、内当家、卖蟹的小姑娘……写得尽管不成功，可我喜爱他们。他们身上都带着我所熟悉的影子，也寄托着我全部的心愿。他们尽管性格不同，却都是好人。”①正是因为作品塑造出了栩栩如生的美好人物形象，基调乐观明朗，才使这些紧贴当时时代背景的现实主义小说作品具有了超越时代的意义，即使是在上面列举的《孟春》和《孟春辞职》等把改革加以简化描写的小说中，也能够以塑造出集真善美于一身的典型人物而超越意识形态的束缚，使这些小说并没有随着一个文学时代的结束而失去艺术生命力，至今仍然具

① 王润滋：《愿生活美好——创作断想》，载《人民文学》1981年第4期。

有较高的文学价值。

第三类包括1981年的《叛徒》和以“从昨天到今天”为副标题的三个系列短篇，是作者反思“文革”、探讨人生命运的作品，虽然创作手法仍然属于现实主义，不过其内容却增加了一些现代主义的色彩因素，与前两种典型现实主义的小说显然有所不同。从内容主题来看，《叛徒》是作者对“文革”中派系斗争的批判和反思。主人公白兰和表哥丁虻自幼青梅竹马，深厚的友谊逐渐变成爱情在两个年轻人的心中萌发。可是在“文革”期间，这对恋人分别站到了不同的派系中互相争斗。在一场血腥的武斗中，丁虻受伤藏到白兰家中，是白兰的母亲收留了他。白兰无意中得知此事后，陷入痛苦之中，盲目的信仰让她去告发恋人，但是良知和感情又使她再三犹豫。这种讲述恋人在“文革”中反目成仇，并且酿成爱情悲剧的小说在20世纪七八十年代非常普遍，郑义的小说《枫》就是典型代表。但是王润滋对此类题材的处理有所不同，《叛徒》的重点不是复述这个司空见惯的爱情故事，而是放在主人公白兰心理情绪的流变上。小说主线是对白兰的心理情绪的细腻描摹，除了写出她在一时冲动之下告发了恋人，但是又因为爱情再次后悔的激烈思想斗争，还重笔描绘出当她偷偷把伤愈的恋人送走之后，却被自己是“叛徒”的精神恐惧所折磨，尤其是梦境中体现出的精神痛苦，以及对无法把握爱情命运的叹息，均展现出王润滋对人物心理情绪的较强把握。后三篇系列小说不再仅是从反思“文革”的层面进行批判和思考，而是把视野拓展到整个社会观念和人生命运。在“从昨天到今天”之一的《命运》中，33岁的老姑娘尽管考上了大学，可是已经被“文革”夺走了12年的青春，昔日恋人早已另娶他人，她的悲剧命运不仅是由“文革”造成的，而且

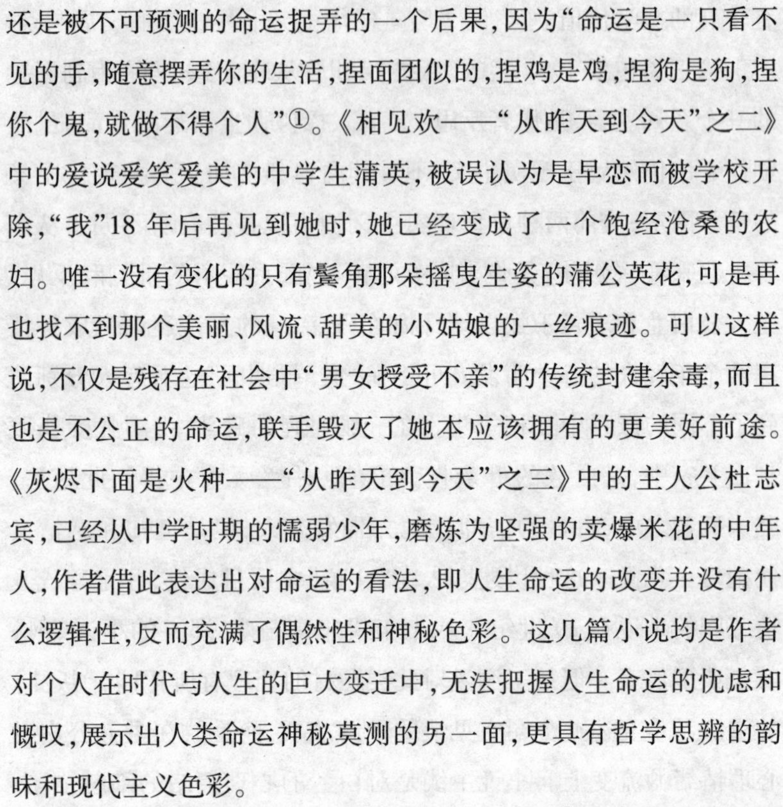

还是被不可预测的命运捉弄的一个后果，因为“命运是一只看不见的手，随意摆弄你的生活，捏面团似的，捏鸡是鸡，捏狗是狗，捏你个鬼，就做不得个人”①。《相见欢——“从昨天到今天”之二》中的爱说爱笑爱美的中学生蒲英，被误认为是早恋而被学校开除，“我”18 年后再见到她时，她已经变成了一个饱经沧桑的农妇。唯一没有变化的只有鬓角那朵摇曳生姿的蒲公英花，可是再也找不到那个美丽、风流、甜美的小姑娘的一丝痕迹。可以这样说，不仅是残存在社会中“男女授受不亲”的传统封建余毒，而且也是不公正的命运，联手毁灭了她本应该拥有的更美好前途。《灰烬下面是火种——“从昨天到今天”之三》中的主人公杜志宾，已经从中学时期的懦弱少年，磨炼为坚强的卖爆米花的中年人，作者借此表达出对命运的看法，即人生命运的改变并没有什么逻辑性，反而充满了偶然性和神秘色彩。这几篇小说均是作者对个人在时代与人生的巨大变迁中，无法把握人生命运的忧虑和慨叹，展示出人类命运神秘莫测的另一面，更具有哲学思辨的韵味和现代主义色彩。

概言之，这类作品尽管没有像《卖蟹》等小说一样，给王润滋带来轰动性的文坛声誉，但是已经展示出作者具有艺术创新的文学才华，尤其是他对命运的多层面思考，以及现实主义手法中掺杂现代主义的“神秘主义”的描写方式，比知青作家孔捷生在 1984 年发表的《大林莽》中的对“神秘命运”的描述早了三年，更是走在 20 世纪 80 年代中期“寻根”作家对中华传统文化中神秘因素追寻的前头。从这个角度来说，王润滋的这类小说其实具有“预

① 王润滋：《卖蟹》，山东人民出版社 1985 年版，第 155 页。

言”作用，预示着中国当代文坛向现代主义书写转变的发展趋势，这是文学“内部”的自然转型，在20世纪80年代初期王润滋的小说中已经可见其端倪。而1985年马尔克斯的《百年孤独》引进中国之后，用现代主义手法书写神秘世界才蔚为大观，形成了“寻根文学”、“先锋小说”等小说流派。因而可以说，写出了“从昨天到今天”系列小说的王润滋，其实可算是新时期小说艺术手法从现实主义转向现代主义的先觉者和实践者，可惜当下的当代文学史并没有对他的这个贡献做出正确评价。同时，这也预示出他后期的《残桥》、《跟小儿子去》等魔幻色彩浓厚的小说，是他早期此类作品的一个继承、发展和超越，亦是他对当时文坛艺术手法变迁的一个敏锐回应。

王润滋在1983年发表的中篇小说《鲁班的子孙》引起了全国上下的热烈讨论，雷达、梅朵、曾镇南等评论家曾经各抒已见，发表对此篇作品的看法。这些评论文章的讨论焦点主要集中在老木匠黄志亮的怀旧情绪是否符合现实农民情绪，以及小说反映出的作者的思想倾向问题上，也就是作者对农村经济改革是完全拥护赞成还是保守反对的问题。很明显，当时的评论界主要是从“文学干涉现实”的认识功能来探讨这篇小说，而某种程度上却忽略了文学的艺术审美标准，这也是当时评论界对现实主义创作方法进行“庸俗化”理解的一个结果，是时代造成的理论局限。相比较而言，雷达对《鲁班的子孙》的评论比较公允一些，更注重作品的文学性，他是这样认为的：“《鲁班的子孙》的思想内容还是较为丰厚的。诚然，它着重描写了父亲黄志亮和儿子黄秀川在道德、良心、处事、为人上的激烈冲突，但是作者并没有抽象地描写道德；道德的冲突是与经济体制的改革、木匠铺的兴衰、政治的气

候、城市里的某些不正之风千丝万缕地联系在一起，密切而不可分割。”①雷达以一个评论家的敏锐视角看到了王润滋小说的独特之处，包括对父子两代农民形象的塑造，以及农村经济改革深入发展期间出现的诸多复杂现象。这同样也是王润滋后期作品的具体特点，尤其是体现在一些描写农村改革的作品中。以《鲁班的子孙》为过渡，与前期的作品相比较，王润滋的后期作品出现一些新的特点。最重要的是出现了两类农民人物形象，一种是指在情感上既留恋旧时代的伦理道德，而在实际生活中又无奈地认同改革开放带来的新道德观念，这是具有“传统美德”的老一代农民形象，《鲁班的子孙》中的老木匠黄志亮和富宽等人是其代表；另一类是因改革开放应运而生的“新人”，一般以追求致富的年轻一代农民为主，以《鲁班的子孙》中的小木匠黄秀川和《残桥》中的德兴为典型，他们不愿再像父辈一样被束缚在土地上，而是渴望冲出贫穷的山村，打破单调的生活方式，幻想到繁华的城市中得到大量的物质财富，成为令人羡慕的“城里人”，然后再衣锦还乡。

从当时的文坛来说，“老农民”的人物形象在当时很多农村题材的作品中大量存在，像高晓声的“陈奂生系列”中的陈奂生，何士光的《乡场上》中的冯幺爸等，他们承载着过去观念的因袭和重担，是“文革”错误政策的受害者，而且从经济上来说，他们确实受惠于新的农村经济改革政策，在经济上解决了温饱并且变得富裕，同时拥有了个人自尊和平等，所以他们对改革开放政策基本

① 雷达：《〈鲁班的子孙〉的沉思》，见中国作家协会创作研究室选编《鲁班的子孙》，时代文艺出版社 1986 年版，第 293 页。

上是完全接受的。但是这些作品中很少有新一代的、渴望从农村走向城市的青年农民形象,因为大部分作家的创作重点在于批判反思"文革"期间,包括新中国成立后到"文革"前的一系列农村政策的偏颇,所以就把深受其害的老一代农民作为作品的主人公,突出他们在改革开放的新政策之中是既得利益者,作品主要目的是歌颂农村改革。而王润滋并非如此,他的小说除了老一代农民形象之外,同时塑造出新一代农民,如同在上文中已经指出的,这类青年农民没有延续继承老农民对土地的热爱,对农村新政策的拥护,反而急于离开农村到城市中谋求新的出路。可能因为作家已经敏感地认识到,农民"进城打工"已经成为一种新兴的社会现象,这也是农村经济改革实际产生的另一个后果,是不应该被忽略的。同时,空间的变化会使这些青年农民更多地受到改革的冲击,感受到时代的巨变,应该更能够体现出改革的功效和作用,他们的心理状态和灵魂裂变也相应地更加复杂多变,小说亦能够在其中开拓出更多的文学表现空间。所以,王润滋后期的创作重点不再是心灵美、道德高尚的孟春等人物形象,而是受到改革冲击的老少两代农民,尤其是年轻农民。当然,作者没有简单地把他们进行单一化处理,并非新农民就完全接受改革带来的新道德而把传统美德抛在一边,而是看到他们其实也是时代转折的一个产物,是新思想和旧品质的"复合体",具有一种和现实本身同样复杂的个性品质。《鲁班的子孙》中的小木匠黄秀川经过艰苦的劳动,以及迎合"不正之风"的方式在城市里有了立足之地,发大财之后返回家乡,开了个人的木匠铺。为了迅速地发家致富,他在商业经济大潮中培养起来的自私自利的性格,使他拒绝了贫穷农民富宽作为合伙人的加入,由此也伤害了父亲重视乡

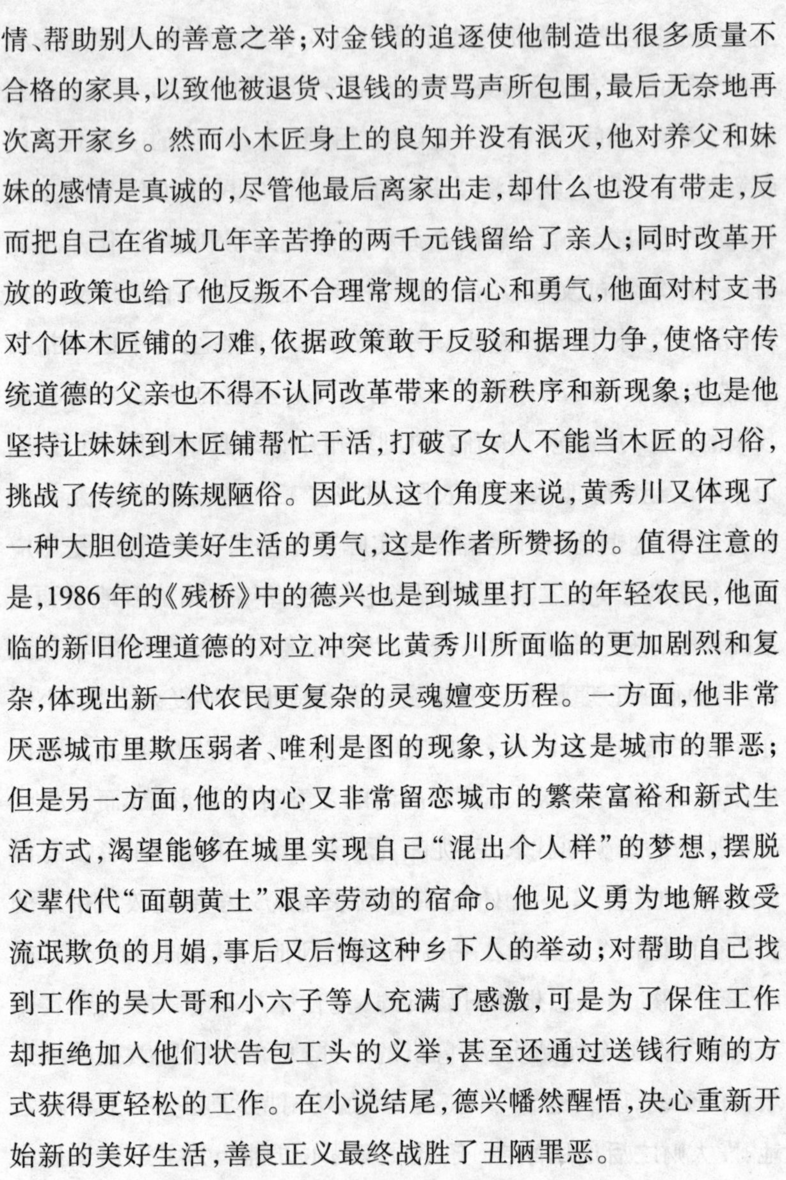

情、帮助别人的善意之举;对金钱的追逐使他制造出很多质量不合格的家具,以致他被退货、退钱的责骂声所包围,最后无奈地再次离开家乡。然而小木匠身上的良知并没有泯灭,他对养父和妹妹的感情是真诚的,尽管他最后离家出走,却什么也没有带走,反而把自己在省城几年辛苦挣的两千元钱留给了亲人;同时改革开放的政策也给了他反叛不合理常规的信心和勇气,他面对村支书对个体木匠铺的刁难,依据政策敢于反驳和据理力争,使恪守传统道德的父亲也不得不认同改革带来的新秩序和新现象;也是他坚持让妹妹到木匠铺帮忙干活,打破了女人不能当木匠的习俗,挑战了传统的陈规陋俗。因此从这个角度来说,黄秀川又体现了一种大胆创造美好生活的勇气,这是作者所赞扬的。值得注意的是,1986 年的《残桥》中的德兴也是到城里打工的年轻农民,他面临的新旧伦理道德的对立冲突比黄秀川所面临的更加剧烈和复杂,体现出新一代农民更复杂的灵魂嬗变历程。一方面,他非常厌恶城市里欺压弱者、唯利是图的现象,认为这是城市的罪恶;但是另一方面,他的内心又非常留恋城市的繁荣富裕和新式生活方式,渴望能够在城里实现自己“混出个人样”的梦想,摆脱父辈代代“面朝黄土”艰辛劳动的宿命。他见义勇为地解救受流氓欺负的月娟,事后又后悔这种乡下人的举动;对帮助自己找到工作的吴大哥和小六子等人充满了感激,可是为了保住工作却拒绝加入他们状告包工头的义举,甚至还通过送钱行贿的方式获得更轻松的工作。在小说结尾,德兴幡然醒悟,决心重新开始新的美好生活,善良正义最终战胜了丑陋罪恶。

从以上的分析可看出,作者把这些新农民放到改革开放深层发展的背景中来描写,竭力展示他们复杂的心理和道德品质,是对前期孟春们的超越，亦是对改革开放本身的进一步反思。进而言之，这也是作者转向后期作品的一个标志，即对人物复杂心理和人性命运的揭示必然成为后期小说的中心，甚至有的作品就干脆直接以人物心理流程来结构全篇，追求一种心理的真实，成为一种偏向心理分析的意识流心理小说；有的小说则舍弃现实主义传统手法，而用魔幻现实主义和现代主义的艺术手法，来表达对现实社会的关怀，侧重的是小说艺术手法上的试验和创新，这亦是他后期创作的第二个特点。

如果说王润滋前期创作中的《叛徒》和“从昨天到今天”系列小说等作品，是作者侧重心理情绪描写和魔幻色彩因素的初步尝试，那么在后期作品中，他则开始大胆进行艺术实践，用多种艺术手法创作出比较成熟的小说作品来。1984 年的《雷声呼唤着雨》是一篇典型的意识流小说。小说以五次高考落榜的农村青年董昭为主人公，开头就描写董昭心灰意冷想自杀的沮丧心理活动，随后他听到在家务农的素芳甜美乐观的歌声，瘸五爷悠扬的箫声，母亲含泪的呼唤声，心理和情绪随之发生转变和变化，变为乐观坚强和不服输的心理，放弃自杀念头。董昭的心理意识流程，代替传统现实主义小说中的故事发展变化，成为推动故事情节和叙事向前发展的主要动力，可说是对传统现实主义叙事模式的大胆改变。1986 年的《残桥》也不再追求现实主义的“似真”艺术效果，侧重对主人公心理分析和意识流式描写，同时把现实和梦境、过去和现在交叉纠合在一起，有意造成一种亦真亦幻、现实和幻想相叠合的效果，因而具有现代主义小说的美学特点，所以王润滋能够在《鲁班的子孙》之后，以艺术上的先锋创新再次引起文坛的轰动和关注。

在1985年和1986年两年期间，王润滋写了《火葬》、《三个渔人》、《海祭》和《随小儿子去》等四篇具有神秘色彩的小说，这是他后期创作中颇具魔幻现实主义特点的实验小说，说明王润滋此时的创作重心已经完全转到了艺术手法的创新上。当然，这几部小说并非是照搬拉美式的魔幻现实主义，而是深受中国文学传统影响的作者，把齐鲁文化中《聊斋志异》的鬼怪传统融合进魔幻现实主义之后的独创性创作，是他对20世纪80年代中期流行的魔幻现实主义和各种现代主义艺术手法的勇敢尝试，这正表现出一个作家敢于文学创新的勇气和魄力。然而，作者并非为了魔幻而魔幻，而是有更多的社会现实关怀，这亦是山东作家社会忧患意识的另一种体现。《火葬》明写一个偶然的巧合使"我"抬一个孤老婆子的尸体，暗藏着对这个可怜的老人的同情和怜悯。《三个渔人》中的重点不是描写那个"老神仙"似的岛上老人，而是具有一种惩恶扬善的象征意义，神秘的海岛改变了三个渔人的生活和命运，使老李哥不再殴打对他没有感情的妻子，海生也不再与老李哥的妻子暗中来往，第三个渔人小顺儿的心灵则变得坦荡无私，后悔自己贪便宜、多占钱的自私行为。《海祭》中借写"神孩儿"来批判人们的自私残酷、毫无同情心，全篇充满了作者悲天悯人的情怀。《跟小儿子去》中的母亲为了解救死后陷身地狱的小儿子，宁愿减掉十年寿命而早点死去，实际上这是对伟大母爱的赞颂。这些小说其实都是对社会现实和现象的一种间接折射，反映出王润滋一贯的现实关怀，包含着对假恶丑的无情批判，对美好人性、情操的渴望和赞美，实践了作者始终坚持的真善美追求。

但是如果把他后期小说的创作放到20世纪80年代中期文

坛的背景中来考察,会发现这些艺术形式上的实验,已经汇入80年代中期中国文学“向内转”——转向文学形式结构的潮流中,此时正是“现代派小说”、“寻根文学”和“先锋小说”思潮风起云涌,在文坛上各领风骚的时代,也正是小说领域中的艺术实验创新开始争奇斗艳之时,魔幻现实主义、现代主义甚至是后现代主义的艺术手法都屡见不鲜。与此同时,当代文坛依旧面临着剧烈的变化和转型,虽然传统的现实主义文学观念已经受到严重质疑,但是这些所谓“现代主义”思潮的艺术变革也没有完全站稳脚跟,依然在争取自己在文坛上的合法地位,而且这种艺术变革在此后几年中愈演愈烈,在余华、格非、苏童等占据主流文坛的“先锋小说”中,性欲、谋杀、神秘死亡的宿命和人生的丑陋、卑琐、苦难均成为必要的小说元素。① 虽然王润滋的艺术实验曾经引起文坛瞩目,他不缺乏走向“先锋小说”思维方式的文学素养,但是他始终秉持着真善美的文学观念,无法跟上,或者说不愿意趋从20世纪80年代中期之后当代文坛继续转型的步伐,加上因身体不好而生病,健康每况愈下,使他也没有精力像张炜等其他作家一样,能够继续坚持自己的写作方式,或者是沿着艺术创新的方向开拓出一条新的小说之路来。他在90年代之后就停笔,终止了小说创作,艺术生命力到此结束,成为文坛憾事。

可以这样说,王润滋如同一颗流星,照亮了20世纪80年代初、中期中国文坛的上空,虽然只有短短不到十年时间的文学生

① 参阅陈晓明《表意的焦虑》(中央编译出版社2003年版)中第二章《转折与突变:形式主义策略的意义》。

命力，他却用文学记录下那个改革变迁时代的希望、憧憬、迷茫和痛苦，成为当代文学史上“改革小说”的代表作家①，同时他也在小说艺术上不断进行先锋革新试验，为文坛提供比较成功和成熟的典范文本。从这个角度而言，王润滋及其小说作品具有重要的社会学和文学史价值，在中国当代文学不断发展的历程中具有不可磨灭的贡献。

---

① 参阅洪子诚《中国当代文学史》，北京大学出版社 1999 年版，第 258 页；陈晓明《表意的焦虑》中的第二章《转折与突变：形式主义策略的意义》，中央编译出版社 2003 年版。

第五章

作家高晖论

作为小说家、散文家兼评论家，辽宁省作家协会第三、四、五届合同制作家的高晖(曾用笔名“老高”)，虽然是辽宁省某政府机关的工作人员，并不属于专职作家行列，但是他在20世纪80年代末期就登上文坛，其创作势头一直强劲稳定且风貌独特，我们甚至无法忽略高晖的存在——这是我们论及高晖的基本理由。迄今为止，高晖已经出版五部作品集，分别是《寻人启事》①、《内部问题》②、《向陌生人招手》③、《原始阅读》④和《康家村纪事——关于一个村庄的非结构主义文本》(以下简称“《康家村纪事》”)⑤。其中《原始阅读》收录作者在不同时间阶段创作的文学批评文章，《康家村纪事》是一部形式独特的长篇小说，而其他三

① 高晖:《寻人启事》，春风文艺出版社1995年版。

② 高晖:《内部问题》，哈尔滨出版社1997年版。

③ 高晖:《向陌生人招手》，时代文艺出版社2001年版，2007年出版增订版。

④ 高晖:《原始阅读》，中国文学出版社2003年版。

⑤ 高晖:《康家村纪事——关于一个村庄的非结构主义文本》，辽海出版社2009年版。

部作品则是作者的小说、散文和文学评论文章的合集。这些作品，是我们论及高晖的基本依据。

与一些每年推出一部甚至是几部长篇小说的“高产”作家相比，高晖并不以作品数量取胜，迄今不到80万字，甚至可以说他有些“低产”，但高晖的作品总能引起批评界的关注——目前能读到的关于高晖的批评文章近30万字，这种现象耐人寻味。高晖在20世纪90年代之后创作的小说作品，包括以回忆为主题的诗性小说和富有哲理色彩的小说，其实是对马原等开创的“先锋小说”实验精神的继承和发展。因此在小说作品中，他一方面把形式主义实验推进到省略和空白的叙事层面，甚至把现代人的心理体验作为故事的空间背景；另一方面又把从20世纪60年代至90年代末期的中国农村历史作为纵向的社会背景，折射出农村底层的现实生活状态。这样，高晖使其作品成为具有亦真亦幻独特审美特点的现代主义小说，同时为当下正在走向写作困境的底层文学的继续发展指出一条可能性出路。这亦是高晖小说的一个特征。

高晖曾经在《向陌生人招手》的前言中说过自己的写作态度：“我喜欢写作，但是不愿意把写作当成职业——没有遮拦时我也许会无所适从。在机关工作，其实就是取得必要的生活资料，保证不写那些自己不喜欢的东西。这时，我就想：一个好作家不应该受到环境的制约，卡夫卡也在财政部门工作过。文学应该在较低的姿态下自我运行，作品出来以前纯属个人行为。”①从这个角度来说，业余作家高晖没有职业作家必须完成的定量任务，他的

① 高晖：《向陌生人招手》，时代文艺出版社2007年版，第2页。

每一部作品都是在没有压力的、较为自由的状态下创作出来的。也就是说,他的创作状态符合周作人所推崇的无功利的、审美的理想状态。或许这种写作状态正是造成高晖小说具有从容、舒缓的散文化特点的一个重要外因。当然,能够打通散文和小说之间的惯常界限,使其作品成为散文化的诗化小说,与其说是小说家高晖别出心裁的一种独创,毋宁说是延续了中国现代文学史中沈从文、萧红、汪曾祺等作家的诗化小说的一脉,正如台湾散文家阿盛所认为的:“文学创作的体裁形式,约定俗成而已,形式不是决定作品好坏的标准。而且,文字之运用,各依其便,小说写得像散文,散文写得像小说,或者,诗写得像散文,散文写得像诗,都没什么不好——除非作品写得实在不好。”①也就是说,高晖的很多散文作品,包括他自己认为是“大散文”作品的《细节》,其实都可以看作是散文化的小说。

具体到高晖的作品来说,《寻人启事》和《向陌生人招手》两部作品中的大部分所谓“散文”,其实都是小说作品,很多批评家往往以现实“真实性”的标准来衡量这些作品,把它们均看成是回忆性的散文,因此才羡慕童年的高晖有一个“善解人意、平凡而又不平凡、既溺爱他而又给予他人生哲理”②的姥姥。不过,他们却往往忽略了高晖作品中“艺术真实性”的一面,也就是说,艺术的真。

换言之,对于高晖所说的“对于写作,没有什么比一个作家的

① 阿盛:《散文阿盛·放马文学天地间》,台北希代出版有限公司 1986 年版,第 265 页。

② 高晖:《原始阅读》,中国文学出版社 2003 年版,第 264 页。

童年生活更重要的了”①，完全可以这样理解：作家把自己的童年生活作为一种取之不竭、用之不尽的写作资源，因此，小说作品中总是掺杂着一些独特的成长经验和心灵体验，更容易带有抒情性的散文化色彩。何况带有自叙传色彩、以第一人称“我”作为作品中的人物也是一种常见的写作方式，史铁生的很多小说就是典型例子。在长篇小说《康家村纪事》中，作者曾经回忆“我”和年幼的弟弟小时候分肉吃的故事，而“去年，我和弟弟谈起这件事儿时，他说我的叙述有很大出入”②，这句话意味深长，其实可以看成是小说虚构性在文本中的一种自我呈现，正如马原在《虚构》中所用的元叙事手法一样，意在给读者造成一种亦真亦幻的审美效果，这也是文学艺术的真正魅力所在。而且，高晖把《寻人启事》、《向陌生人招手》等作品中的个别篇章抽出，重新加以改写、整理，编辑进长篇小说《康家村纪事》中，使它们成为后者的必要构成部分。这种对故事因素的重新组合，同样奠基在虚构现实生活的艺术基础上。

从这个角度来说，高晖的一些小说作品，尤其是那些以童年回忆和少年生活为故事原型的作品，某种程度上都经过作家的艺术虚构和艺术加工，既不能归类于回忆性的散文作品，也不是描写现实生活原貌的现实主义小说，而是属于形式主义试验色彩浓厚的现代主义小说。

需要注意的是，高晖的小说虽然受到马原、洪峰等先锋派作家的影响，但是小说家高晖是在“先锋小说”落潮之后的 20 世纪

---

① 高晖：《原始阅读》，中国文学出版社 2003 年版，第 209 页。

② 高晖：《康家村纪事——关于一个村庄的非结构主义文体》，辽海出版社 2009 年版，第 21 页。

90年代才开始小说创作，而且他同时也是一个批评家，他在评论文章《简单而艰难的对比——先锋派小说家和新状态小说家》中清醒地认识到，分化之后的“先锋小说”在继续发展过程中必然要走向“对人类精神状况的深度理解”①，在内容上必然也需要进行创新。换言之，高晖的小说家兼批评家身份使他对现代主义小说的创作规律和当下小说的发展趋势有深刻的理性认识，因此他创作出的小说，一方面延续了“先锋小说”的精神在语言形式上继续进行创新实验，不但把形式上的省略和空白作为最主要的现代主义艺术手法加以运用，引发读者的丰富联想，参与进小说的“似幻”审美效果中，而且同时以现实主义的艺术手法对小说中的细节部分进行精雕细刻，由此产生出现实主义的“似真”审美效果，这两方面共同构成作品“似真似幻”的审美特点，使它们既具有脱离写实的抽象象征意味，某种程度上又能够反映出现实生活，亦进一步拓宽诗化小说的艺术表现力。同时这也是高晖小说最独特的一个艺术特点。

另一方面，他坚信“优秀的小说家是与上帝干相同的活计，在创造世界。上帝以创造人的肉身为主，小说家以创造人的精神为主。创造就不单单是描述，是拓荒”②，因此，虽然小说家高晖的作品在形式上都属于细节描写功底扎实的现代主义小说，正如上述已经指出的，但是如果按照内容主题进一步仔细划分的话，他的小说大致可以分为两种类型，一类是以童年、少年往事记忆为主题的成长小说，主要包括《总在途中》、《新来的小石柱》、《烧纸

① 高晖:《原始阅读》，中国文学出版社2003年版，第42页。
② 高晖:《原始阅读》，中国文学出版社2003年版，第209页。

钱》、《献志回来》、《散文四种》、《味道怎么样》和《康家村纪事》等。该类小说的社会背景是20世纪60年代至90年代的中国农村生活，不过高晖并不满足于仅仅现实主义地摹写出一个乡村孩子历经苦难的成长经历，如同当下流行的底层小说惯常处理的情节那样，而是借此把现代人的心理空间从成年人拓展到人类童年和少年时期，甚至把主要人物的内心世界外化为一个巨大的空间背景，所有的故事都经过这个心理空间的过滤，使其成为主观虚构和客观写实相融合的现代主义小说。因此高晖创作的成长故事既是作者和人物内心世界的一个折射，自然带有浓厚的主观色彩和散文化的抒情特质，又是对农村底层生活的独特反映。

长篇小说《康家村纪事》无疑最具有代表性。毫无疑问，当下描写农村生活的小说基本上都属于"苦难叙事"特点的底层文学范畴，也就是说，很多作家只要是写到农民和农村生活，几乎千篇一律都是贫穷、破败、愚昧、悲惨的模式化生活画面，由此被很多学者批评为用笔太重太狠，深陷社会现实的泥沼中不能自拔，艺术上缺乏举重若轻的轻灵感。不过，高晖的这部长篇小说显得迥然不同。具体来说，他坚持采用诗化小说的描写方式，即蕴满诗情画意的散文化语言和平缓、抒情的基调，去描写农村底层民众的生活片段。而从风格上来说，虽然这部小说继承了萧红、沈从文和汪曾祺等作家重在表现民俗风情或营造意境的诗性小说传统，但是在小说技巧上追求创新，有意采用省略和空白等现代小说的叙事技法，以便进一步拓宽、丰富这类小说的艺术表达方式。从而使《康家村纪事》既具有诗性小说的艺术性和美感，又能够在某种程度上反映出真实的社会现实生活。

具体到小说文本来说，《康家村纪事》的文本结构较为独特，小说共分为14个章节,包括6个“正文”和8个“片段”。更具体些来说,这部长篇小说其实可以看作是由14个章节中的若干个生活细节片断构成的一部成长故事。具体来说,《正文一/重返童年》、《正文二/此文献给小学同学五芹》、《正文三/1976年秋天的纸飞机》、《正文四/高中女生刘菲之死》、《正文五/杀人犯吴玉刚印象记》和《正文六离乡》,均是对“我”的童年、少年和30岁成年人的现实生活片段的描写,其中穿插着康家村的其他人物和故事。而《片段2/溺水》、《片段3/1980年代的康家村》、《片段4/秋天》、《片段5/尿炕》和《片段6/康家村阅读》等“片段”部分,则重在抒发“我”在不同人生阶段的心灵感悟,表现的是一个孩子用心理触角对外部世界的不断探索和发现,甚至可以说外部世界只是他的心理世界的一个投影和折射。

以《片段5/尿炕》为例,小说家高晖的重点不是描述少年时代的“我”总是夜晚遗尿的事件,而是借此写出一种人生感悟和独特的心理体验:“有时,由于过度的担心、恐惧以及愿望,在特定时刻我们处于迷醉状态,对外界,对自己内部的感受都显得迟钝,不痛苦不兴奋不好奇,像放电影烧了片,这个时刻和前一时刻衔接不上。几乎分不清一个事件、一种情景是真实的存在还是头脑中的虚设,如果是彻底的分不清,那样就不存在对于真实判断的挣扎,迷醉状态是在警醒的挣扎中产生的,就像担心尿炕、不确信已经发生、果真发生,更像处在一个沉闷夏天的午后。”①可以这样说,作家的主要目的不是为了勾勒出从“文革”到20世纪90年代

① 高晖:《康家村纪事——关于一个村庄的非结构主义文本》,辽海出版社2009年版,第83页。

中期的30多年的历史变迁，也不是为了塑造出活生生的人物形象，而是以一个乡村孩子的童年、少年和成年三个阶段的心理体验作为最重要的空间背景来结构全篇，因而除了主人公"我"勉强算是贯穿故事始终的主人公外，并没有统一、集中的故事情节，而是每个章节都有不同的人物和故事，都具有某种独立性。其实，这种独特的小说结构和散文化风格还是高晖有意为之。因为，每一个章节都是作家以小时候记忆中的真实生活片断为基础加以重新编织和虚构，因此小说选取的生活横截面和大部分细节描写都带有高晖本人的真情实感和生活体验，笔端饱含感情和诗意，达到了他自己努力追求的"尽量把童年事物的文章弄得举止朴素一些，努力不铺张不隆重，不要依赖那些翻译的句式说话"①。

这种写作方式，一方面可以与回忆录式的自叙传抒情风格相一致，有意无意地吻合了汪曾祺对小说的看法："我以为小说是回忆，必须把热腾腾的生活熟悉得像童年往事一样，生活和作者的感情都经过反复沉淀，除净火气，特别是除净感伤主义，这样才能形成小说。"②换而言之，《康家村纪事》深得散文化诗性小说的神韵，这大概也是这部小说具有散文化风格的一个重要原因。另一方面，这种"形散神不散"的构思方式，又使《片段2/溺水》、《片段4/秋天》、《片段5/尿炕》等篇幅短小而抒情意味非常浓厚的8个"片段"，与故事性更强的其他6个"正文"章节相辅相成，能够连缀成一个统一体，分别从不同侧面和层次构成整个康家村的故事

---

① 高晖：《康家村纪事——关于一个村庄的非结构主义文本》，辽海出版社2009年版，第83页。

② 汪曾祺：《汪曾祺全集》第3卷，北京师范大学出版社1998年版，第461页。

和“我”长大成人的故事。

从第一章《片段1或序言/康家村的天空》开始，直到最后一章《片段8或附录》，作家始终以儿童视角和一个孩子从儿童——少年——青年的成长历程为主线，其中一个目的就是把北方乡村康家村的民情风俗和置身其中的人物命运遭际表现出来。而儿童视角的叙事角度，除了能够产生高晖追求的散文化诗性小说的真实性审美效果，即他自己所说的“真实的东西也可以‘小说’”之外，最重要的是能够使省略和空白等现代叙事技巧成为诗性小说的一个结构性因素。原因在于，儿童视角是一种限制性叙事角度，而故事的讲述和发生就只能够在这个孩子的所见所知范围内，而其他不见不知的部分自然就构成了叙事上的省略和空白。当然，这种省略和空白的叙事手法，并非是高晖的独创，早在20世纪80年代马原的《虚构》和洪峰的《瀚海》等小说中，故事情节和叙事上的省略和空白手法已经得到运用，并且成为这两个作家率先进行形式主义先锋试验的一个标志。随后出现的“先锋派”小说家余华、格非、孙甘露等人小说中的叙事省略，显然是沿着马原、洪峰这两个开拓者的路子发展而来。而《康家村纪事》所运用的省略和空白手法，自然也可以看到他们的影响。

不过，与“先锋派”小说家的作品相比较而言，《康家村纪事》虽然因以主人公的心理体验为故事空间背景而使其具有象征、比喻的审美特点，但是它对省略和空白的巧妙运用，依然能够从关于“康家村故事”纵向的时间背景中折射出严峻的社会现实问题，而并非仅仅只是现代主义小说的一种形式策略。在《正文四/高中女生刘菲之死》中，作者只是以少年“我”的所见所闻为线索，而“我”和高中同学老潘对女生刘菲死因的猜测以及与她生前的有限交往，无法揭露出她的死亡的真正原因。到底她是因为被揭露剽窃别人诗歌而羞愧自杀，还是因为食堂饮食极差引起的贫血晕倒等身体疾病原因，抑或是由于面临高考压力造成精神压力太大而死，或者还有其他原因导致她轻生？小说文本并没有给出明确答案。因而，刘菲的自杀原因就成为故事情节发展中的一个空白部分，引发读者利用想象去参与、补充文本的构成，从而使文本结构不再是封闭的、自给自足的，而是具有了现代主义小说文本常有的开放性。而从另一个角度来说，以上这些原因都有可能是这个高中女生死亡的真正原因。作者正是通过省略不写其自杀原因，才达到了诗性小说反映社会现实的目的——揭示出 20 世纪 80 年代高中生艰苦的生活状态，以及当时的教育制度对他们的精神造成的致命压力，使本章节具有批判教育制度戕害人性的社会现实意义。

《正文五/杀人犯吴玉刚印象记》中，省略和空白叙事产生的审美效果亦是如此。这一章中，在孩子的“我”和少年的“我”的视线中，吴玉刚杀人的真正原因依然被省略掉，成为情节发展中的一个空白。这种省略和空白除了突出乡村婚嫁礼俗传统和 20 世纪七八十年代中国农村物质的极度缺乏和农民的困苦生活外，主要目的是把主人公吴玉刚的悲剧一生逐渐呈现出来。一个性情木讷的农村青年，对婚姻生活和性爱怀有的美好愿望，却在新媳妇宣传他“阳痿”的话语中无情失落。那么，他到底是真阳痿，还是新媳妇为了达到离婚目的而有意进行的污蔑？进而言之，如果他没有性功能，那么石女的话作何解释？而如果他的确被前妻有意诬蔑，那么他与小六子的二姐结婚后又因无性功能而离婚，又怎样解释？这也是这个小故事中的一个“谜”，童年视角的运用由此造成了本章节叙事中的第二个空白。而叙事上的这两个空白部分,无疑是作者有意使用的叙事策略,目的是在诗情画意的田园风光描写中突出人物性格和心理蜕变的复杂过程,从而使其具有了心理分析小说的意味,同时也使文本的结构不再是封闭的而是具有开放性。

正如郭长宇的分析:"虽然体例不一,但内在却一脉相承,读下来没有间离感,它们甚至互相映照……而且,每个故事都可以继续写下去,文本呈现出很强的开放性。"①同时,也正是由于叙事上的省略和空白,也使作者有意省略掉对非正常死亡事件的血淋淋场面的直接描述,从而避免使小说成为渲染农民生活和底层人物"苦难"的流行模式,而保持住诗性小说的清新优雅和散文化的风格特点。

因此,可以这样说——《康家村纪事》一方面具有诗化小说的轻灵飘逸,如同一株清水芙蓉,卓尔不群地亭亭玉立于"苦难"叙事泛滥的文坛——从这个角度来说,这部小说为诗性小说一脉的持续发展,增添了新的艺术活力。另一方面,省略和空白的叙事手法又赋予小说内容主题以浓厚的现实主义色彩,同时从艺术技巧上为底层小说改变"苦难"叙事的惯有模式,提供了一个成功的典范。

除了以童年、少年往事记忆为主题的成长小说这一类型外,另一类则是内容上具有形而上意味和现代主义色彩极其浓厚的短篇小说。与前一类带有回忆色彩的散文化的风格特点相比,这

① 高晖:《康家村纪事——关于一个村庄的非结构主义文本》,辽海出版社2009年版,第169页。

一类小说则带有更多抽象的象征意味，可以说是带有哲理化成分的小说，主要包括《在路上》、《日常生活的对话》、《细节》、《心理诊所》、《随笔》和《笔会纪事》等作品。高晖以此类短篇小说为手段，来探索现代人在现代文明社会中的生存异化等富有现代主义哲学意味的一些问题。从中不但看出卡夫卡、博尔赫斯等西方现代主义小说作家作品对高晖的深刻影响，同样清楚地看到他对"先锋小说"形式主义实验精神的继承和超越。

《在路上》共由三个片段组成，选取的社会背景是严重超载的列车车厢，意在通过拥挤的现代生活来表现人们之间的冷漠和隔膜。第一个片段对等车人在车站围观"整个轮廓像大猩猩"的老妇人的场景描写，仿佛是鲁迅的小说《示众》中的"看和被看"场景在现代社会的"借尸还魂"，而"我"拼命挤上车厢后又毫不犹豫地关上车门，把其他等车人挡住的举动，更是现代人生活在精神"荒原"的证明。不但互不认识的人们之间彼此冷漠，就是第二个片段中在车厢吃糖果的一对小兄妹也是如此。哥哥把妹妹口袋中的所有糖果吃光之后，依然认为后者隐藏着糖果就翻找她的兜子。第三个片段更加具有形而上的象征意味："蓦地，车窗的玻璃上反射出一张女人的脸，我反复辨认，仍然无法判断这张脸是属于站台上那老妇人，还是身旁这位美丽的少女……"①

《日常生活的对话》全篇都用对话，用对话体来抒发作者对现实生活的哲理思考。《心理诊所》是一篇出色的颇有心理分析意味的短篇小说，但是作者的目的不是对人物性格进行弗洛伊德式的精神分析，而是为了表明一种人生态度："其实人的难处没办法

① 高晖：《向陌生人招手》，时代文艺出版社2001年版，第185页。

劝解，互相同情些，这样双方心里都觉得舒服。”①也就是说，这篇小说尝试着从哲学角度转入社会现实层面来解决现代人之间的冷漠和隔膜问题，由此也可看出，高晖创作出的这类抽象色彩的哲理化小说，依然能够折射出一些社会现实问题。从这个角度来说，这类小说和《康家村纪事》等成长小说一样，均体现出作者的现实情怀，只是程度不同而已。

最耐人寻味的是内容主题相似的两部短篇小说《笔会纪事》和《意识流》。前一部小说的开头和整体结构有些类似格非的“先锋小说”《褐色鸟群》，都是讲述一位男子和一位陌生女子在夜晚独处时，前者给后者讲述另一个故事的故事。“我”和一个女人“你”所探讨的小说真实性和虚构性之间的辩证关系——当然只是《笔会纪事》的一个外壳，故事的内核则是关于现代人生存异化的问题。这种异化主要包括两个层面，一个是情爱异化，“我”和“你”虽然渴望能够拥有充分体现自然人性的生活方式，能够大胆表达出自己的爱、憎，但是在现实生活中把彼此之间的好感掩藏在“喝水”、“吸烟”、“吃香蕉”和“讲故事”等举动中，可以说这是所谓的“现代文明生活”对现代人爱情生活的浅层异化。另一个层面则是人性异化，通过“我”对“你”虚构的关于一个文人“他”裸体去厕所引发的故事表现出来，也是这部小说的一个深层主题。作者选取了两个具有对比性的细节来描述这个故事，一个细节是“他”慷慨激昂地和“我”谈论具有形而上哲学意味的话题：“人与人之间的虚伪、冷漠，人性在这种心理环境中受异化，被扭曲，以及人类自我意识的丧失。在这种病态的社会心理环境中，

① 高晖：《向陌生人招手》，时代文艺出版社 2001 年版，第 264 页。

人性的自尊、人格都在发生裂痕，思想的内核找不到依托的对象。精神在意识和无意识之中变成了某种病态——直至感到迷惘，困惑不解，莫名的恐惧与悲哀……”①其形象俨然是一个具有自己独立人格意识的文学精英分子。另一个细节的选取则颇具匠心，本来“我”和“儿童文学作家”第二天是在好奇和恶作剧心理下半开玩笑地撒谎，但是当“他”被告知自己半夜裸体去厕所而被大部分人观看的事情之后，除了“脸部肌肉有些变形”之外，“他仍痴痴地坐在床前，脸色已经蜡黄，有种今后怎么做人的悲怆感”，并且“他竟默默地走向床边，开始整理自己的东西”②。而当他得知这件事情其实只是一个玩笑的时候，又恢复以前的状态，继续谈论的话题依然是“谈人性的自然回归、现代人的心路经脉之类，很时髦的——无论内行、外行、白痴都可以胡乱地说几句的话题”③。也就是说，作为精英知识分子的作家们，同样生活在现代文明造成的精神“荒原”上，“人性异化”等严肃哲学问题仅仅沦落为他们的一种谈资，他们无法挣脱社会心理环境异化的牢笼和回归浪漫主义作家们所推崇的自由的自然人状态，而自然人的裸体状态在现代文明社会中反而成为一种落后、野蛮、低人一等的象征。

如果说《笔会纪事》用带有“先锋小说”特点的句式“我只想写个小说来叙述一下当时的感觉，可始终也没一个完整的构思”④来直接表明小说的虚构性和先锋色彩，因而带有形而上的现代哲理色彩的话，那么他几年之后在此基础上重新构思的小说《意识

① 高晖：《向陌生人招手》，时代文艺出版社 2001 年版，第 191 ~ 192 页。
② 高晖：《向陌生人招手》，时代文艺出版社 2001 年版，第 195 ~ 196 页。
③ 高晖：《向陌生人招手》，时代文艺出版社 2001 年版，第 196 页。
④ 高晖：《向陌生人招手》，时代文艺出版社 2001 年版，第 197 页。

流》则是把前者的故事因素放到一个真实的社会背景下，重在考察人性异化产生的社会悲剧性和现实主义色彩。因此，《意识流》的故事框架没有改变，依然讲述一个人半夜裸体去厕所，为了怕别人看见自己的裸体而用墨水画了背心和短裤，但是依然被发现而遭到其他人围观。不过高晖除了用现实主义的细节来仔细描绘“他”上厕所后的一系列行动和仓皇回家后的心理流程外，其结尾部分也不同于《笔会纪事》中的思路：“最后长叹一声：我怎么没有发现那厕所门上有帘子呢？就此收笔。”而是描述“他”最终因羞愧和无法摆脱耻辱感而跳楼自杀，把一个具有荒诞色彩的黑色幽默故事改编成现实主义小说。

可以这样说，在人性异化的同一主题下，高晖分别采用象征手法和现实主义手法写成两篇风格迥异的小说，这种写作本身就具有某种实验色彩，不过需要说明的是，这两部小说运用的不同艺术手法和风格，既体现出“先锋小说”在20世纪90年代的继续发展已经转向其内容主题的创新上，也就是探索现代人的精神世界——正如上面已经提过的，又是高晖把“先锋小说”的实验精神逐渐融入自身小说创作实践的一个表现。从这个角度来说，高晖的所有小说作品都带有先锋实验的色彩，正如洪峰的评价：“高晖的小说和散文作品凭借着那种最具穿透力的警觉和柔情始终寻找着我们的文化所没有赋予给我们的那一部分东西……”这才是小说家高晖在当下文坛最独特的价值所在。

第六章

当下苦难叙事模式的突破与超越

——以陈应松的长篇小说《到天边收割》为个案

著名作家陈应松从2000年左右开始发表一系列神农架题材的小说,这给他带来巨大的文坛声誉,同时也获得很多学者和评论家的关注。吴秉杰认为:"以写神农架系列饮誉文坛的陈应松,曾因其作品神奇、瑰丽、惨烈的容貌,充满梦魔和幻觉,又不乏力度与深入开掘,提供了一个独特的艺术世界而取胜。通常在一种与世隔绝的严酷的生存环境中,人们容易产生一种恍惚的神秘感,人性也易于无保留地释放出来。"①小说所写的均是神农架山区贫苦农民的苦难生活,在内容风格上有意无意地迎合了当下文坛苦难叙事的主流,而"苦难叙事在文学史上自有其存在的价值意义,尤其是当苦难与'底层'人们的生存状态,与当下贫富分化的社会现状联系起来的时候,更加具有社会

---

① 吴秉杰:《你到底要什么》,载《北京文学》2007年第9期。

批判的力度和深度”①。同时这些小说也被认为反映出当下“三农”问题、“城乡对立”以及“农民和知识分子之间的隔膜”等受到广泛关注的当下社会问题。也就是说，在这些神农架题材的小说中，具有重大社会意义的底层主题最先得到文坛的认可，然后才是他具有诗意的语言和独特的叙述视角。② 不过与此同时，很多学者也对此提出质疑，尤其是当苦难叙事由一种美学的脱身术③，逐渐演变为一种模式化写作方式的时候。刘闰润直接指出陈应松在《十月》2007 年 5 期发表的小说《八里荒轶事》的主要缺陷：“除了苦难，还是苦难，人物命运一个比一个惨，作家就犹如催生苦难的机器，把越发残酷惨烈的底层民众的命运和生活呈现在读者的视野。在这样的叙事模式中，苦难叙事变得反倒异常陌生，让人生疑。”④当然，这个谴责并非只是针对陈应松一人，因为把苦难拼命往“狠”里和“沉重”里写，这也是当下作家在描写底层生活时的一个通病，包括写出《那儿》、《霓虹》等著名底层小说的曹征路等作家在内。从这个角度来说，如何突破现有的苦难叙事模式，创作出具有原创性的作品，就成为很多底层文学作家的艺术追求。

不过，从文学史和创作实践的角度来说，作家如果彻底抛弃

---

① 爱强：《当代作家努力摆脱苦难叙事模式?》，载《中国图书商报》2008 年 7 月 29 日。

② 罗勋章：《〈八里荒轶事〉的底层叙事及陈应松的困局》，载《长江大学学报（社会科学版）》2008 年第 2 期。

③ 陈晓明：《“人民性”与美学的脱身术——对当前小说艺术倾向的分析》，载《文学评论》2005 年第 2 期。

④ 刘闰润：《〈八里荒轶事〉的苦难叙事》，载《长江大学学报（社会科学版）》2008 年第 1 期。

原有的写作风格方式，创作出迥异于此前的、完全具有原创性的小说，根本就不具有现实操作性。因为每个作家都具有文学传承上的“父亲”①，都是吸收、借鉴前人的养料，根本不可能创作出一种完全迥异于前人的作品，而且每一个作家的风格均是自己长期文学实践的产物，要想改变并非是一朝一夕之易事。从这个角度来说，作家在自己已有的风格基础上，在某一方面进行创新和突破，则成为一个比较明智的艺术选择。陈应松在 2008 年出版的最新长篇小说《到天边收割》，则体现出从现实主义艺术的角度突破和超越当下苦难叙事模式的努力。

《到天边收割》是陈应松发表的第五部长篇小说，距离他在 2003 年出版的第四部长篇小说《魂不守舍》已经有五年时间。这是作家在《上海文学》2003 年 6 期发表的中篇小说《望粮山》基本情节的基础上，加以延展拓深而写成的一部长篇小说。需要注意的是，从中篇到长篇，并非只是作品篇幅的延长和变化，而从 2003 年到 2008 年这五年时间中，陈应松经过了 2004 年的《马嘶岭血案》、2005 年的《火烧云》和《太平狗》、2006 年的《吼秋》和《母亲》，以及 2007 年的《八里荒轶事》之后，才磨砺、雕琢出了这部长篇小说。可以这样说，《到天边收割》对《望粮山》的修改、变动非常大，尤其是体现出陈应松对自己原有苦难叙事技巧的进一步完善和突破。从这个角度来说，《到天边收割》其实凝聚着作家五年来不断完善艺术技巧和努力进行艺术创新的一番苦心，从中可以看出作家从现实主义角度对苦难叙事的深化、突破，也由此可以

① 参阅〔美〕哈罗德·布鲁姆著，江宁康译《西方正典》（译文出版社 2005 年版）一书中的观点。

看出当下文坛苦难叙事的新的发展趋向。

具体来说，虽然《到天边收割》基本延续原有的风格，依然极力铺写底层农民生活环境的苦难和精神上的苦难，但是作者有意进一步加大国民性批判的力度，并非是为展示苦难场景而故意夸大苦难，而是通过塑造具有觉醒意识的独立个人，写出对苦难的思考和认识；同时进一步加大对人性善良和生活温馨层面描写的比重，给严酷的苦难世界涂上一层温馨色彩，有意改变把苦难当成底层生活唯一特征的流行写法。从艺术技巧层面来说，作者更加注重对现实主义真实性审美效果的追求，除了运用传统现实主义手法描述生活细节之外，还把象征意味融合其中，努力拓宽现实主义的表现功能，力图进一步完善苦难叙事的艺术技巧，也就是说，在《到天边收割》中，陈应松把苦难叙事推到了一个新的艺术高度。

当然，作为一个早在20世纪80年代末期就开始发表小说的作家来说，陈应松在最早几部神农架题材小说，包括《豹子最后的舞蹈》、《松鸦为什么鸣叫》、《狂犬事件》和《独摇草》等中篇小说中，艺术上就表现得比较成熟，已经引起文坛的广泛注意。尤其是《望粮山》在2003年发表之后，当时文坛一致认为“陈应松作为一个有着理想主义和人道主义目光的作家，以人性的精神家园作为自己的写作立场和视角，关注了那些行走艰难的人，不舍悲壮，不舍悲凉”①。这使他的苦难叙事具有深厚的社会基础和人道情怀，而这个特点也贯穿在陈应松此后发表的每一部小说中。换另

① 项静：《艰难的行走——漫谈陈应松的〈望粮山〉》，载《当代作家评论》2004年第2期。

一句话说，神农架题材小说的一个共同特征，就是体现出知识分子的道德良知和社会责任感。由此，他被称为是底层写作的代表作家之一。① 也正是在《望粮山》中，作者不再仅仅关注人与人之间的冷漠、隔膜和城乡之间的极度贫富分化等常见的社会批判主题，而是开始把重点放在国民性批判上。主人公佘金贵已经不再是《狂犬事件》中那些愚昧、毫无自我意识的山民，在自然灾难和人为灾难面前无能为力，而是具有初步觉醒意识的独立个人。他受到周围人的排挤，“望粮峡谷的风气看来很不正了，众人正在诅咒一个小小的年轻人”②。他也已经认识到望粮山是一个“寒冷、荒凉、不近情理的地方”，一个“遍地虚妄、神经错乱的地方”③。不过他的抗争意识似乎是在出山进入城市之后才突然萌发的，缺乏情节的自然过渡和逻辑上的可信性，并且作品的悲剧性结尾也是苦难叙事的典型模式：金贵在城里杀人之后逃回故乡，最后跳进风雪弥漫的峡谷中自杀，呼应了见到天边麦子的人必然死亡的神秘宿命。从这个角度来说，这部小说所描写的个人觉醒意识，其实还只是一个萌芽、一束微光而已，却被苦难叙事的强光所淹没。而作者在2004年发表的《马嘶岭血案》，突出的是农民的苦难以及农民与知识分子之间的冷漠和隔膜，2005年发表的《太平狗》与2006年发表的《母亲》更是把城乡对立和农民的极度物质贫困推到极端，2006年发表的《吼秋》则反映出只顾自己捞政绩，

① 李云雷：《陈应松先生访谈》，载《文艺理论与批评》2007年第5期。

② 陈应松：《望粮山》，见孟繁华主编《2003年中篇小说》，春风文艺出版社2004年版，第360页。

③ 陈应松：《望粮山》，见孟繁华主编《2003年中篇小说》，春风文艺出版社2004年版，第403页。

根本不顾农民生死存亡的乡政府基层干部与当地农民之间的尖锐矛盾，可说是把苦难叙事反映社会问题、干预社会的职能发挥到极致。因此，作者在2007年发表的《八里荒轶事》中着重描写一个山村女性的重重苦难时，已经激不起前几部小说拥有的轰动效应，而只是引起对苦难的审美疲劳。不过需要注意的是，女主人公端加荣在饱经丈夫虐待和村人的蔑视之后，思想开始觉醒，为了追求自己的人格尊严和经济独立性，不惜带着两个幼小的女儿去极度贫瘠艰苦的“八里荒”开荒种地。不过，这个人物形象体现出的独立意识和思想变化，与《望粮山》中的金贵、《火烧云》中的寒巴猴子与桑丫很相似，均没有被充分表现出来。或许是因为作者依然把生活苦难和精神苦难当作苦难叙事的最主要成分，因此对人物精神层面的描写重视不够。

然而，《到天边收割》显然对此前的苦难叙事模式有所改变，陈应松把主人公金贵的觉醒当作一条重要线索来写。《到天边收割》把《望粮山》中的国民性批判主题具体化到对人物思想觉醒过程的细致描述上，以金贵的视角——“我”——来观察底层农民生活，主动思考如何改变苦难造成的国民劣根性，建构起现代人格。首先，金贵的身份已经变成一个中学毕业生，也就是说他具有一定的知识和清醒头脑，因而不像他的父亲和姐夫一样具有浓厚的迷信思想，只知道打老婆，是典型的贫苦农民。因此，当他看到人们在他父亲的带领下，疯狂地把冰雹中的绿虫放到嘴中咀嚼时，他用理智约束住自己，没有加入这种集体性的变态举动中。这次事件对他的刺激程度，远远超出了他因姐姐被虐待引起的愤怒和被村人误解后产生的悲愤之情，他此时感到的是一种悲伤的绝望

情绪，这使他“心痛得用一块石头砸自己的脑袋，同时大喊”①。通过这个事件，他看清了村人的愚昧和病态心理，这“一群疯子”毫无人生的希望可言，以及他父亲谋杀傻子的兽性行为，均促使他萌生了要离开大山，寻找符合正常人性的新生活。

其次，金贵思想的觉醒，还因为他对温馨亲情的追求和向往。《望粮山》中的金贵进入城市，主要的目的不是为了寻找母亲，而是为了改善物质条件，如同其他那些进城打工的农民一样，并没有多少自我意识，而《到天边收割》中的金贵却不同，作为村民生活背景的“望粮山”的含义，除了表达出对粮食所代表的丰衣足食的富裕物质生活的愿望之外，更重要的另一个层面是“望娘山”，借孝子王圆盼望见到娘亲的传说来强调亲情的重要性。而后层含义是作者有意增添进《到天边收割》中。如果说村民，包括自己的亲人在内，所遭受的一系列精神苦难和物质生活苦难，从理智层面迫使金贵离开望粮峡谷去山外寻找一个全新的世界，那么对母亲亲情的追寻则从情感层面上为他主动离开山村提供了逻辑合理性。对金贵来说，“我是去找娘去的。我怕别人说，这么大了，大人了，还想娘，还欠娘”，“对于我，这个计划比天还宏伟”②。而对正常亲情的渴望，如同他对正常爱情的渴望一样，也是具有正常情感的现代个人的一个标志，也正是在亲情和爱情的感召之下，在城市杀人的金贵最后去投案自首，得到政府的宽大处理，挣脱了看到天边麦子的人必将死亡的谶语和宿命。

最后，遵循法律条规也是金贵思想觉醒成为现代人的一个条

① 陈应松：《到天边收割》，江苏文艺出版社 2008 年版，第 103 页。

② 陈应松：《到天边收割》，江苏文艺出版社 2008 年版，第 142 页。

件。在法律面前，他遵循现代文明中的法律条规而不是盲目对抗——杀人后去投案自首接受法律制裁，作为具有独立意识的现代人金贵才完全被确立起来。至此，作者在《到天边收割》中完整地塑造出一个具有现代独立人格和思想觉醒的人物形象，以此为参照物，作者同时达到了反思苦难的目的。因此，金贵杀人的目的不是《马嘶岭血案》中九财叔们的谋财害命，更多的则是为了个人尊严才报复那个有意陷害他的老柳树。犯罪后金贵的命运也不再是九财叔们所面对的死刑和死亡宿命。从这个角度来说，用亲情和法律的力量来战胜主人公神秘死亡的悲剧宿命，也是作者突破惯常死亡叙事方式的一个策略。

可以这样说，作者用情感和人性冲淡了苦难背景带来的狰狞色调，由此小说也相应增加了很多正面生活形象的描写。主人公金贵去城市的路上，虽然遭人抢劫、生病和乞讨，不过也遇到了很多善良的人们，“一路上净是好心人，应了一句老话：无娘的儿子天照应”①。进入城市之后找到锅炉房的工作，也是因为听了开旅馆的阳姐的建议。金菊收养那个走进望粮山的傻子，不仅是因为这个孩子触动了她对死去儿子的思念，而且也在于他是自己同母异父的弟弟，亲情的力量使然；母亲最后认了被她抛弃近二十年的一对儿女，并且承包了望粮山，帮助家乡的人们养猪致富，自然也是在亲情的感召之下所做出的决定。在这部长篇小说中，陈应松逐渐改变底层作家“犹如催生苦难的机器”的身份职能。

《到天边收割》除了通过塑造现代人形象来加深国民性反思的深度，加重小说的社会底蕴之外，也尽量在艺术技巧层面来提

① 陈应松：《到天边收割》，江苏文艺出版社2008年版，第158页。

高、弥补苦难叙事惯常内容压倒形式的缺陷，试图丰富底层小说进行苦难叙事时的艺术手法。实际上，陈应松的神农架题材小说始终很注重小说的艺术性。在《陈应松先生访谈》中，陈应松声称自己的小说具有浓重的象征意味："小说没有象征不能成其为小说。我的小说即使真实得让人发抖，但也是象征色彩很浓的真实。没有象征的细节和语言我是不会用的，故事没有象征意味我是不会写的。象征就是有意味的语言、叙述方式和情节，我的小说追求意味。"①因此，他的作品经常是现实主义、浪漫主义和象征主义的融合统一体，与曹征路、罗伟章等人传统现实主义的底层小说不太一样。《马嘶岭血案》中莫名其妙出现的天边白光，显然是灾难降临的一种象征。尤其是在《太平狗》中，这条叫"太平"的狗在城市遭遇的骇人磨难，其实与它的主人程大种的非人经历互相呼应，具有浓重的象征意味，从不同层面描述出农民工在城市的苦难遭遇。然而，《到天边收割》中的象征意味显然也比《望粮山》更浓厚一些。正如前面已经提到的，"望粮山"不仅是指神农架农民生活的极度贫困，而且象征着主人公对母子亲情和正常人性的追求。而在《望粮山》中那副普通的香柏棺材，在《到天边收割》中显然也被赋予象征意味，作者极力夸张它把霉变粮食变成山珍海味的神奇作用："几天后我们把那个当粮柜的棺材打开来，取出苞谷磨粉，苞谷粉就有了一股香味，做成饭吃时，揭开锅，锅里蒸腾出一股浓郁好闻的异香。"②代表死亡的棺材竟然具有新生的能力，生与死之间的界限被打破，这也可以看成是陈应松改

① 李云雷：《陈应松先生访谈》，载《文艺理论与批评》2007 年第 5 期。

② 陈应松：《到天边收割》，江苏文艺出版社 2008 年版，第 20 页。

变苦难叙事模式的一个比喻:从这部小说开始,正面因素不再只是出现在《八里荒轶事》中那种突兀、生硬的光明结尾中,而是成为整部小说的一个温暖色调,使底层小说中正面光明的描写成分能够平衡过重的苦难因素,在某种程度上为底层小说创造出一种新的叙事方式。

不过与此前的那些神农架题材小说相比,《到天边收割》的基调并非是象征主义的,而是属于现实主义。进一步说,此处的现实主义并不仅仅是指该部小说具有"沉甸甸"的现实指涉意义,因为作者早在《马嘶岭血案》、《太平狗》、《吼秋》等作品中就出色地表现出这个特点,《到天边收割》自然也不例外,而是指用塑造出活生生的人物形象,以及通过多种类型的细节描写来表现神农架农民生存状态的现实主义艺术手法。曾几何时,苦难叙事成为各种苦难场景的堆砌,往往忽略了其艺术性和审美性,似乎只要苦难残酷无情,甚至演化为一种夸张离奇、匪夷所思的苦难场景,才能够表现出底层小说拥有的严肃社会意义来。其实,这是苦难叙事的一个误区,任何文学作品首先是具有审美意义的艺术品,这是它在文学史上存活的根基,其次才能够谈到它的社会意义,而后者其实只是一种附加产品,其具体内涵随着社会时代背景的变化而变化。然而,很多底层小说却往往本末倒置,造成"对'底层文学'之文学性元素和审美性元素的忽略"①,这也是当下底层文学常被指责为艺术粗糙的一个原因。陈应松的神农架题材小说却很注意苦难叙事的分寸,虽然他常常通过神秘、荒诞事物来增

① 吴义勤:《新世纪中国当代文学研究的现状和问题》,载《文艺研究》2008年第8期。

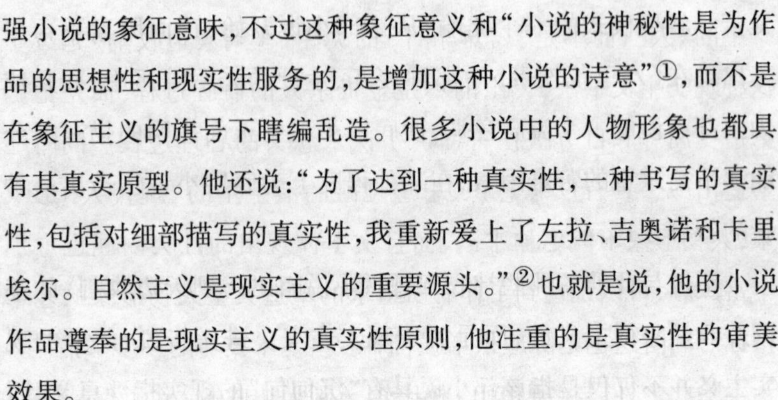

强小说的象征意味，不过这种象征意义和“小说的神秘性是为作品的思想性和现实性服务的，是增加这种小说的诗意”①，而不是在象征主义的旗号下瞎编乱造。很多小说中的人物形象也都具有其真实原型。他还说：“为了达到一种真实性，一种书写的真实性，包括对细部描写的真实性，我重新爱上了左拉、吉奥诺和卡里埃尔。自然主义是现实主义的重要源头。”②也就是说，他的小说作品遵奉的是现实主义的真实性原则，他注重的是真实性的审美效果。

当然，如前所述，这种“真实性”其实是融合了象征意味的真实性，是带有某种魔幻现实主义色彩的真实性。因此，《到天边收割》中的细节描写就较为复杂，主要分为两种类型，一类是符合传统现实主义手法的细节描写，包括通过描述人物心理发展过程塑造人物形象，以及对各类生活细节的仔细描摹。在《豹子最后的舞蹈》、《松鸦为什么鸣叫》等初期神农架题材小说中，陈应松就开始有意识地塑造人物形象，直到《望粮山》中的余金贵，不过这些人物形象并不是很成功，显然是因为作品的重心是在苦难场景和苦难事件的展览式描述上。不过，以《马嘶岭血案》为开端，陈应松露出开始改变此前苦难叙事的意图。他以底层农民生存的贫困苦难状况为大背景，极其细致、富有逻辑性地描绘出，九财叔是如何一步步产生谋财害命的想法，最后怂恿另一个挑夫官治安一起杀死七名勘探队员的过程。人物心理的发展变化过程，就成为推动小说情节发展的内在动力。小说的重点由此就转变为对苦

---

①② 陈应松、罗亿清：《爱泥土，更爱石头——与陈应松对话》，载《红豆》2005 年第 3 期。

难中的“人”，而不是“苦难事件”的关注。《到天边收割》延续了这种现实主义手法，突出的不是金贵杀人的血腥过程，而是他因为遭受屈辱和自尊被伤害而产生谋杀念头的心理过程。同时还塑造出一个具有反思意识、思想觉醒的活生生的“现代人”形象来，人物形象不但更加丰满，而且文本体现出的社会内涵也愈加丰富深厚，可以说达到了作者所追求的塑造典型人物形象的艺术目标。同时这也是陈应松增强苦难叙事艺术技巧的一个举措。

除此之外，与《望粮山》相比较，《到天边收割》除了保持着对神农架山区农民日常生活细节的描写之外，还增加了对神农架山区“扬歌”风俗的描写。这个特有的民俗风情细节，一方面无疑给沉重的底层生活增添了更真实的现实色彩，另一方面从“这闹唬唬的响器、歌喉、土麻拉叽的腔调，放肆的悲，夸张的乐，水煮盐拌的日子，流血流汗的倾诉，灾后的兴奋，无老无少的调情，哥呀妹呀花呀朵呀茶呀酒呀人生呀岁月呀生呀死呀，就是生生呼唤荒草中的收成，苦难中的幸福……”①描述中，也可以看出它增加了赞扬坚韧生命力的正面描写成分，改变了自始至终笼罩着《望粮山》的沉闷压抑气氛。作者还对金贵跳崖侥幸不死，然后从陡峭山峰爬下来的每一个过程均进行详细描述，这些细节描写为金贵存活下来提供了合理的现实逻辑性，增强了这部小说的现实真实性效果。

另一类真实性，则是指带有现代主义色彩的描写方式。作者对小说中某些细节的描述，不再拘泥于所谓传统现实主义的真实性原则，而是带有某种夸张、象征和变形等魔幻现实主义色彩，目

① 陈应松：《到天边收割》，江苏文艺出版社 2008 年版，第 47 页。

的是为作品增添一些艺术张力，进一步渲染故事氛围，也为其增添浓郁的诗意。“天边的麦子”显然是现实生活中并不存在的一个事物，在《望粮山》中它完全被处理为象征死亡宿命的一种神秘现象，与《马嘶岭血案》的“白光”具有同样的功能，推动主人公逐渐走向不可避免的死亡结局。但是，在《到天边收割》中，它增加了具体现实的指涉意义，被作者当作一个现实日常生活细节来处理，几次在小说中非常细致地描绘它的出现，“我看见了红云卷腾，晚霞漫涨；我看见了西南方向的群山和云彩之上，麦浪滚滚，无边无际！我看见了金黄色的潮汐，金黄色的光芒，麦芒儿闪闪烁烁，麦垄上妩媚万千。金风摇曳，金碧辉煌，狼尾样竖起的穗子喧喧嚷嚷……”①这种诗意的语言不再专门为苦难、丑恶场景营造后现代式的黑色幽默和嘲讽意味，因此这些充满诗情画意的麦子也就不再仅仅具有死亡意味，而是更多地体现出主人公对新生活、新人生的渴望。正如前面已经分析的，“香柏棺材”在《望粮山》中仅是一口棺材，《到天边收割》却在此基础上，又为它增添了一些神奇的功能，因此对它的诗意描述既是写实又是一种象征。另言之，与其说作者把它当作一种具有象征意味的事物，倒不如说是借它的存在来详细描述神农架当地农民的生死观念和其土葬风俗。这些亦真亦幻、带有魔幻色彩的生活细节描写，从另一个角度烘托出神农架山区农民独特的生活方式和精神特征，反而丰富了现实主义的真实性审美效果。

也正是具有魔幻色彩的一些细节描写，反而削弱了作品中苦难、谋杀的暴力血腥色彩。陈晓明从审美角度来分析苦难叙事带

---

① 陈应松：《到天边收割》，江苏文艺出版社2008年版，第51页。

有暴力倾向的原因："底层的苦难依然成为当今小说叙事的主体故事，而由此引向暴力则是小说寻求力度的唯一的表现方式。"①也就是说，苦难叙事中的苦难描述常常伴随着凶杀暴力，而后者也常常成为衡量苦难审美表现力度的一个因素，因此也就不难理解，为何很多底层小说一定要大肆描写血腥谋杀和死亡事件了。陈应松的神农架小说也不例外，《豹子最后的舞蹈》、《狂犬事件》、《马嘶岭血案》、《太平狗》和《火烧云》等作品中，死亡成为人物无法摆脱的宿命，即使在《八里荒轶事》中，作者为了突出苦难的生活环境，也专门设计了女主人公的小女儿被野狼吃掉等死亡事件。但是在《到天边收割》中，作者虽然继续描写底层人们生活环境和精神上的苦难，延续着《望粮山》中对"白毛风"、"吃肉虫"等苦难境况的描述，也写谋杀和死亡，不过作者却有意对谋杀死亡的细节描写加以魔幻化和象征化，弱化把暴力描写推向极端的苦难叙事模式。最典型的例子当推金贵杀人的场景。在《望粮山》中，作者直接这样描述："到了晚上十二点钟的时候，老树就进来了，下班了，也是来喊他的，'喂，上班了。'四个字一说完，一把刀子就直直地捅了过去，捅中的是腹部。老树就软了身子倒下去了，一只手捂着肚子，一只手张开，向他抓挠，想喊什么，可是喊不出。"②而在《到天边收割》中，金贵在杀人之前，老柳树在他的眼中已经是神农架的一只野兽："在这些风和雪花之中，他就是只驴头獐！是的，多像啊！你看他那双冰凉孤单的眼睛，告密的眼睛，

---

① 陈晓明：《"人民性"与美学的脱身术——对当前小说艺术倾向的分析》，载《文学评论》2005年第2期。

② 陈应松：《马嘶岭血案》，群众出版社2005年版，第160页。

还有那长长的驴头。"①一方面,这是对人类内心潜藏的兽性的一种比喻;另一方面,杀人行为因此而转变为一种狩猎活动,从审美效果来说,猎人对野兽的捕杀当然就不再是人类谋杀同类的极端暴力行为。通过这种方式,作者巧妙地在苦难叙事中避免了对血腥暴力的渲染,同时这也与金贵投案没有被判死刑,反而获得母亲亲情与恋人爱情的大团圆结尾遥相呼应。

综上所述,从《到天边收割》可以看出陈应松从艺术技巧上对当前苦难叙事模式的完善和突破,即加大现实主义的表现力度,把重点放到对现代独立人格意识的典型人物的塑造上,而不再是对下层农民苦难事件的渲染和堆砌;同时通过现实主义多种艺术手法的运用,改变苦难叙事中惯常的宿命死亡模式,更多地描写底层生活温暖、光明的一面,城乡之间不再对立,人们之间的隔膜最终会消解。从这个角度来说,陈应松用炉火纯青的语言和娴熟的现实主义艺术技巧,率先有意识地从艺术技巧层面来突破和超越当下苦难叙事模式,试图为底层小说的苦难叙事创造一种新的表现方式。因此,在某种程度上,《到天边收割》的确为超越和突破苦难叙事提供了一个比较成功的个案。

但是,需要指出的是,另一方面,当苦难叙事脱离"苦难"走向"幸福"和"光明",由大团圆结局代替原来的死亡悲剧宿命,是否意味着它已经拥有美化现实和削弱社会现实力度之嫌?这也是当下正在努力改变现有的底层小说模式,追求苦难叙事艺术突破和创新的所有作家的困境。或许当代文学的历史正是在这种困境和悖论中,得以不断艰难前行和曲折发展。

---

① 陈应松:《到天边收割》,江苏文艺出版社 2008 年版,第 197 页。

第七章

涵盖着围棋文化和人生命运的文化小说

——储福金的长篇小说《黑白》赏析

围棋文化在中国源远流长,并且影响深远。对于围棋的起源,可参考西晋张华的《博物志》:“尧造围棋,以教子丹朱。或云舜以子商均愚,故作围棋以教之。”由此可知,围棋最初产生的目的是启迪心智和开发智慧,并非是为了娱乐游戏。到了东晋,围棋在士大夫阶层得到普及,并且围棋文化由于吸收了中国道家文化中的玄学观念,也相应地得到极大发展。在东晋,围棋蕴涵着道家崇尚的隐逸精神,并且体现出了道家的精华思想,例如老子的“道可道,非常道”以及庄子的“道不可闻,闻非闻也;道不可见,见非见也;道不可言,言非言也”,因此又被称为“坐隐”。在魏晋名士的心目中,围棋并非是颐养性情的一种游戏,而是演变成一种哲学活动和悟道活动,对弈不但折射出他们的生命哲学,也表现出他们对人生和社会的一种形而上学的思考。对他们而言,围棋中的黑白二子象征着日月、阴阳和昼夜,圆形棋子象征着天象苍穹,棋盘四角可比作地象四方,而手持黑白两子的棋局搏杀,以及棋盘的胜负输赢,则象征着人世的纷争和国家战争……总之,在围棋文化中，围棋和下棋者的举手投足，均可比拟世事，让人去悟道品世，感悟沧海桑田的变迁。

至北宋，又有宋徽宗所言“忘忧清乐在枰棋”，围棋因此又称为“忘忧”，开始强调围棋具有自娱自乐的一面。

围棋文化与道家文化的密切关系还体现在关于围棋的很多传说上。因为道教要讲修道成仙，围棋也因此成为仙家之物，棋枰之上充满仙机。围棋最有名和最早的神话传说是“烂柯”的故事。据南朝《述异记》记载，晋樵夫王质，伐木入石室山，观二童子下棋，不觉斧柯尽烂，而且“归故里，已及百岁，无复当时之人”。还有唐朝王积薪蜀中遇神仙婆媳下围棋，武当张真人和骊山老母的棋事等等。不仅仅神仙们喜欢下围棋，就是道士们修道，也要借助围棋，传说全真教的道士马钰，就是从围棋对局中悟出了抱守持一的仙道修真的要旨。

围棋文化也包含着浓厚的佛家文化。因为棋理佛理相通，佛家讲究顿悟，围棋也讲感觉和领悟，围棋因此也是佛门弟子领悟佛法的一种手段，成为很多佛门高僧的爱好。围棋的另一别称“手谈”，就是东晋高僧支道林命名的。据《酉阳杂俎》记载，佛经翻译家鸠摩罗什也是此中高手。据说唐朝的高僧一行本不会下棋，有一次看当时第一高手王积薪与人对弈，看罢一局后，竟然能和王积薪匹敌，并说：“此但争先耳，若念贫道四句乘除语，则人人为国手。”崇佛的梁武帝，号称中国的围棋皇帝。明朝《太平清话》记载中峰和尚有偈曰：“俗谛事黑子，真谛是白子，十八界内，夺用争先。平地起是非，终难逃生死，纵教看得眼睛穿，翻转棋盘都不是。”

不过，围棋在儒家眼中却被当作小技和奇技淫巧。早在《论语·阳货》中,围棋就被认为是“饱食终日,无所用心,难矣哉。不有博弈者乎?为之犹贤乎已”。孟子把“博弈好饮酒,不顾父母之养”当作是不孝的行为之一,而宋儒们的看法是“圣人非教人博弈也,所以甚言无所用心之不可尔”。但是,围棋文化依旧吸收了儒家的入世精神。这样,围棋逐渐成为融合儒释道文化的一种艺术,跻身于“琴棋书画”行列。

中国当代著名作家储福金在2007年出版的长篇小说《黑白》,用小说的形式不但再现,而且重新诠释出中国围棋文化的精髓,堪称是一本专写围棋和棋手的文化小说。女子围棋世界冠军徐莹赞扬说:“非常引人入胜!从棋手角度说,《黑白》把棋手的内心世界写得很真实细腻。我看了就有亲切的感觉。那里面有很多自己的感受。……这是我看过的描写围棋与棋手最真实最美的作品。”①这个评价并非过誉,而是确实道出了《黑白》作为文化小说的艺术特点。

《黑白》力图借助围棋文化描绘出博大精深的中国传统文化和由此孕育出的文化人格,因此作家在小说中详细谈论围棋的棋路、棋力、棋势和棋境,目的在于围棋中所蕴含的中国传统文化精髓,不仅包括逍遥游的道家文化、入世的儒家文化和悲悯情怀的佛家文化,而且也涉及戏曲文化和饮食文化等,提供了一幅较全面的传统文化图景。同时,这部小说并非抽象地来写文化,而是通过“黑”和“白”的意象及其具有的多重象征意义,把社会、人物和文化融合起来,尤其是把“天人合一”的文化实践作为最高理想人格需要达到的美学标准,使这部小说不仅通篇具有哲学意味,

① 储福金:《黑白》封底,人民文学出版社2007年版。

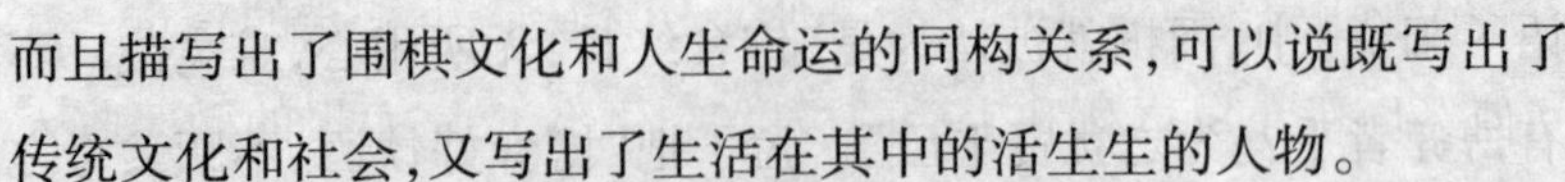

而且描写出了围棋文化和人生命运的同构关系，可以说既写出了传统文化和社会，又写出了生活在其中的活生生的人物。

作为文化小说，《黑白》中的“黑”和“白”这一对意象具有包罗万象的多重象征意义和内涵。首先，这对意象最表层的意思当然是指围棋的黑子和白子，是围棋的代称。小说《黑白》就是围绕主人公陶羊子成长为一代棋王的人生经历而结构成篇，重点讲述的是陶羊子把“悟棋”与“悟人生”结合在一起，历经生活和战乱的磨炼，最后才把儒释道的围棋文化精神融合起来，由此达到了“天人合一”的最高精神境界的曲折过程。

其次，黑白意象与阴阳、黑暗和光明、生死、输赢、善恶、顺利和厄运等一系列二元对立的形而上哲学范畴相对应，而且这些范畴又与社会人生和世俗生活等形而下的内容融合在一起，成为主人公人生阅历和心灵成长的必要部分，由此使这部小说拥有了更丰富和更深一层的人文内涵。幼年丧母的陶羊子对围棋的最初喜爱和痴迷，原因其实很简单，在于他把白棋当成了光明和一种人生乐趣，而黑棋则被当成吞噬掉他母亲的黑暗和死亡。他通过白棋在棋盘上包围黑棋，寻找到了一种抗拒黑暗、死亡和孤独的方式，看到了生的希望和人生的乐趣。他是以未遭受社会功利思想污染的赤子之心来热爱围棋的，但是此时的他如一块的璞玉，仍需要被雕琢，才能够去掉隐藏在内心深处的、对黑子和黑暗的恐惧感，他远未达到道家逍遥自在、顺其自然的境界。

当少年陶羊子从乡下小镇进入城市苏城之后，他以少年奇才闻名苏城，打败了各路棋手，成为权贵祁督军的座上宾，但是随后被深谙他心理弱点的对手方天勤所打败，因为陶羊子面对手持白棋的后者无任何招架之力，他甚至帮着对手白棋获胜。陶羊子的人生由此从天堂跌落下来，他开始真切体验人生社会的苦难。其间他经历了小舅之死和生活的极度贫困，仅依靠卖报的微薄收入维持生活。幸运的是，他遇到了童年教他围棋和赠送他围棋的任守一父女，并拜任守一为师，也逐渐懂得了围棋和人生之间相辅相成的关系，从社会、文化的角度对围棋有了更深一步的理解。为了谋生，青年陶羊子再次踏入围棋圈子，他不再害怕黑棋，而且依靠古棋谱教授的方法，手持黑棋凶猛厮杀赢取钱财。如果说他少年时棋力尚弱和棋道不正，对棋境的理解只局限于一个少年神童对白棋的认识而已，那么他手持黑棋之后则加深了对黑棋和黑暗世界的进一步理解，正是贪图金钱和胜负之心激发出他内心深处隐藏的黑暗残酷的力量，其形象颇类一个太入世的“棋魔”。“摇头毡帽”的外号正是他此时的真实写照，他违背了围棋所追求的“道法自然”的境界。可说他此时对黑子和白子依然有无法解开的心结。

成年后的陶羊子在胜过日本高手宫藤之后，虽然达到了“你强由你强，我自守定柔，无一定的棋着，无一定的棋路，无一定的手筋，也无一定的定式。身随势行，心自飞翔”①的境界，但是仍然无法把黑白棋的威力完全融合起来，他需要更进一层次的蜕变和苦难磨炼。当他亲眼目睹了妻子和好友被日军飞机的炸弹炸死，随后他在南城被日军抓去埋葬被杀害的千万中国人尸体，黑棋在他眼中随即就化为无数死尸，因此在很长时间之内，他无法再下围棋。只有当他从疾病死亡中挣脱出来，九死一生之后重新有了妻儿，才对人生命运、生死存亡、胜负赢输有了更深刻的理解，领

① 储福金：《黑白》，人民文学出版社 2007 年版，第 278 页。

悟了儒、释、道等传统文化中顺其自然、入世与出世之间辩证转化的多重内涵，他战胜了心灵和外物对自我的束缚，能够毫无羁绊地游走在出世和入世之间，黑白子的棋力和棋势也才真正做到了融合无间，最终达到了“天人合一”的人棋合一的最高棋境，从而成为一代超凡入圣的棋王。从这个角度来说，传统文化和人世社会的复杂纠葛均被作者融进黑白意象中，这亦是黑白意象在“物”和“事”上的多重呈现。

但是黑白意象的象征内涵并非仅限于此，而是具有更深一层的文学寓意。作者依然把文学看成是人学，把笔墨落实到“人”身上，这正是曾经在 20 世纪 90 年代写出长篇小说《人之门》、《雪坛》等引起文坛轰动的储福金的一个写作特点。所以，与陶羊子人生密切相关的几个人物自然体现出黑白的象征寓意来。毫无疑问，对处于童年、少年、青年和成年各个人生阶段和棋境的陶羊子来说，师父任守一首先是他下围棋的启蒙者，并且在他少年和青年遇到挫折的关键时刻，用包括了阴阳五行和人生社会等内容的中国传统文化来开导徒弟，解开后者的心结，促进其心境和棋境的提升，可以说在任守一的身上体现出了黑白相融、阴阳相合的智慧，他是社会中“天人合一”的一个典型代表人物。但是他的养女任秋显然是黑棋的化身。讨厌围棋的任秋除了是陶羊子青梅竹马的伙伴，能够给他一种亲人和家庭的感觉之外，还让他感到她具有世俗生活气息，是可以实现他的肉体欲望的一个女人，所以性格内敛的陶羊子才与方天勤极力争夺她。嫁给陶羊子的任秋被炸死的结局，无疑也是因为黑棋包含着的其中一个寓意就是死亡。与任秋相对的梅若云，她不但是陶羊子真心相爱并且与他心灵相通的恋人，而且还是飘逸超脱的白棋的象征。同样热爱围棋的梅若云飘若出尘，美若天仙，精通围棋和音乐，她从少女时代就开始与陶羊子下的一盘围棋，历经两人少年、青年和成年三个人生阶段才完全下完，而她的每一次棋路均给予他的心灵诸多启示，引导着后者逐渐领悟围棋拥有的丰厚的文化精神。如果没有她的棋路指点，陶羊子不可能战胜宫滕，为当时处于日本侵略者铁蹄下的中国雪耻争光。虽然陶羊子把梅若云看作红颜知己，但是他总是感到与她的距离，“陶羊子时常会有幻象似的性梦想，躺在床上，在睡与非睡之间，各种见过的女人在他的意念中浮现，他的意象仿佛有着远近的层次，映着朦胧的光色，越往远处光色越发明亮，近处的形象笼在暗色之中。浮在前面的是最易接近的，梅若云在远远的光亮处，隔着一个圈似的，怎么也浮不到前面来。……亮色中的梅若云永远只在远处浮着，陶羊子不愿把他当作自己肉体欲望中的对象，在意念中他也不愿亵渎了她”①，如同凡人和仙女的差距，可望而不可即。当历经战乱和死亡劫难的两人在昆城再次相见时，虽然已经完全心心相印和心灵融合，但是已经无法再结尘世姻缘，梅若云依然是孤独而飘逸的白棋命运。至于方天勤，这个出身于下层帮佣的围棋手，从童年起就是陶羊子下围棋的对手和竞争者，他不屈服、好斗的天性以及善于钻营的个性，使他的棋风凶狠善斗，颇合黑棋争强斗勇的特点，不过也因此陷入黑棋太过入世和争斗的“棋魔”境界。与任秋相比，他身上更强烈地体现出黑暗、输赢之心等滋生出的强烈生命力。另外，他从战争、死亡和集中营中逃得性命，当然也象征着黑棋所具有强横旺盛的生命力。不过他却无法再提升自己的棋境，败给黑

① 储福金：《黑白》，人民文学出版社 2007 年版，第 229 页。

白棋风相融的陶羊子就成为意料之中的事情。这些体现出黑白象征内涵的人物形象使黑白意象变成了“人”与其命运的一种象征和比喻,他们与陶羊子共同组成了酸甜苦辣俱全、悲欢离合皆有的黑白人生。

还需要注意的是,《黑白》一书对传统京剧和琵琶、箫等乐器演奏出的音乐的描写,虽然是因为情节需要而顺便提及它们,着墨并不多,但是京剧和音乐的神韵与围棋中的黑白世界款曲相通,陶羊子“从戏的韵味想到了棋的韵味,他的思绪入到棋里又入到戏里,慢慢地能体悟到各种味道。戏与棋都是可以细细地品的:有飞扬的韵味,有飘逸的韵味,有细腻的韵味,有豪放的韵味,有盘旋的韵味,有清明的韵味。层次低的戏角儿,就是唱不出自己的味道来,就像低层次的棋手下的棋,总缺少那点意味”①。实则还是在写以围棋文化为代表的中国传统文化以及人生悲欢。《黑白》借助黑白意象写出了中国围棋文化的韵味和精华,加之这对意象被作者所赋予的浓厚哲理色彩,组成了一个既自然纯朴又涵盖着丰富多彩的社会内容和人生命运的黑白世界。从这个角度来说,《黑白》作品本身就达到了“天人合一”的境界,作者把自己融入了充满文化和人的黑白世界中,因此才产生了既有强烈的阅读吸引力又富有丰厚文化内涵和文学修养的一部奇书。或许这就是黑白意象隐藏最深的一层内涵吧。

---

① 储福金:《黑白》,人民文学出版社 2007 年版,第 145 页。

第八章

反异化和反文本:高晖的心灵断代史构成

高晖的长篇小说《康家村纪事——关于一个村庄的非结构主义文本》(以下简称"《康家村纪事》")①出版以来,引起持续至今的较大规模反响。在这部长篇小说里,高晖所展示的对叙事文学诸要素的独特理解,特别是对文本结构空间的拓展,已得到批评界的首肯。其后,2011 年的《美文》连载高晖的"康家村系列",作为《康家村纪事》的文本接续,也是作为其持续反响的重要补充,其中《煤城往事》②在这一系列作品中格外惹人注目。我曾在拙作《高晖论》③中提到:"在体裁上,高晖小说属于现实主义功力扎实的现代主义小说;在题材上,其中一类就是涉及童年回忆、少年生活、青春成长的成长小说,主要包括《清明记》、《煤城往事》和《康家村纪事》等。在这类小说中,《煤城往事》是高晖小说的重要组成部分,这部中篇小说延续着高晖惯常的叙事风格,同时在

① 高晖:《康家村纪事——关于一个村庄的非结构主义文本》,辽海出版社 2009 年版。

② 高晖:《煤城往事》,载《美文》2011 年第 8 期。又见王蒙主编、林建法分卷主编《2011 中国最佳中篇小说》,辽宁人民出版社 2012 年版,第 279~301 页。

③ 张清芳:《高晖论》,载《渤海大学学报(哲学社会科学版)》2011 年第 6 期。

语言上更加圆熟、扎实、灵动，而且在25000字的篇幅里写出一个农村孩子青春期两年里的重要事件、心灵成长历程，内容涉及尊严、爱情、暴力、冲突、渴望、顿悟和救赎等等，简直相当于一部长篇的容量。”

与《康家村纪事》相比，《煤城往事》显然延续着高晖的“围绕自己独特的心灵成长体验和个体生命经验展开叙述”的叙事特征，以一个敏感、略带青春期忧伤气质的维特式男孩的两年中专校园生活的故事为中心展开叙述。如果说《康家村纪事》侧重讲述一个农村男孩在童年、少年时期的内心成长经验，那么《煤城往事》则主要讲述这个男孩进入青春期后，在城市两年求学期间所经历的内心成长过程及阵痛。从这个角度来说，《煤城往事》在内容主题上又是《康家村纪事》的续篇。但是，这种延续性并不能遮掩《煤城往事》的独特魅力：语言上比《康家村纪事》更加纯熟、流畅，情节结构安排和细节描写上也更具匠心，正如罗振亚所说：“和常规的小说路线迥异，它不按生活固有的时空形态结构作品，也没围绕相对完整的故事展开情节，而是以作者的心理活动为主线，串联起影响过自己人生和思想的若干场景、故事、细节和情绪片段，再现了自己和那座城市、那所学校之间隐秘而复杂的精神联系。”①更重要的是，高晖精准地塑造出一个从农村进入城市的、处于青春期的男孩形象，描绘了他对人性异化、生命、死亡、尊严、青春和人生意义等诸多形而上问题的思考、追问和反思，以及他的内在性格在这种追问、反思中逐渐走向成熟的历程。这也是作

① 罗振亚：《在超越的“路上”——〈2011中国最佳中篇小说〉序》，见王蒙主编、林建法分卷主编《2011中国最佳中篇小说》，辽宁人民出版社2012年版，第12～13页。

家高晖本人的主体性意识逐渐形成的一个过程,从而也使这部中篇小说超越了校园青春故事的狭窄范围,容纳了丰富的现实生活内容和思想内涵,充分体现出了高晖作为思想型小说家的特征。确切地说,高晖在为自己编织一部心灵断代史,经度是心灵解放历程,纬度是文本开放的过程,经纬的交叉部分就是依靠高晖的独特叙述推进。请看这部小说的开头:“我有看地图的习惯。一般来说,都是拿本地图册,常常是极单纯地看那上面色彩斑斓的线线——这是一种很管用的办法,当你受到时间和空间禁锢的时候,特别是在一个悲伤、绝望、厌烦、受到伤害的夜晚。这时,地图会帮助你展开想象的翅膀,总能为你思绪提供一些新的飞翔区域。比如,眼睛盯着美国,原来留存的那点关于这个国家的印象就会被激活,我总能想起美国的那些优秀作家。有时,我甚至觉得,他们就是从我这里出发——然后才到达那个地方的。在更多的时候,我的眼睛总是停留在中国——看的顺序,大致是按编辑顺序,先看全国图,然后再看分省图,也总是在自己去过、生活过的地方(地名)上,出现短促或长久的停滞,原来空灵的感觉顿时变得实在起来,于是想起关于那个地方的一些事情,比如,今天晚上,看到煤城就是这样的状况,我知道,这是记忆之阀开启的时刻。接下来,如果不人为控制,那些涓细的小溪会汩汩地流进来,让我的内心完全充盈。这时,我就有机会发现自己——到底记住了什么。”①

紧接着,《煤城往事》通过回忆方式揭示出主人公“我”在煤

① 王蒙主编,林建法分卷主编:《2011 中国最佳中篇小说》,辽宁人民出版社 2012 年版,第 279 页。

城两年生活期间的身份——财校的学生。作为一个在中国北方乡村康家村出生，并度过童年、少年时代的男孩，“我”和大多数同龄人一样，在20世纪80年代中后期高中毕业后通过求学的方式进入到中等都市煤城。也就是说，作者赋予“我”的身份是一个具有乡村背景的“外来者”，一个对城市生活陌生的“他者”。正是这种独特的身份背景，才使“我”进入城市后具备观察、审视、批判都市生活消极层面的敏锐眼光——在表面的现代文明之下，都市生活在深层意义上更多地表现出对现代国人纯朴、自然人性的压抑和戕害，从这个角度来说，中国人城市化的过程等同于人性异化的过程。而对这种人性异化的批判，则是在塑造“我”的性格形象和勾勒其主体意识形成的过程中完成的。也正是因为有“我”这个中心人物的存在，才使作品中那些议论性的段落并不显得突兀和生硬，而是自然而然地成为体现“我”内心情绪流动、烘托独特性格个性的一种必要手段。

从外表上看，“我”是一个具有青春期敏感气质的男孩。这个“天天踢足球的文学青年”在某种程度上体现出维特式“青春的忧郁”的性格特征：“或者动作凌厉、或者举止木讷，但大都表情凝重，而且脸上一般都长着粉刺，同时双眼充满着渴望，似乎总在渴望有人接受爱抚，而且通常长发飘飘。”①性格上也比较早熟叛逆，拥有能够独立进行思考和反思的主体性意识，亦能够对压抑人类自然人性的社会规范进行有意识地反抗和反思。“我”的心灵成长大致可以分为两个阶段，一是在刚刚进入青春期的高中阶段，

---

① 王蒙主编，林建法分卷主编：《2011 中国最佳中篇小说》，辽宁人民出版社 2012 年版，第 283 页。

身心的发育促使“我”开始从情感层面探索外部的复杂世界，其中一个表现为对成人世界约定俗成规范的叛逆：“读课外书、弄体育、闹初恋，还时常三五成群地聚集在县城里肮脏的小酒馆里，一边喝着劣质白酒一边讨论人生”，而且“对家长、学校灌输的那些东西开始表示怀疑，但由于高考的压力而没有表现出过激的反叛行为，但常常对那些违法的东西感到既羞怯又向往”，与此同时内心却非常敏感、脆弱，“虚荣心常常膨胀，对那些哪怕是最细微的刺伤也总是怀恨在心；同时，也总是在第一时间屈服于那些诗意、美好、奇异的感情”。不过这种叛逆更多是人类从少年走向青年时期自发出现的一种本能意识，是农耕时代青春期男孩的一个普遍特征，也是个人意识初步觉醒和主体性形成时必然要经过的最初阶段。

然而，在“我”的心理成熟和主体性进一步形成的过程中，文学阅读和创作成为引领“我”前进的精神火炬。在这种情况下，从文学作品中汲取知识、人生智慧乃至生活经验成为“我”的一种生活方式，这亦是青少年在特定年龄阶段了解外界生活的方式。只是高中阶段的“我”囫囵吞枣地阅读文学书籍，几乎是盲目地照搬和模仿世界文学名著中主人公的言行来处理现实生活问题，“倒是让我养成了按照书上描述的办法处理感情生活的不良习惯，特别是一牵扯到细节更是如此。这样，我的青春期的真实焦灼——再掺杂上小说里主人公的心灵磨难，就使我那段生活感受变本加厉，甚至一时无法分清哪种状况更加真实”。尤其是在处理与初恋女孩以及与她父母的关系时，“遇到她爸爸妈妈阻拦的时候，我也是参照一本小说主人公的做法——和他们面对面地斗争，结果呢，自然是让我搞砸”。这种带有维特式色彩处理爱情的方式，显

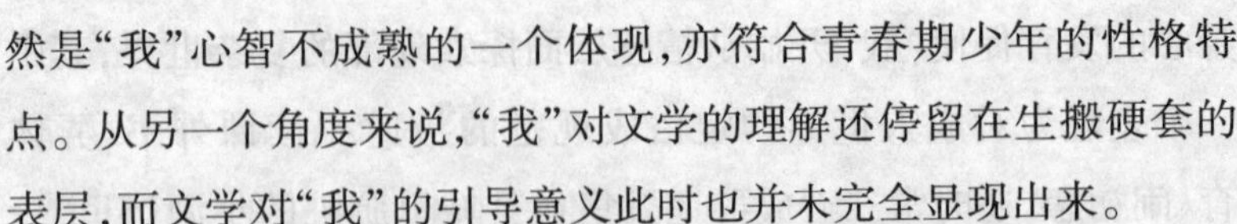

然是“我”心智不成熟的一个体现，亦符合青春期少年的性格特点。从另一个角度来说，“我”对文学的理解还停留在生搬硬套的表层，而文学对“我”的引导意义此时也并未完全显现出来。

“我”性格特征的最终形成是在进入煤城的财校读书之后。由于“我”带着高考失败的情绪进入这座城市读书——以及童年、少年时期乡村生活给予我的纯朴自然、向往自由的个性，使我能够透过煤城带有“某种特有的神秘和陌生”色彩的表面，用“外来者”的视角冷静地深入其内里去观察和思考。这使“我”发现，城市通过学校职业训练的方式侵蚀、剥夺青少年的自然人性，逐渐把他们异化成没有人性情感的“非人”。换言之，对人性异化问题的思考和反思过程是促使“我”心理成熟的最主要原因。就在“我”身心成熟、迈入成年人行列的同时，亦形成自我的主体性意识，使我能够自觉地去抵抗城市带来的程式化生活对自己产生的人性异化。

刚进入财校的“我”就已经发现，这座外部条件较好的学校实际上“死气沉沉，整座学校就像一名财会人员，有花枝且能招展起来的大多是一年级下学期的女生，刚来不会展——时间久了便翅膀下垂，大多数面孔开始呈现巍峨之气”。其原因在于，财校职业化训练的目的是为了培训出符合城市要求的职业人员，而在这种训练中，“我们会逐渐忘记自己家乡的一草一木，被训练成一个符合县、市、省财税部门或其他机构要求的财税管理人员。当这些家伙的内心生活完全丧失，丢掉任何人文情怀和乡土意识，并且完全失掉个性的时候，就开始成为一个标准的国家公职人员”。与其说这是现代人为适应都市生活需要经历的一个社会化过程，倒不如说是他们的人性被异化和接受程式化生活后失去青春活力的过程。由于这个异化过程与人类长大成人后社会化的过程在时间上具有同构性和重叠性,也就是说,人类由孩子成长为青年人的过程,同时也是人类在都市生活中不断异化的一个过程。而这种异化过程往往被后者所遮掩,具有欺骗性,大部分现代人甚至没有认识到自己的被异化。但是"我"从自己离开乡村进入城市求学和生活的经历中,从城市生活与乡村生活的差异中,敏锐地认识到这种异化:"我的每一次离乡,都在剥离着自己扎在泥土中的根脉,都剔除着我身上的区位特征;然后呢,我将被锻造成一个标准件。这到底是不是一个合理的进化过程?总之,接下来,我注定变成一个无家可归的人。"当然,此处的"家"喻指心灵和灵魂的栖息地。换言之,"我"已经强烈地意识到,自己进入城市后灵魂之"根"正在断裂和破碎,假以时日将逐渐被异化成一个没有个性和内心灵魂的所谓的"社会人"。而"我"不愿意沦落到此地步,就力图通过多种方式寻找到新的心灵家园,以此对抗人性异化,重建精神信仰。而在寻找心灵家园的具体过程中,"我"的个人主体性也得以形成。

为防止自己被城市生活异化和寻找新家园,我主要采取两种行为方式。一方面,我有意无意地去打破和反抗僵化得令人窒息、泯灭学生个性的学校制度。小说中主要列举了三个事件,一个事件是"我"上课时勇敢地反驳老师的指责,一个事件是与因心情不好而拿学生出气的查宿舍老师之间的冲突,还有一个事件就是"我"为小老乡打抱不平而踢坏门板。当然这些行为都使"我"受到学校的处分,第三个事件甚至使我受到开除学籍、留校察看的严重处分。"我"接受了这些处分,不是因为被这些规范所驯服和压制住,而是因为我对人性异化问题有了更深刻的理解:既然

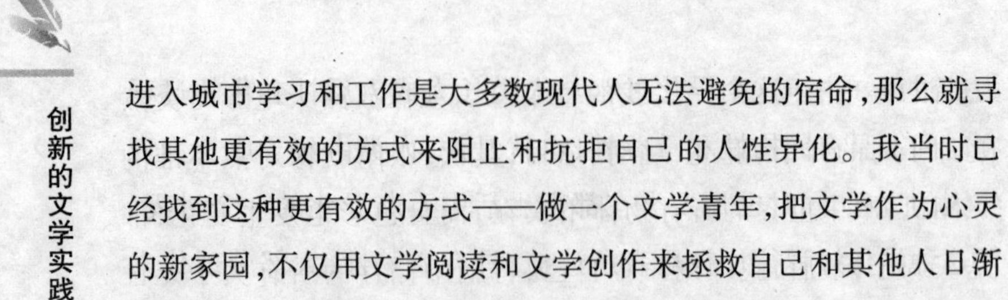

进入城市学习和工作是大多数现代人无法避免的宿命,那么就寻找其他更有效的方式来阻止和抗拒自己的人性异化。我当时已经找到这种更有效的方式——做一个文学青年,把文学作为心灵的新家园,不仅用文学阅读和文学创作来拯救自己和其他人日渐荒芜的心灵,而且以此保持柔软的内心世界,保持对外部世界的敏锐感受。这也是反抗被异化的第二种方式。

与高中阶段不同的是,进入煤城后的"我"在文学阅读中不再是被动地接受和模仿,对文学作品的理解也更多融入个人思考和反思意识。文学给予与我认清自己内心世界的智慧和力量,"文学不能当饭吃,拿它吃饭会出问题,出什么问题我当时还不清楚,但是我知道它的意义大于吃饭";对"我"来说,作品文字都是有灵魂、有个性的生命体,"这些文字到底是从哪里来的呢?为什么有些词语连我自己都需要重新理解,而且还是这样的隐秘,而且常常发生在夜半时分?它们的组合方式原本早就存在?"文学阅读和创作更激发出"我"对自我本源的探求,"当时我最想弄清楚的就是:自己的快乐和悲伤所产生的根源,我到底需要什么样的生活呢?"可以这样说,文学阅读和创作是一种精神游牧、诗意栖居的举动,是一种保持住"我"内心个性而不被当下同质化的现代社会所同化的方式,是反抗人类人性异化的一种有效方式,更是一种认识自我、思考人生的方式。在文学的正确引导下,"我"的自我意识和反思能力得以发展和完善,成为心理成熟的一个标志,自我主体性亦由此建立起来。

除此之外,死亡考验以及对死亡的思考在"我"的性格塑造和主体性建构的过程中如同一副催化剂,加速了"我"身心的完全成熟。作者首先惟妙惟肖地摹写"我"得知自己可能患肺癌之后的心理感受:“首先,我的整个意识就像放露天电影时突然烧片子时的样子,混乱、跳动、炫目;其次,眼睛就像对焦不准的照相机,眼中世界的所有物体不实在,而且色彩也发生变化,都是灰调子;最后,我即刻命令自己,将脑中储存的所有关于死亡的读书章节调动出来,以便应付眼下的系统失灵。”①沮丧、惊恐、悲伤、绝望、挣扎等消极情绪占据着“我”这个文学青年的身心。不过经过最初的思想波动后,对青春生命的热爱珍惜使“我”很快就能够面对死亡的威胁,冷静地制定出此后两周的行动计划,其中包括写完一部长篇小说。虽然肺癌在后来的复查中被证明是误诊,但是这次经历却使“我”在对死亡的深刻思考后把自己塑造成一个“成熟而冷峻,身上有种高贵的气质”的成年人,外表和心理均变得独立、坚强和成熟,更明确了自己以后的生活目标和人生追求。

正是由于个人主体性意识的建立,“我”在面临爱情选择时清楚地认识到,只有与心心相印、互相爱慕的女孩自然而然地相恋和结合,才能够获得真正的生活幸福,也才是自己想要的符合自然人性的爱情生活。以此为标准,“我”拒绝了优秀女同学钱园的爱情。钱园拥有很好的外部条件,身份不但是班长,而且“系高个子党员、领导子女,形貌端庄,而且时常像宋庆龄一样挽着发髻,有闺秀气象”。她在我受处分期间被学校选派来帮助我改正错误,力图取得“一帮一,一对红”的工作效果。面对这个女共产党员,我产生的想法是:“这是一个较早就树立起正确的人生观和责

① 王蒙主编,林建法分卷主编:《2011 中国最佳中篇小说》,辽宁人民出版社 2012 年版,第 292 页。

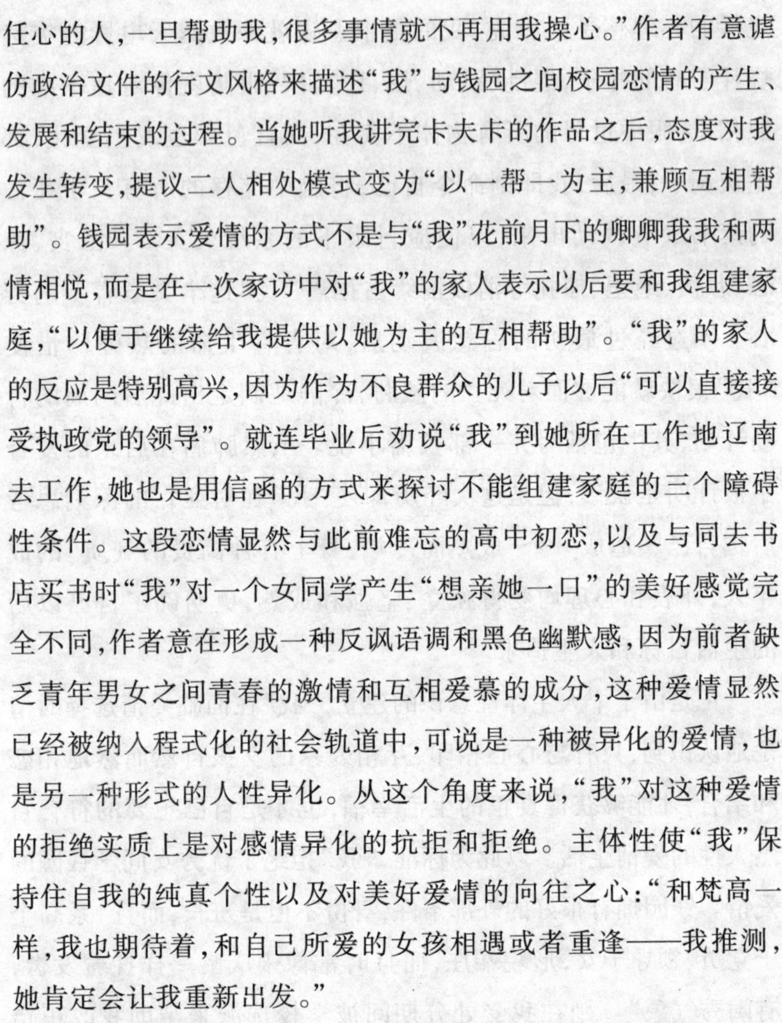

任心的人，一旦帮助我，很多事情就不再用我操心。”作者有意谑仿政治文件的行文风格来描述“我”与钱园之间校园恋情的产生、发展和结束的过程。当她听我讲完卡夫卡的作品之后，态度对我发生转变，提议二人相处模式变为“以一帮一为主，兼顾互相帮助”。钱园表示爱情的方式不是与“我”花前月下的卿卿我我和两情相悦，而是在一次家访中对“我”的家人表示以后要和我组建家庭，“以便于继续给我提供以她为主的互相帮助”。“我”的家人的反应是特别高兴，因为作为不良群众的儿子以后“可以直接接受执政党的领导”。就连毕业后劝说“我”到她所在工作地辽南去工作，她也是用信函的方式来探讨不能组建家庭的三个障碍性条件。这段恋情显然与此前难忘的高中初恋，以及与同去书店买书时“我”对一个女同学产生“想亲她一口”的美好感觉完全不同，作者意在形成一种反讽语调和黑色幽默感，因为前者缺乏青年男女之间青春的激情和互相爱慕的成分，这种爱情显然已经被纳入程式化的社会轨道中，可说是一种被异化的爱情，也是另一种形式的人性异化。从这个角度来说，“我”对这种爱情的拒绝实质上是对感情异化的抗拒和拒绝。主体性使“我”保持住自我的纯真个性以及对美好爱情的向往之心：“和梵高一样，我也期待着，和自己所爱的女孩相遇或者重逢——我推测，她肯定会让我重新出发。”

总之，《煤城往事》通过一个青春期青年在性格特征的发展、成熟过程中对人性异化问题的发现和反思，使后者由抽象的形而上理论转化为活生生的具体生活事例，将带有现代主义色彩的概念术语转变为具体生动的文学形象。从文体意义上说，高晖的叙述编排技巧，无疑是一种创新之举，拓展着叙事文学特别是中篇小说的内部张力。正如罗振亚所说,上述技法和时而上溯时而下沿伸缩自如的叙事时间视角、叙事情绪化的“向内转”特质、随意自由的结构语言姿态结合,又令人感到《煤城往事》有一种“反文体”倾向,与其说它是小说,倒不如说它更像一篇凝聚着作者青春记忆的大散文或成长传记。① 其实,究竟对它进行怎样的文体归类并不重要,重要的是它在一定程度上松动了传统小说观念对当下创作的束缚,提供了小说文体成长的一种可能性。

当然,高晖写完《煤城往事》后不会驻足,会立刻投入下一部小说的创作,但无论写出多少作品,《煤城往事》都将在高晖小说中始终都会占据一个重要位置。而且,我还可以断言,《煤城往事》将成为批评研究高晖的最重要文本。

---

① 罗振亚:《在超越的“路上”——〈2011 中国最佳中篇小说〉序》,见王蒙主编、林建法分卷主编《2011 年中国最佳中篇小说》,辽宁人民出版社 2012 年版,第 12 ~ 13 页。

第九章

人道主义情怀的命运书写

——评长篇小说《无端之约》

赵曙光教授是“鲁东大学作家群”中的一员，笔名“徜徉”、“常阳”，虽然年已古稀，但是他从大学阶段就喜爱文学创作，成为缪斯女神的忠实信徒，在文坛笔耕60多年不辍，为国内知名的微型小说家，也常在散文、诗歌领域畅游，时有佳作贡献给读者。迄今为止，赵曙光已经出版19部作品集，涉猎范围包括小说、诗歌和散文等。近几年来他把笔触转向长篇小说领域，在出版长篇小说《凭眺渔姑口》之后，2012年又创作出《无端之约》，由华夏出版社出版。

好友石风草曾在《非梦集》的序中指出赵曙光作品的一个特点：“他看到了真正的世界、真正的历史、真正的社会、真正的人生。社会是复杂的、多样的。在这当中人是最基本的活动物。人性、人情、人道主义是最活跃、最具体、最富生命力的情感。而它们是五颜六色、七棱八角、千奇百怪的。要捕捉、描绘、表现它们的形态、色彩、动态、走势。印出来成为具体的存在。”可以这样说，在作品中表现人性、人情、人道主义，把它们看作是作品的灵魂,是赵曙光始终坚守和贯彻的一个创作原则。长篇小说《无端之约》可说是体现出这种创作理念和人生经验的一部集大成之作,无论是人物形象的塑造,还是故事情节的发展,依然围绕着人性、人情和人道主义情怀进行命运书写,承载着作者深沉丰厚的感情,是他沧桑坎坷人生命运体验的积淀和再现。

一

具体到作品来说,《无端之约》共有 13 个人物形象,每一个人物都从不同程度和不同角度上体现出作者对人性的认识和人道主义情怀。老者马忽过和女大学生伍默是作品中最重要的男女主人公,也是贯穿整部小说始终的两个人物形象,其他人物形象和故事均由这两个人物的故事陆续引出。马忽过是年届古稀的退休教授,还是一个执着文学创作的作家,显然带有作者自己的影子,也是作者着重塑造的一个人道主义者典型。作者经常通过别人观察或是马忽过的自述来描述其形象性格。例如,在那些采访他的大学生眼中,马忽过是“八十多岁的人,仍是行走匆匆,读、写不辍。知道他上午写作、读书,大脑运动;下午散步,了解社会,交朋友,运动躯体。晚上看中央台新闻,然后看香港凤凰台。九时半就寝,准备第二天的战斗,生活很有规律。饮食以五谷杂粮为主。生活虽然有味道,但不免有点单调”①。不过马忽过在这种“单调”的生活中却自得其乐。作为 20 世纪 50 年代末期毕业的北京大学研究生,他在那个特殊年代中的生活遭遇非常坎坷,然而几经周折后“真有幸他转悠最后,落根在这滨海小城,有一份教

① 赵曙光:《无端之约》,华夏出版社 2012 年版,第 130 页。

学工作,教学之余就耕种自留地了,写作,能写作就是幸福,写作就能寄托就能排解。他一直没离开基层,在基层转悠,在基层交朋友,特别退休之后,更是自由自在民,自在自由心,做喜欢做的事情,顺其自然,过有滋有味的生活。说他追求名利也可,说他单纯追求名利也可,著十九本集子摆在那里,反正是有幸福感,这是推不掉的"①。不仅如此,而且他的个性率直真诚,属于性情中人,喜怒哀乐多种情绪不加掩饰。这个老作家广泛了解社会的目的除了为自己寻找文学创作素材之外,还经常无私地从精神上和经济上帮助他所遇到的处于弱势群体的女性和社会底层人。他和伍默的相识、了解,也是以对这个打工挣钱的贫困女大学生的同情为开端。小说中还写到他对少女黄无味、吕晶池父女等其他弱者的帮助,均是出于人道主义情怀。产生的结果也是积极的,很多人在接受人道主义帮助之后走向新的美好生活,并且用感恩行动来回报社会。例如吕晶池的父亲吕双赫因病双目失明,而他被马忽过帮忙安排住在老年公寓生活之后,"奇事时时有,处处有,他来到这滨海城市,心情大好,眼睛都觉有一线亮光。加上他的家庭根柢是中医世家,他也会些按摩、推拿、针灸之类。他在老年公寓里为几个老人做了一些关怀人性的事情,立刻传到老年公寓主任的耳朵内,又上报给了民政部门,部门领导重视人的品位和技艺,让他白吃白住,而且给予适当的报酬。吕双赫报恩之情更盛,把能为老人们做些事情看成是最大的安慰和幸福"②。而大学生吕晶池在解决生活的后顾之忧之后,"只有社会学学士和法律

① 赵曙光:《无端之约》,华夏出版社 2012 年版,第 132 页。

② 赵曙光:《无端之约》,华夏出版社 2012 年版,第 186 页。

的练习生吕晶池对黄无味的遭际,觉得确有告示示警的价值,当然这当中也充满了人道的关怀”,就答应了马忽过的请求,利用自己的法律专长当黄无味的辩护律师,由于“各种事由都很明白,郝宝儿集中在拐卖人口罪上落案,人证、物证,以及来龙去脉清楚,法院酝酿、讨论,并请心理学家、行为学家进行分析,觉得这对整个社会都有警示作用”。她用事实真相和法律知识为后者在刺死郝宝儿案件中洗清了罪名。

作者的人道主义情怀同样也体现在对作品人物命运的同情和理解上。作者对人性之恶并不是简单地进行道德批判,而是看到人性的复杂性和普通人的人性弱点。这主要体现在对色情狂和犯拐卖妇女罪的郝宝儿这个人物的塑造上。虽然郝宝儿在中学时期因为别人不良引诱成为一个色情狂,他跟家教女主人黄特丽和其女黄无味,以及女友伍默之间的混乱性关系都是其色情狂的具体体现,不过作者并没有把所有罪责都推到郝宝儿身上,而是看到那些受害女性自身性格缺陷和人性弱点也是引发郝宝儿犯罪的一个原因。对黄特丽不甘寂寞和浪漫放荡的性格,13 岁的少女黄无味性格中好奇无知的弱点,伍默的懦弱顺从和犹豫不决,作者在批判她们的同时也带有人道主义的同情和悲悯。北京大学校友鲁原在《命运之筏》一书的后记《沧桑人生的细打点——漫谈赵曙光的创作》中指出,赵曙光写的都是带有人性复杂性又不乏善良的小人物:“徜徉笔下的人生是善良者的人生,正义者的人生,柔弱者的人生,不幸者的人生,总之,是一介书生的人生,甚至是小人物的人生。”这亦是作者人道主义情怀的另一种体现。

正是因为作者认识到每个普通人都是充满善、恶等复杂人性因素的矛盾体,有很多时候人类犯错误的根源在于复杂的人性,需要给犯错的人们以改过自新的机会。这也就可以理解,为何在小说后半部分,作者为这些受害者和弱者安排了较好的命运结局:黄特丽找到离家出走的女儿后,改过自新,重新做人;黄无味在服完刑后走出人生的阴影,不但成为一名画家,而且找到了所爱之人;失去联系二十几年的好友梁太初也在晚年与小其30多岁的女学生年绿静情投意合,幸福地结合并生活在一起;郝宝儿年迈的父母在儿子死后,在马忽过等人的启发和帮助下,寻找到谋生养老的方法;即使是丑恶化身的郝宝儿,被黄无味刺杀身亡是他罪有应得的惩罚,不过作者对他最终走向拐卖妇女的犯罪行为同样带有一丝人道主义的同情,剖析其犯罪原因在于金钱的诱惑:"郝宝儿为了金钱变成了铤而走险的人。"主人公马忽过同样如此,人道主义的光芒也照亮了他的人生,减少了他前半生的人生缺憾。不但在受过他人道主义帮助的伍默的牵线之下,重新找到失散二十几年的好友梁太初,而且由于"只有作家马忽过对黄无味产生极大的怜悯之情,说是人道主义也不算过分","马忽过对黄无味实在关心,她虽然经历坎坷,但性格有特色,是一位值得研究的女生,他要跟她先交朋友,成为忘年之交,再以真爱即心灵之约进入她的内心"①。在和黄无味的深入交谈中,马忽过无意中知道了大学期间就认识,但失散多年的一个女同学庆自萍的下落,了解到她在清华大学毕业之后去法国定居,并且成为一名国际知名画家的情况之后,为她的后半生事业成功而高兴,也使自己因辜负她的爱情使他内疚半生的心灵不再遗憾。

① 赵曙光:《无端之约》,华夏出版社2012年版,第197页。

对多元化情感的理解和描写也显示出作者的人道主义情怀。作家谌杰认为《无端之约》是一部杰出的描写老人和女大学生之间“黄昏之恋”故事的长篇小说，实际上这部小说对包括爱情在内的情感的描写远远超出了“黄昏恋”这一单一主题，而是写出男人与女人之间，母亲与女儿之间，老人和年轻人之间，少女和成年男性之间，甚至是男性和猫、狗动物之间的多种多样的感情和爱情故事。同样亦体现出作者对复杂人性的了解和认识。拿“黄昏恋”来说，伍默和马忽过之间经由互相理解、互相支持并走向彼此爱恋的这一过程，属于典型的有心灵火花却没有肉体摩擦的“心灵之爱”，特点是“好一个‘心灵之爱’，相比肉体摩擦之爱，有天壤之别，不受时空限制”①；而马忽过好友梁太初与比他小 30 多岁的年绿静之间的恋爱和肉体结合，则是另一种类型的黄昏恋情。作者虽然赞扬没有世俗功利色彩的“心灵之爱”，但是同样赞成真心相爱的黄昏恋人们生活在一起互相照顾。作者还指出：“生活多样化一定会导出爱的多样化。亲情、爱情、邂逅之情，前三者是传统的，而后者则是他这几年新发现的。”马忽过在独自一人去基层体验生活和进行田野调查迷路之际，体验到年轻女司机热情指路的邂逅之情；作为母亲，农村妇女章益美理解女儿伍默对马忽过的感激之情和依恋之爱，不顾丈夫的多疑和村人流言，和女儿一起热情接待来家中做客的马忽过。然而她又是一个软弱的母亲，在受到丈夫行凶惊吓和丈夫因精神不正常自杀的打击之后病死，致使伍默失去家庭亲人精神支柱的支撑。相比章益美来说，黄特丽属于另一类型的

① 赵曙光：《无端之约》，华夏出版社 2012 年版，第 189 页。

母亲。她在女儿黄无味因自己行为放荡离家出走之后,母亲的天性使她产生内疚之情,专门花钱请画家丁四维四处寻找女儿,并在找到女儿之后支持女儿学绘画,使女儿回到正常的人生轨道上。她最后也彻底断绝与其他男人的不正当关系,承担起关心女儿和扶养幼小儿子的责任,“只是她的心确实老了。她来到年家庄,游了飞云观,感到这里就是她的归宿之地了”,从此过上宁静的晚年生活。黄特丽也因此找回了与女儿之间的亲情。郝宝儿与黄特丽、黄无味和伍默等人之间的性关系,属于情欲混乱的畸形之爱,正如前文所指出的,作者也对这种变态性爱进行理性分析,指出其存在的社会原因。

除了以上所分析的人类之间的多元情感之外,作者还写出了伍默生父伊万诺夫与猫、狗之间发生性关系的人兽之爱故事。虽然这种关系有悖于伦理常情,不过作者的目的不是对此类不正常情爱进行猎奇展览,而是有意凸显造成混血儿伊万诺夫这种不正常生活方式的原因:他在“文革”期间曾经受过非人批斗,“从此,批斗村里的‘地、富、反、坏、右、叛徒、特务、走资派’,便带上伊万诺夫,批乡镇‘当权派’也带上他,更多的是单独批斗他。有的人对他动了手动了脚,轮番批斗,他得不到休息。后来发现他愣着神,有时发现他言语颠倒,有时发现他思路不清,有时发现他口出胡言……一月余,他已经不是原来的伊万了,他疯疯癫癫的了”①。疯癫后的伊万诺夫失去了娶媳妇的经济能力,也失去了一个正常人类的羞耻之心,他为了解决本能性欲问题就找猫、狗作性伙伴,变成一个令人同情的疯子。也就是说,作者是通过疯子伊万诺夫的故事

---

① 赵曙光:《无端之约》,华夏出版社 2012 年版,第 129 页。

对“文革”进行批判，丰富了作品的主题内蕴。

二

还需要指出的是，《无端之约》虽然处处充满人道主义情怀的描写，但是对人物命运归宿的描写符合人物性格自身发展的特点，没有违背“典型环境中的典型人物”的现实主义原则。这可以用黄无味和伍默两人不同性格导致的不同命运归宿故事作为例证。黄无味在13岁时因为好奇和任性与家庭教师郝宝儿发生性关系，她在流产后，心灵和肉体均受到伤害，后来又因为母亲黄特丽与郝宝儿之间的不正当关系而负气辍学离家出走。在黄无味的眼中，“家，这个社会的细胞，在她家里是扭曲的病态，而社会是怎样的呢，社会道德滑坡，社会道德的扭曲病态，是更可怕的”。换言之，浪漫放荡的母亲黄特丽的行为和当下社会道德滑坡堕落的现状，均在这个女孩成为无知愚昧受害者的过程中起到不容置疑的消极作用。好在黄无味的性格直率勇敢且具有一定的反思能力和反抗性。当她在当推销员期间把自己的痛苦经历告诉马忽过之后，在马忽过的帮助下开始自食其力地谋生，希望借此重新过上正常的生活；尽管郝宝儿通过对自食其力后的黄无味采用瞎扯吹捧的方式，让这个幼稚的女孩再一次相信了他，但是当她被郝宝儿卖给左腿残疾的岳长岁当老婆，并被拐带到东北生活之后，她对自己的处境并不灰心绝望，而是清醒地分析自己的处境并寻找合适机会偷偷地跑出来复仇，在把郝宝儿这个恶棍刺杀之后投案自首。少女黄无味被诱奸和拐卖的经历是深重的人生命运悲剧，但是，不同于伍默被悲惨命运压垮，她对悲剧命运不妥协、不屈服，不但学会绘画，有了一技之长以证明自己对社会有

用，而且后来和画家丁四维产生真挚爱情，最后有情人终成眷属，两人结婚后过着幸福的生活。

与黄无味最终获得幸福生活的命运归宿不同，同样受到色情狂郝宝儿性爱伤害的伍默却完全屈服于自己的悲剧命运，最后投海自杀。这种命运结局同样也是伍默本性善良却又逆来顺受的性格特点，以及苦难的人生经历造成的必然结果。在小说开头部分，作者就借马忽过的眼睛写出女大学生伍默的艰难处境："她一转身的时候，他看到她深深的鱼尾纹。他知道她心灵的负担是重的。父亲的酗酒，男朋友闹小孩子脾气……还有其他的未知事件，面对毕业了，而如今大学生毕业了，找不到工作，包括一些研究生，也是如此。她果真如此，父母风吹日晒挣钱给她交学费，不是白费了吗？如何对得住父母的辛苦和希望。"①这个出身于贫困农村家庭的忧心忡忡的女大学生形象，实际上也是当下社会诸多贫困大学生艰苦生活和沉重心理压力的一个象征和反映。这些都激起了马忽过愿意帮助弱者的人道主义情怀，推动他和伍默不断联系和见面交谈，进一步促进对她的了解和加深认识。伍默作为一个"可怜的人儿，可怜的混血儿，悲剧性人物"，出身于一个具有家庭暴力倾向的贫困农民家庭，父亲经常对母亲使用暴力："原来伍默从记事时起，父亲和母亲就经常吵架，不知为什么吵，吵得严重时，父亲一边砸东西，一边骂，'杂种娘们'、'杂种闺女'……母亲如果顶嘴，拳头、大脚便开动了，有时打得妈妈三天趴不起来。妈妈偷偷哭泣。"②严重的一次是父亲喝醉酒拿大劈刀来杀她

---

① 赵曙光：《无端之约》，华夏出版社 2012 年版，第 42 页。

② 赵曙光：《无端之约》，华夏出版社 2012 年版，第 123 页。

们母女，母女俩被吓跑。尤其是"自从父亲自杀之后，她觉得生活欠缺了什么，又觉得什么也不欠缺，父亲曾想杀害母亲和自己，幸亏母亲和自己躲避及时，不然早成了父亲的斧下之鬼了。不过街上的冷言冷语，诸如她是混血儿，她的相貌有点像伊万，而小学、中学时代，伊万对她的照顾，也在她心中留下怪怪的情味，而如今伊万独身一人，不但吃饭困难，穿破烂衣服，而且那疯疯癫癫的行为，真让她心中有说不出的滋味"①。复杂的身世背景和困窘的经济情况成为压在伍默精神上的一块大石。不过深受苦难境遇折磨的伍默本性很善良，她尊重和感激马忽过对她的人道主义帮助，尽管她在马忽过倾诉完爱情之后有些犹豫不决，没有接受他的忘年爱情，但是当她听到他自述计划写作一部长篇小说，"这本小说人物很少，主要人物就是伍默和马忽过，故事也很简单，就是发生在我们之间的事情"②，就爽快地答应帮助他完成这部小说，两人继续交往下去。

伍默的悲剧命运结局，除了上述提到的身世之谜和贫穷等无法把握的客观原因之外，更重要的在于她的性格缺陷。她早就知道男友郝宝儿与黄特丽母女之间的不正当关系，懦弱的性格却使她没有勇气和他分手，陷在感情旋涡中独自痛苦；当她再次见到因为和黄特丽胡搞而被单位开除的郝宝儿之后，因为后者的几句花言巧语心软下来又与他重归于好，继续受到郝宝儿的欺骗和折磨。作者对其行为"哀其不幸，怒其不争"，忍不住在小说中借马忽过之口指责她："伍默心太软，这是原谅她的话，她实际上是对

① 赵曙光：《无端之约》，华夏出版社 2012 年版，第 227 页。
② 赵曙光：《无端之约》，华夏出版社 2012 年版，第 99 页。

生活不负责任，对自己不负责任，对社会不负责任，对人生不负责任，让悲哀的人生，又搓上一大把盐。”在理智上，伍默对郝宝儿性格了解颇深，“郝宝儿曾是她的男朋友，两个相交三年长的时间，使她受了不少罪，有苦难言。但郝宝儿不正干，一次家教，毁了别人的家庭，也毁了自己的人生，最后竟堕落成拐卖妇女的罪人，最后被弱者刺杀了。郝宝儿是死有余辜的”。但是，固有的性格弱点和复杂心理又让她在感情上无法忘记这段悲剧爱情，与郝宝儿的交往使她在精神和肉体上受到的伤害最深最重，致使她无法像黄无味一样走出被郝宝儿伤害欺骗的黑暗记忆，最终导致她在一系列的打击面前失去了精神信仰和生活动力。伍默在患重感冒和并发症后住院治疗，却久久不痊愈，实际上是她身心俱垮掉的一个明显表现。

在住院期间，“在这刻上，她缺少亲人了，母亲因父亲行凶，惊吓过度，已病死两年；妹妹听传言姐姐的身世，也疏远了她；在茫然中过日子，伊万虽曾关心过她，但身份不明，如今落拓到疯癫的程度，不了解社会也不了解世事了。其他的人就更谈不上了。她缺少朋友”，这个女孩心灵和身体都特别憔悴。此时只有忘年之交马忽过赶到医院陪同她，“马忽过看她的鱼尾纹更深了，而且在主要鱼尾纹边，又萌生了许多细小的鱼尾纹。这仿佛是大树的树根边，长出的嫩须，它是纠结着人生的种种思虑”。马忽过依然鼓励她振作精神，勇敢地面对人生悲剧和反抗悲剧命运，重新开始新的人生。这种鼓励却无法激发起伍默的生存意志，她最终缺乏与命运抗争的勇气，选择了投身大海结束自己的生命。如上所述，同样是遭受过生活无情伤害的女孩，黄无味和伍默却拥有迥然不同的命运归宿，亦是她们个人的性格使然，作者由此也写出了现实生活的复杂性。从这个角度来说，这两个女性形象的塑造也是成功的。

三

作为长篇小说，《无端之约》在情节构思安排和设置故事发展线索上颇有特点。最早出现，并且贯穿始终的一个故事线索是伍默与马忽过之间相识、了解，乃至心灵相恋的过程，这也是作者重点描述的一个主线，如果把整部小说看作是一棵大树的话，这两人的故事就是这棵大树的一个主干；然后由这两个人的相识引出伍默对马忽过讲述她和男友郝宝儿之间的故事，其中穿插着郝宝儿与黄特丽、黄无味母女两人之间畸形性关系的故事；再是通过马忽过去伍默家里做客，导引出伍默父母和伊万诺夫的三角感情故事；又由伍默与梁太初的偶然相见，引出梁太初的人生经历和他与年绿静“黄昏恋”的故事。这几条故事线索均是由马忽过和伍默两人“心灵之爱”故事的主干上生发出来的，可以看作是次要故事情节。除此之外，作者为了避免平铺直叙造成故事情节的单调，在小说后半部分又发展出另一条情节主干：马忽过偶然与化名为“春景妹”（就是黄无味）的推销员相识并互相了解，通过黄无味对三年前往事的讲述接续上黄家母女的故事。黄特丽三年前因为被丈夫抓到与郝宝儿通奸的证据，无奈离婚带着女儿生活。她的放荡行为和女儿自身的身心创伤，导致女儿离家出走。黄特丽请人帮忙寻找女儿的故事，黄无味因和丁四维学画彼此产生爱情的故事，同样也成为从马忽过和黄无味两人故事这个主干上生发出来的次要故事。而这两个故事主干随后的情节发展又交织在一起：成为无业游民的郝宝儿通过欺骗手段同时与伍默和黄无味保持着性关系，引出郝宝儿贪图金钱把黄无味拐卖到东北，黄无味想办法逃出后刺死郝宝儿并投案自首的故事，同时也交代了郝宝儿的最终命运结局。而马忽过基于人道主义同情心和被法院判为监外执行的黄无味进行交谈，是从马忽过和黄无味故事主干上又引出的另一条故事线索：马忽过与黄无味的奶奶庆自萍年轻时在大学期间的恋爱纠葛故事，还引用作者的散文《留得残荷听雨声》补充完整马忽过的前半生经历。这种由两条故事情节主干生发出若干次要故事的情节结构方式，使小说中13个人物的人生故事都具有内在的逻辑性和条理性，故事情节的发展、高潮和结局都比较清晰，线索繁多而不乱，是一种较符合长篇小说类型特点的结构方式。

对于推动小说情节发展的叙事动力问题，《无端之约》解决得也比较好。小说利用马忽过和伍默这两个主人公，不断导引其他人物的出场并讲述他们的人生命运故事，这两人在小说中明显具有作为人物角色和穿针引线的双重作用，成为不断推动故事情节向前发展的一种叙事动力。《无端之约》中的一些故事还引入侦探小说的悬疑手法，设置下悬念和谜团，通过一步步解谜不但吸引读者的阅读兴趣，而且把这个解谜过程也变成推动故事情节发展的一个叙事动力。比较典型的是伍默的人生命运故事。马忽过与伍默的交往过程实质上就是对这个女生身世之谜和苦难生活经历的解谜过程。通过伍默自己的讲述，马忽过去伍默家做客时的所见所闻，还有疯子伊万诺夫的奇怪举止，伍默父亲上吊自杀的行为，都在揭露伍默身世的过程中逐一给出答案，亦使伍默的自杀举动得到合理的解释。

小说中也不乏对人物细腻心理进行刻画的细节。例如，当马忽过在伍默家中坐客，面对章益美外出不归只留下他与伍默独处时产生的复杂心理的描述——既觉得伍默母女热情真诚，又担心这是母女两人为讹诈他钱财而设的圈套，从侧面反映出马忽过这个人道主义者谨慎小心的一面，这也是对人们不敢做好人的当下社会不良风气的一个间接折射。作者对伍默微笑表情的细节描写也颇为生动传神："她微笑着，冰冷地微笑着，是外面的风雪，给她带来的冰冷，还是她内心滋生着冰冷，用冰冷等待着他内心的秘密。"①预示着她已经猜测到马忽过的爱情表白话语。这显示出她的敏感聪慧，以及此时面对这段忘年爱情的犹豫迟疑态度。

《无端之约》在艺术形式上也存在一些瑕疵。对一个擅长创作短篇小说，尤其是精炼简洁的微型小说作家来说，转入长篇小说创作，通常会面临很多转型困难。赵曙光也不例外。他在作品集《枯枝》中的一篇随笔《我写小说》中，曾经自我调侃地评价自己的作品"有朋友调侃说，我有些小说是'没有放开的海参'。这比喻很形象。当然朋友不是赞美我的文字精练，而是批评我没放开手笔写。确实事有来由，我有的篇章，没有摆脱真人真事的束缚，缺少精巧的艺术构思，该省俭的没有省俭，拖泥带水，放任自流；该细腻的没有细腻，拘拘束束，毫无生气"。具体到《无端之约》来说，这部小说的缺点是叙述语言有些啰嗦，有些人物性格的刻画可以再深刻一些，例如马忽过的性格不如伍默的鲜明生动。还有，小说对伊万诺夫和章益美无法结合的爱情悲剧原因分析得不够深入。为什么当伊万诺夫没有疯癫的时候，章益美当时也没

① 赵曙光：《无端之约》，华夏出版社2012年版，第98页。

有嫁人,两人相爱却没有结合?如果能够再深入挖掘和补充完整一些细节的话,人物命运悲剧产生的审美力量会更加撼动读者的灵魂。这部小说在艺术上虽然存在一些缺憾,但并不能够动摇我对耄耋之年的赵曙光教授的尊敬之情,对他 60 多年来始终在文学创作领域徜徉和流连忘返精神的崇敬之情。

第十章

孙绍振幽默散文的豁达智性和幽默艺术相融合

孙绍振是中国当代研究幽默理论的专家之一,在此领域取得了丰硕的成果。他还致力于散文创作,把幽默理论融入小品散文的创作实践,创作了许多妙趣横生的幽默散文,在中国当代文坛上独树一帜。《美女危险论》是他的第一部幽默散文集,收录了近五十篇的散文,内容题材涉及面极广,大而言之有对历史文化和人性的批判和反思,小而言之又有对日常生活和婚姻恋爱的具体认识和理解。比较而言,散文中沉重的忧患意识,却比张承志、余秋雨等人"文化散文"中的愤世嫉俗、激烈批判多了几分豁达与宽容;同时又比专注于写身边琐事的抒情散文视角广阔,在其中引入对历史文化中某些普遍现象的睿智剖析,具有智者的大气和雍容。《美女危险论》在散文文坛上的独特性还表现在语言和形式上。作者把幽默作为重要的艺术技巧和创作手法,并将之融入作品,形成总体风格上的戏谑感,但又用理性和睿智加以控制,使之避免堕入滑稽和讽刺,而是升华为富有情趣的幽默,这样形成了散文手法的多样化。从这个角度来说,孙绍振把幽默由一种理论

变成了真正的活生生的散文艺术实践。以上这些特点构成了这部幽默散文集的魂灵，亦使它变得血肉丰满，成为豁达智性和幽默艺术相融合的典范。

作为著名的学者、教授，孙绍振没有采取主流知识分子高高在上的精英姿态，而是采用了类似柏杨的“非贵族的知识分子”①的立场，在散文集中把自己放在和平民世俗社会几乎平等的位置，所选取的一部分素材也有些类似，把主要的关注点落实到对女性、爱情婚姻和日常人生的体验上，并以此为切入点。但是，他对人性和中西历史文化也不乏睿智的剖析和认识，只是弱化了鲁迅式的强烈讽刺批判的锋芒，从而形成了一种含蓄内敛、雍容大度的“软性”幽默风格。

包括《美女独立论》、《美女危险论》、《美女荒谬论》和《美女是个“好东西”论》的“美女四论”，比较集中地表达了作者对女性、人性和婚恋的独特认识和理解。女性，尤其是风情万种的美女，魅力和威力是巨大的，她们的最富杀伤性的武器是“带电的目光，尤其是带笑、带磁性的目光”，美给人类历史带来的并非只有福音，对美的争夺和占用也造成了巨大的灾难，“城墙自动崩溃”，国家社稷倾颓。美女因为自身的千娇百媚，而“男性好色者众”，就给自身造成了一定的危险。作者一针见血地指出，“美女危险”的最重要原因在于美女不好“男色”，不计较男人的丑陋外貌和年老，因为这可以通过经济利益和政治权势得到补偿，这是女性乃至人类的人性弱点。“女性是水做的”这个中国传统观念受到了

① 陈晓明：《世俗批判的现代性意义》，见李瑞腾等主编《柏杨文学史学思想国际学术研讨会论文集》，台北“行政院”文化建设委员会2003年印行，第230页。

质疑，这是作者对传统女性柔弱、无主见的所谓“美德”的批评。作者提出了现代社会中的“美女”的标准：没有对男性色鬼的依附性，独立自主的选择，坚定的意志，理智冷静的思考，不为男性的“如狗”、“如狐狸”的目光所迷惑。这既是美女之所以为美的标准，又是对女性，尤其是现代社会女性独立自主的人格的倡导和赞扬。

作者在更多的篇章中涉及对爱情的探索和分析。在《谈恋爱的“谈”》中，作者指出：“爱情就是感情生了怪病”，这是每一个正常的人类都要得的病，无法依靠理性逻辑分析。爱情的特点是它的伪装性，它是“躲躲闪闪的”，是自我折磨，也折磨对方。所以爱情的逻辑是超越了理性的怪异的逻辑，属于“情感的逻辑”。作者在《美女荒谬论》中认为，女性的逻辑特点加剧了爱情的曲折和无规律性。因为女性的思维方式不同于男性，偏向于感性冲动，尤其当女性陷入爱情后，她的逻辑更加荒谬，“要情不要命”，为爱情可以付出一切，喜欢一个人时，偏偏喊他“杀千刀”的，发脾气，闹别扭，只为以表示“无限的爱”；恋爱还需要“谈”和“搞”，只有“尝尽了酸甜苦辣的滋味，青春才没白过，人生才够过瘾”。爱情是人生不可或缺的组成部分，是现代人格建构的必然成分，作者以此为出发点，对“历史上最纯洁的男人”柳下惠的存在提出了疑问，实际上是从另一角度对爱情的肯定。这是饱经沧桑的作者通过对人性和生活的睿智观察得出的结论，有坚实的生活基础，是日常生活的经验和智慧的结晶。

散文对传统政治历史文化的批判和反思，同样呈现出与大陆主流的“学者散文”不同的特点。“学者散文”的代表作家余秋雨在20世纪90年代专注于“人文山水”，写出了历史长河中知识分

子的沧桑命运，充满了对中国历史文化和知识分子的沉重喟叹；张承志怀着精英知识分子的忧患意识，悲叹现代社会中金钱对人性的腐蚀，借历史人物寻找"清洁的精神"，对抗世俗的现代社会以拯救世人的灵魂。从这个角度说，他更像一个一厢情愿地试图拯救世界的教父。而孙绍振则明智平和地接受了现代世俗社会，以此为背景，从柏杨似的世俗文化批判视角出发，以"谈话风"的风格侃侃而谈，把庞大抽象的历史文化具体化为历史和现实中的某一具体现象和事例，然后加以针砭和批判，试图建构一种和现实社会密切关联的文化批评和文明批评。少了一些愤世嫉俗的火气，多了一些林语堂、梁实秋式的宽容和豁达，但并不缺乏批判的敏锐和深刻。这代表了精英知识分子关注现实的另一种方式。

孙绍振经常选取从美女和爱情的角度来切入古代封建社会的政治结构，反而可能更贴近历史的真相。在《美女不独立论》中，他清醒地认识到"争夺美女和政权成为人类生活地一个不可或缺的部分"，中国封建社会宫闱之变的主要原因是妃嫔之间的争夺，表面的原因是后宫美女为得封建帝王的宠爱争风吃醋，而潜在的、深层的原因则是政治权力的争夺，这是"政治的赌博，是冰冷的铁与血红的铁的对抗"，美色、爱情和政治对抗的结果往往是失败。至于原因，《解构花木兰和武松》一文给出了解答：主要因为中国传统文化是一种"无性的文化"。传统文化所推崇的英雄，都是反男性感觉的，武松的英雄气概不是表现在杀死老虎上，而是因为他是"海吃海喝"的肚皮文化代表，更重要的是他拒绝了潘金莲并杀死了她，表现出了对性欲的蔑视和压抑，符合"伟大的英雄就必须无性"的传统文化标准。在这种排斥正常人性的文化中，爱情和婚姻自然没有地位和重要性可言。更可怕的是，这种

“无性的文化”并没有被扫进历史的垃圾堆，即使在现代社会，它仍旧是笼罩在人们头上的阴影。即使是一个九岁的中国小女孩也以“无性”为傲，而对异性和异性正常的好感感到恶心，患有“恐惧症”。正是这种不正常、不健康的“无性”文化孕育了畸形的人格和变态的社会现象，是需要警醒和改变的。

作为“文革”的亲历者和受害者，孙绍振在剖析“文革”的罪恶时，并没有声泪俱下地控诉其野蛮和荒谬，而是幽默冷静，甚至略带俏皮地呈现出：“文革”变本加厉地复制了传统文化中的糟粕，样板戏是中国传统“无性的文化”的集大成，它完全扭曲和扼杀了正常的人性和人情。“文革”浩劫的另一个原因是对“闹革命”精神的盲目崇拜，汉字“搞”就蕴含了传统文化中对人性和正常社会秩序的破坏欲望和对暴力的崇拜。并且革命和“无性的文化”互相勾结、互为表里，“革命越是发展，无性繁殖必然越是繁荣昌盛”。从历史的经验教训来看，这个结论确实也符合某一阶段的历史状况，体现出作者对“文革”的睿智洞察。

作者并非总是在审视历史文化，他还有温情的一面，更常常以温和宽容的目光回眸成长的琐事，津津乐道于具体的生活趣事和人生感悟。在《门牙的故事》和《铁嘴沉浮记》中，讲述了自己因为嘴馋而掉一颗门牙，也因好说俏皮话而获得“铁嘴”绰号。他还在《木炭炉子和革命化的春节》中幽默地回忆自己在挨整时“惊险而成功地扮演了在敌我矛盾和人民内部矛盾的悬崖上走钢丝的角色，天可怜见，总算没有一回失足”。虽然充满辛酸，但也不乏自我调侃和饱经沧桑后的乐天知命，颇有杨绛的《干校六记》的风味。

作者对改革开放后中国社会的变化也很关注，更多的是赞扬

和期许。倔强而又执着追求个人致富的泉州人，精明能干的“阿拉”上海人，是中国走向繁荣富强的具体化形象和象征。还有一些散文是谈中国的学校教育、中西文化差异和分析幽默的生成原因，以及人的生存状态和人生感悟，洋洋洒洒，不乏精妙见解。

把幽默融入散文中，并非是孙绍振的首创。早在 20 世纪三四十年代，中国文坛上就出现了林语堂、梁实秋、钱钟书、王力等创作的幽默小品文，《雅舍小品》和《写在人生边上》是其中的精品。但是，在这些幽默小品文中，幽默实际上只是一个不太重要的因素，仅是顺手拈来偶尔为之，目的是为了表现一种超脱的士大夫心态，谈不上是一种特意为之的语言特色，幽默更非是构成散文的艺术手法和形式结构。在这一点上，孙绍振在某种程度上超越了前人。在他的散文中，幽默不仅作为艺术形式的重要构成因素，而且是一种支撑起散文框架的结构。同时，在幽默中体现出深刻的睿智和精致的情趣，使之脱离了会“失之油滑”的滑稽和钱钟书式的尖刻讽刺，而升华成了一种真正的、富有生命活力的艺术形式。并且，孙绍振紧紧抓住“幽默是一种情感交流”的特点，在散文中运用各种方法和技巧产生幽默，以达到与读者的感情交流和共鸣，亦使每一篇散文有自己的独特形式，很少雷同。幽默散文集《美女危险论》成为产生幽默感的各种艺术手法的荟萃，充分成功地实践了孙绍振在《幽默五十论》中提到的方法论。因此可以毫不夸张地说，在散文史上，孙绍振是真正把幽默作为“幽默小品文”第一要素的第一人。

在孙绍振的散文集中，每一篇散文不仅通过不同的方法技巧产生各式各样的幽默，而且在每篇中幽默出现的频率并不一样，有的散文几乎通篇，甚至每一段都运用了构成幽默的艺术方法，有的则只有一两处幽默，而更多的是抒情描写和描述。这正是作者深得幽默真谛的地方，因为幽默是一种超越了常规理性逻辑控制的情感，以戏谑性为其主要特征，它使用的素材应该距离当下现实生活非常遥远，最好是发生于古代的材料，距离现实生活越远，与作者和读者就越无利害冲突，容易产生无功利的审美；又可运用奇特丰富的想象加以夸张，与常情常理产生巨大的反差，而且由于预想的期待落空而产生一种失落感，导致某种怪异感甚至荒诞感出现，这就产生了笑，正如叔本华所说过的，笑不过是人们突然发现在他所联想到的实际事物与某一概念之间缺乏一致的现象。而这还是浅层次的幽默，只有在表面的滑稽和讽刺下隐藏着对现实生活和常规理性的深刻睿智的认识，也就是说，必须包含着一定的智慧，才能升华为真正的幽默，读者在阅读中也能体会到一种放松的、包含智力快乐的高雅感情。幽默感就是这样由作者和读者通过作品交流而产生的。

所以，幽默最密集的篇什是那些有关中西古代政治文化的散文。最有代表性的是《美女不独立论》和《解构花木兰和武松》等作品。

《美女不独立论》在开篇就设了一个玄虚的、可怕的悬念，绝世美女的作用“是对人类作出了贡献，还是带来了灾难，至今仍是千古之谜”。表面上被夸大的严重后果与实际上的微不足道构成了巨大的反差，这是幽默中的“故作玄虚法”的第一个环节。孙绍振紧接着为这个悬念寻找巧妙的解释：首先是因为只有女人，尤其是美丽的女人，才能激发男人的创造力，男人在本性上也离不开女人。其次是因为美女威力惊人，她的武器远远高过男英雄们用的刀枪剑戟，“就是带电的目光，尤其是带笑、带磁性的目光，无形无声，如带巧克力水果味的 X 光”，这些歪曲的、带调笑性质的话构成了“故作玄虚法”的第二个环节，幽默感由此产生，也显示出作者的狡黠、智慧和情趣。作者接着用“偷换概念法”把美女的“目击”歪曲为威力无穷的子弹和大炮，“她只要掉转目光，回头一看，城墙就自动崩溃了”；而把古典诗歌中的“一顾倾人城，再顾倾人国”诗句与女性破坏性的无穷美丽和魅力联系起来，用的是“歪曲经典法”。这两种方法都巧妙地应用了汉语的表层意思，以偏概全，反而产生了超越常规逻辑观念的幽默逻辑。

“天生丽质难自弃”本是唐代诗歌《长恨歌》中对杨贵妃美貌的夸赞，而作者认为这是诗人白居易发现的“规律”，用的是“庄词谐用法”。因为“规律”的本义是指普遍性的客观存在的本质的必然的联系，而美与丑只是人类的主观感觉。把主观变化的感觉和客观严谨的规律混淆在一起，这两者有巨大的逻辑空白，就在这空白中产生了幽默感。作者还运用“模仿反讽法”把“英雄难逃美人关”改为“老头难逃美人关，更比英雄难”，这是柏格森所谓的“走样的移置”产生的幽默效果。

作者把美女的悲剧根源归纳为三个原因：女性“长得太美”、“不好男色”和没有独立性。从理性逻辑来分析，这三个原因并不直接导致美女的必然悲剧和灾难性后果，也就是说并没有必然的逻辑联系，同样的原因可以产生不同的甚至是相反的结果，犯了逻辑不严密的大忌。但是，从某一角度来说，这种因果关系也是成立的，尽管有失偏颇。这种幽默方法属于“歪解包袱法”，既有表面的戏谑性，又有深层次的睿智思考，包含着作者对中国历史文化中“后宫争宠”现象的鞭辟入里的深刻剖析。

在《解构花木兰和武松》中，作者同样用了很多幽默手法。作品在讨论“英雄”时，就用了“偷换概念法”。“英，花之谓也”，而英雄必须是雄性，否则就是“英雌”，是英雄的变性，“像泰国的人妖，不男不女，半男半女”。作者把从伦理价值上进行判断的“英雄”，偷换成只是从字面意思和性别身份推论出的一个概念，从中得出结论：“花木兰是雌的，所以她不是英雄。”同时从整个推论过程来看，作者用的又是“歪解包袱法”，为“花木兰不是英雄”找出了独特的原因。

作者接着继续讨论武松是否是英雄和他成为英雄的条件与原因。作者指出，武松是雄性，这仅仅是成为英雄的前提，他是通过杀老虎，特别是杀漂亮的“母老虎”——女人，才成其为真正的“英雄”。这个理由很荒唐和荒谬，然而作者在此基础上进一步推导出更荒谬的一个结论：“伟大革命要求伟大英雄，伟大英雄就必须无性。”这种连锁性的歪曲推理，产生的谐趣相应地层层放大，就容易产生幽默。同时也是一种“歪打正着法”，即原因是歪曲荒谬的，但是它的推导结论则是严肃理性的，甚至很尖锐地指出了中国文化的痼疾：中国文化是“无性的文化”。强化了幽默的攻击性和批判性，有些“硬性”幽默的色彩。

在描写现实社会现象和中西文化差异的散文中，因和作者自身距离较近，所以使用的幽默方法就少多了。《上课打瞌睡利大于弊》用了“同枝异花法”来写一个调皮学生的两次脸红。在《谈恋爱的“谈”》和《论“搞恋爱”的“搞”》中，利用汉字独特的结构，多次用“歪解汉字法”和“偷换概念法”，而《“阿拉”的命运》用谐音产生“滑头哥洗袜”类的滑稽，展示的不是幽默的智慧，而是强调了幽默的“调解情绪”的作用。《中国牛和英国牛的对话》、《论中国的狗和西方的狗》则应用了“偷换概念法”来阐述东西方文化

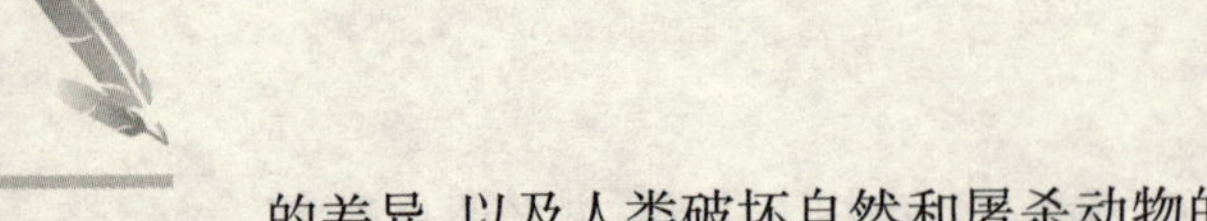

的差异，以及人类破坏自然和屠杀动物的劣行。

在一些与作者自身联系非常密切的回忆性散文中，包括《中学生活记趣》、《没处可藏的礼品》、《厦门奇遇记》、《“铁嘴”沉浮记》、《五香豆的故事》和《爱滋病虚惊的故事》等作品，作者自然应用“自我调侃法”最多。这是一种嘲弄自己的幽默方式，甚至在《木炭炉子和革命化的春节》中，作者用黑色幽默来制造一种含泪的笑，把自我调侃推向极端。在它产生的戏谑性中，显示出作者本人真诚、天真的美好品质，引起读者的同情和共鸣，而产生一种精致幽默的感情，形成幽默。

如果说在美学领域中，孙绍振是“交错美学”的开创者，那么在散文领域中，他的幽默散文集《美女危险论》则是各种幽默艺术技巧的大全，从这个角度来说，他也是一个开创者。孙绍振的幽默散文既是对林语堂、梁实秋等人创作的幽默小品文传统的继承，又不逾矩地加以超越，同时提高了大陆幽默散文的创作质量，使大陆的幽默散文能与台湾的柏杨、李敖等人的散文并峙，也为“审丑”的幽默散文在抒情散文所占据的主流中争得一席之位。

第十一章

素素散文论

获得过"鲁迅文学奖"和"冰心散文优秀作品奖"的当代著名散文家素素创作出的《北方的女孩》、《素素心羽》、《独语东北》和《张望天上那朵玫瑰》等散文集，构成了当代散文界不可或缺的亮丽风景。综观这些散文，可以发现素素最重要的艺术特点就在于她紧紧抓住了散文的特点——散文的"真"。讲真话和抒真情是散文不同于小说、戏剧等文学类型的一个独特艺术特点。素素散文的"真"来自于散文作品中主体意识的存在，因此不管是对爱情、激情中的眷恋执著和绝望哀婉的倾诉，还是冷静、理智的文化和历史的审视思考，始终有一个真诚的主体自我的存在，因为"有我之境，以我观物，故物皆著我之色彩"①。因此，这样除了能够在作品中把自己的真情实感表达出来之外，同时亦能够把易流于无病呻吟的婚恋独语和呓语赋予真实感，使人们感受到作者灵魂中最微妙的颤动与变化。这是作者心灵和读者心灵的对话，从而拥有真诚感人的情感力量；还能够把抽象的历史文化具体化为感性

① 王国维著，滕咸惠校注：《人间词话新注》，齐鲁书社 1986 年版，第 36 页。

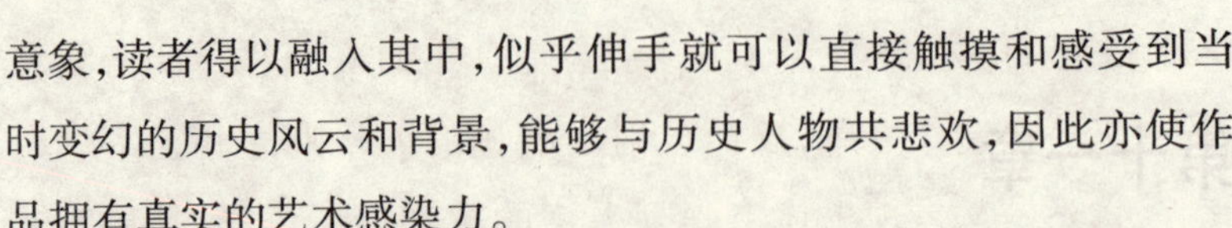

意象，读者得以融入其中，似乎伸手就可以直接触摸和感受到当时变幻的历史风云和背景，能够与历史人物共悲欢，因此亦使作品拥有真实的艺术感染力。

尽管身为一位女性作家，然而素素拥有其他女性散文家所缺乏的宽广视野，她不仅对女性散文家经常关注的家庭、婚姻、爱情等感兴趣，更对中西方历史文化进行了深入的思考和探索，内容范围包括哺育了她的东北大地的人文景观和历史文化，以及“别处风景”和国外异域的风景与文化。由此她的散文从题材上大致可以分为两类，一类是专注于对家庭婚恋的理解和人生感悟，关注的重点是爱情、亲情和友情等感情，笔调细腻委婉而抒情，有冰心语言的清丽和婉约。另一类就是文化历史散文，在对东北地域以及欧洲的文化历史进行书写中，笔力雄浑，一扫女性的柔弱纤细，呈现出一片波澜壮阔的豪气。但是还要看到，在这两类题材中，几乎每一篇作品均有一个“我看我写”的主体自我存在，还需要注意的是，这个散文中的主体并非完全是作者本人，而是经过艺术虚构之后融合了作者思想感情的叙述人。这个主体在散文中勇敢地表达自己的爱憎，敢于书写出自己的真性情、真感觉，使作品弥漫着一种强烈的主观色彩，即使是在那些要求更多客观性书写的文化散文中。这样就使素素创作的一些写景抒情类散文从对外界事物的表层描摹，自然转化成了深刻表现作者和散文主体内在的情绪流动和变化的心路历程，由此遂使散文成为作者个人，乃至整个人类的“心灵史”，她的散文由此获得巨大的艺术魅力和文学张力。这也是素素的散文能够在散文文坛独树一帜的一个重要原因。

在第一类散文中，素素以一个女人、女儿、母亲和朋友的身份来理解和对待爱情、亲情和友情，这是真实的人性和真性情的流露，毫无矫揉造作之感，反而放射出真诚的人格魅力和艺术魅力之光，这类散文表现出作者强烈爱憎的主观抒情色彩，是最能够表现出其“真”特色、“真”感情的一类散文。

作为一个女人，素素渴望拥有真正的爱情，这是每一个普通女人都会有的理想，因此此类散文中的主体就是这样一个寻找、呼唤和深切理解真爱的女人。她在《与你私语》中这样思考爱与幸福的关系：“一个女人或者男人，一生中你只要有过一次刻骨铭心的爱，它便成了你生命的全部意义和全部历史。当这一切发生的时候，幸福已经变得悲壮。”①然而，拥有爱并不等于就拥有了幸福，更何况很多人并没有爱过别人或者被别人爱。爱又是如此复杂微妙，不仅是萍水相逢的一见钟情，使两个人能够血肉相连、生死相许、永不分离，而且是一种庄严的使命，需要真诚的付出。因为爱的极端就是恨，由此可以说，恨就是爱的另一面，是爱的另一种表现形式。从人类的进步发展来看，恨之入骨和背井离乡的绝望感对人类并非是坏事，因为这种极端的情感在困境中往往能够爆发出惊人的力量，激发出人类未知的潜力来对抗和改善其恶劣处境，所以从这个角度来说，“爱就会使人类永远有未来”②。无论是“爱而又怨”还是“爱而无怨”，均是爱的真正品质。素素认识到，对相爱的两个人来说，最重要的是能够长相厮守，最好是能够一生一世。这当然需要两个肉体的纠缠，包括要熟悉男人身上汗水的味道、说话的声音、吃饭的声响、唱歌的声调、呼噜的声气，

① 素素：《张望天上那朵玫瑰》，河北教育出版社 2006 年版，第 7 页。

② 素素：《张望天上那朵玫瑰》，河北教育出版社 2006 年版，第 9 页。

还有彼此手、唇、肌肤的触摸。但是,真正厮守的含义是指精神上的厮守,是相爱的男女彼此支撑和互为存在。如同爱的另一面是恨,厮守的另一个含义就是互相伤害和彼此厮杀,存在着诸多的紧张、伤痛和孤独。不过,这并不能够改变这样一个事实:爱和厮守是每一个人所等待和期望的,尤其是对女人来说。

但是,渴望真爱的女人并非是一个对男性依赖性很强的“怨女”,由于失爱和无爱就变得病态的自恋和自卑,而是一个拥有独立自我人格和自尊的现代知识女性,这正是素素在散文中塑造出的主体——一个既柔情似水又能够理智把握自己的感情和情绪,充满了人生智慧的女性。素素所说的“女人只有在经济上独立,才有人格的独立”①的宣言,不是对鲁迅所强调的经济是第一位的,爱情婚姻必须以此为根基才能更稳固的观念的简单迎合,而是出自于一个女性真切的实际生活和实践总结,因为“女人如果靠诚实的劳动穿衣吃饭,走到哪里都会受人爱戴,内心也香甜安宁”②,只有通过这样的方式,女人才能够获得物质和精神上的真正独立,成为一个具有独立意识的现代女性。但是还要注意到,这种女人并不是女权主义或者女性主义的产物,尽管素素突出其性别意识和兴趣,“我是女人,女人与衣裳如花朵和花茎,如唇红和齿白,如月亮和夜晚,女人天性里就对服饰倾注万分的敏感”③,家对她的诱惑也是永远的,等等,但是这些女性特点只是以女性不同于男性的先天生理特点和心理特点为基础而形成,并非是要

---

① 素素:《女人书简——生命的感觉》,四川文艺出版社 1994 年版,第 114 页。

② 素素:《与你私语》,时代文艺出版社 1994 年版,第 169 页。

③ 素素:《相知天涯近》,上海书店出版社 1996 年版,第 33 页。

刻意凸显出女权主义的凌厉锋芒，反而更接近东方女性的温柔敦厚。因为在素素的心中，独立的现代女性应该具有正常的人性、各种情感情绪反应和正确的社会角色意识，所以在女儿面前，她就是一个温柔慈爱的好母亲。而在父母面前则是一个女儿，有些撒娇、任性，希望父亲把她当公主来宠爱，也会借着“老妈的烟袋”来表达出女儿对母亲的眷恋热爱。

如果说以上所列举的散文作品侧重表现出散文主体“居家小女人”温柔一面的话，那么《佛眼》则在于指出女性精神层面独立的重要性，借此呈现出作为现代女性的主体对人情事态的深刻洞察和理智冷静的另一面。因为每一个人的内心都有脆弱的一面，尤其是敏感的现代女性知识分子在面对变幻莫测的人生和无常命运时，均会不可避免地感到：“也许是我的灵魂里已漂浮起一张不安的帆，也许是我的生命已对前面那些未知的东西感到逼仄和惊恐。”①因此希望能够在佛祖那里找到其他人所不能给予的温情和安慰，希望神圣尊严的佛来拯救包括自己在内的深陷苦海的凡夫俗子。散文主体在虔诚寻找佛救赎的过程中，却无意中发现了寺庙中供奉的各种佛庸常平凡的一面，因此她坚信只有至高无上的释迦牟尼佛祖才能够理解她。在佛祖至亲的眼光注视下会泪流满面，这是任何感情受过挫折的女人都会有的自然举动，但是并非每一个人都会发现隐藏在佛眼里的另一层含义，只有真正智慧的心灵才能够领悟到：“目光既让你亲近，又让你陌生，还隐藏着很深的冷漠，似乎佛祖在普度众生的同时又拒绝众生。总之，含在他目光里的东西太多面太复杂。……因为他早就告诉过众

① 素素：《张望天上那朵玫瑰》，河北教育出版社2006年版，第2页。

生:净土并不远,就在你心中。"①素素正是通过主体领悟"佛眼"两层含义的心理流程,指出只有这种摆脱了依赖心理的,无论是对男性还是佛祖,以及达到心灵觉醒的女性才能够达到人格独立,成为经济和精神独立的现代女性——既热爱家庭和享受现实生活乐趣,又能够超脱出来而不被日常生活完全禁锢,成为一个"风情万种的女人,一个可以让房子和鲜花相映生辉的女人"②。

在文化历史散文中,素素的笔触变得雄浑刚健,妩媚中透出北国女儿的豪爽刚强。如果说迟子建用小说工笔细描出一幅东北风情画,那么素素就是把散文作为油画颜料勾勒出东北的内在灵魂——雄浑而悲怆,刚健而深情。素素将其深深隐藏在她的山川史、土著史、风俗史的描写之中,其中既有东北昨天的风物与今天的对比,把历史和文化的变迁孕育其中,又有对东北都市和现代生活的感受,包括全球化的现代工业文明和汉民族文化对东北其他少数民族文化的影响和侵蚀。她的散文集《独语东北》最有代表性,"可以看作是继周涛《放牧长城》和余秋雨《文化苦旅》之后的文化大散文"③。然而,在这类客观写实性很强的散文中,依然有一个以自身主观情感来观照历史和文化的抒情主体,这是一个"不爱红妆爱武装"、英姿飒爽的巾帼英雄,她的目光已经超越了小女子的哀怨情仇,而是把视野投向更广阔的外部世界。一个善于反思历史文化的中国现代知识分子形象由此跃然纸上。但是,素素并没有刻意去超越性别拘囿,反而利用她作为女性拥有的细腻敏感的心灵感受能力,从历史人物的感情和心理角度来

---

① 素素:《张望天上那朵玫瑰》,河北教育出版社 2006 年版,第 6 页。

② 素素:《张望天上那朵玫瑰》,河北教育出版社 2006 年版,第 32 页。

③ 张振金:《中国当代散文史》,河北教育出版社 2006 年版,第 291 页。

考察和思考中国的历史文化，使中国当代散文家除了挥洒历史笔墨的江南才子余秋雨、张扬“清洁的精神”孤身去西部的张承志等人之外，又增添了一个背起行囊独闯东北大地的北方奇女子素素。

《大云书库和它的主人》讲述了东北文化名儒罗振玉的传奇一生。作为清末忠于皇帝的一个遗老，罗振玉参与了不光彩的“伪满洲国”的筹划和建立。他满怀热望，甚至是空想地企图通过日本人的扶持，重新建立和恢复大清王朝的兴盛。作者并没有在道德和伦理上对他的卖国行为进行谴责，因为这样的态度对一个历史人物来说太简单粗暴了，如同余秋雨在《一个王朝的背影》中对知识分子效忠前朝现象的精辟分析一样，本篇散文中的主体也以悲天悯人的眼光，透过重重历史烟云来还原风雨飘摇、山河破碎的历史背景和语境，来剖析这个可怜、可悲的知识分子的渴望和绝望。毕竟罗振玉自始至终只是一个不懂政治的传统知识分子而已。从另一方面来说，他对中国古典文化有极其巨大的贡献：他和王国维、郭沫若并称三大甲骨文学专家，他对甲骨文的辨识、整理和写作的贡献功不可没；他是中国近代农学史的开创者，也是一个教育家，还参与过对中国古文化的抢救整理——将马上被销毁的八千麻袋清廷内阁大库档案高价买来并且加以保存、整理，以便于后人利用。如果说余秋雨的《风雨天一阁》说尽了一个家族为古代典籍保存殚精竭虑的沧桑，那么大云书库的主人保存和整理典籍的举动，无疑是一个知识分子为保留历史血脉的另一种义举。这样一个怀着复辟清朝、愚忠末代皇帝溥仪的知识分子，却并没有被他的主子赏识，“终于有一天，罗氏既受不了官场给他的痛，也受不了被日本人欺骗留给他的痛，对复辟大业由失

望乃至绝望，断然弃职，重返旅顺的家”①，埋头于大云书库的史海之中，直至四年后因病去世。罗振玉一生的悲喜剧又一次见证了中国传统知识分子的柔弱和无奈，他无力改变历史转折的车轮和挽救清朝覆灭的命运，同时亦反映出中国历代怀抱“先天下之忧而忧，后天下之乐而乐”忧患意识的知识分子的可悲与可敬之处。

还要注意的是，《大云书库和它的主人》对“王国维之死”的公案提出了新观点，颇具有史学价值。尽管已经有很多学者从“家国之恨”等角度来解释王国维自沉昆明湖的举动，但是王氏之死始终是一个未解之谜。素素以女性的敏锐和敏感重新进行思考，独辟蹊径，选取友情和亲情的角度来深入探讨王氏内心和灵魂所经历的创痛和辛酸，以此为依据，提出了新的死亡说法。她发现在王国维死亡的这一年时间里，“王氏遭到的是灭顶之灾，先是丧子之痛未消，接着是失友之痛突袭，最后是丧国之痛，因为北伐军日日进逼，革命已有成功之势，他为之效忠的清室再也无力回天了”②，而其中最让他痛心和致命的可能是他与罗振玉的断交。他与罗振玉的友谊持续了 30 年，正是罗振玉在 1898 年发现了王国维的天分，当时王氏只是报馆的一个杂工而已。王国维从此追随罗振玉左右，以后随他举家去了日本，因受罗振玉影响舍弃西方美学而专攻中国历史和古器物学，写出《〈红楼梦〉评论》和《人间词话》的王国维由此变成了一个甲骨文专家。而且王国维是一个平和如女子、忧郁如诗人的读书人，对罗振玉的情感依赖如同伯牙对钟子期，始终把罗振玉当作自己整个生命和生活的

① 素素：《张望天上那朵玫瑰》，河北教育出版社 2006 年版，第 84 页。

② 素素：《张望天上那朵玫瑰》，河北教育出版社 2006 年版，第 81 页。

精神支柱，遂无法承受罗振玉与他断交，舍弃他而去的无情举动。素素指出，这些感情创伤绝望地纠缠在一起，可能就是促使王国维自杀的真正原因。当然，这个看法未必就找出了王国维自杀的真正原因，然而这正是本篇散文主体以人性和感情心理为基础的悲悯情怀得出的结论，从而间接折射出素素对历史人物的独特理解——从人性和人情入手谱写历史风云和人物，把历史还原成一个血肉丰满、充满人情人性的历史场景，由此这个历史可以被读者具体、真实地感知和感受，作者能够与读者产生情感共鸣，所以就具有一种逼真的艺术真实感，这也是素素此类散文最显著的一个特点。

《女人的秋千》和《白夜之约》是对当下社会历史文化的思考，素素的目光已经从近代历史收回而转到现实社会，相应地，其散文主体就以一种冷静理智的知识分子眼光来观察和分析中国当下的历史文化，作者观点与散文主体的视点重合在一起，散文的主观色彩就不太浓烈，而是更多客观写实的色彩。打稻场上的秋千曾经是朝鲜女人放飞生命和激情的所在，秋千是让女人驰骋的马匹，“女人在秋千上放纵情感，张扬生命之尊，其实是对旧有的超越和背叛”①，荡秋千成为朝鲜族特有的风俗民情和女性鲜活生命力的标志。中国最北的村庄北极村，曾经是作家迟子建心中的童话和花园，是一个可供心灵憩息的人间桃花源。然而随着现代都市的发展和扩张，当秋千上的朝鲜女人已经衰老的时候，新一代的朝鲜姑娘均去城市上班工作了，秋千只能默默无闻地呆在商业操作的民俗村中，成为一具失去生命的商品，只是外族人满

① 素素：《张望天上那朵玫瑰》，河北教育出版社 2006 年版，第 41 页。

足猎奇欲望的道具而已。而常被城市人参观和城市文明入侵的北极村，不但失去了往日的孤独、静谧和自由，自然景物不同程度地遭到破坏，而且当地的人们也失陷在现代文明声色犬马的涡流中，由此造成对个人和家庭的巨大冲击："因为那个男人不会说话，因为那个家被城里人访问了，因为每年都要过白夜节，那女人便再也过不了安分的日子了。"①现代文明给予他们丰衣足食的物质生活的同时，也剥夺了其精神平衡和自足，这是全球化现代文明产生的无法避免的悖论后果。素素在呈现现代文明悖论特点的同时，也不断在思考解决办法，因为现代文明的渗入和取代原有民俗是每一个民族均无法逃避的现实。借助《模仿的大连》，素素提出了一个解决方案。经过多次的模仿，大连从最初的盲目模仿西式高楼大厦和欧洲老贵族的建筑，到建立起自己具有特色的城市面貌和广场，大连人就在模仿中从乡土走向时髦和时尚，当然其中也不乏表层模仿留下的浅薄和失误之处，但是无可否认，大连在模仿中逐渐成就了自身的现代都市特色。素素通过散文含蓄地指出，这种模仿意识或许能够为其他民族和城市的发展提供一种可行的借鉴。

在素素的文化历史散文中，还有诸多是描写欧洲风景和历史文化的篇什。此类散文主体依然是贯彻作者"我看我写"真诚风格的产物，散文主体仍然是一个中国女性知识分子来审视剖析西方的欧洲文化风情和人性人情。这决定了在散文主体眼中，欧洲大陆并非仅仅是一个具有异域风情的地方，而是一种成熟的现代文明和人文城市的典型，既能够拥有高度的现代文明同时又完整

---

① 素素：《张望天上那朵玫瑰》，河北教育出版社2006年版，第149页。

保留了古典的历史文化遗产。这是一个能够给正在进行现代化发展的中国提供借鉴的一个视点和坐标。因此《欧洲细节》诸篇散文中的主体并非是走马观花，沉迷于欧洲表层的花哨，而是沉潜到它的深层次，来发掘其历史文化内蕴。威尼斯的城徽是一头飞狮，“它让城市在华丽之中含着一种质朴，嘈杂里面有一丝甜蜜。如果一个城市的历史浅短而苍白，有它还可以添一层神奇与深沉”①。欧洲城市除了城徽之外，还有家族的族徽以及从古希腊、古罗马就有的古老建筑，包括庞贝古城中的斗兽场，坚固的城堡……这些保留完好的历史遗迹不仅仅是现代城市的点缀，更重要的是能够充实人们的精神生活和感情层面，让人们切身体会到在古人与今人、历史与现在之间，历史文化与血脉的不断传承和发展，生活于其中，现代都市的人们自然就不会孤独和冷漠，而是充满了人性温情和对生活的热爱。除了从感情人性的立场出发，素素还试图指出这样一个事实和前景，即本民族、本国家的优秀历史文化遗产并不会阻碍现代化城市发展，相反，两者的关系可以被妥善处理与和谐共存，共造现代工业和古典文化遗产共存的人文城市，使城市在高速发展现代工业物质的同时，也能够给人们的内心精神世界提供一块栖息地。欧洲的城市就是这样一个活生生的典型。如果说《女人的秋千》和《白夜之约》等散文中，隐含着作者借散文主体表达出对中国都市发展和人们异化的反省和批判，那么《广场》、《庭院》和《香水》等篇什中则是她对西方成熟的现代文化和都市的赞叹和欣赏，这并非是作者崇洋媚外，而是渴望自己的祖国和家乡人民能够早日富裕和富强起来，过上

① 素素:《张望天上那朵玫瑰》，河北教育出版社2006年版，第200页。

物质富裕和精神充实的美好生活。正如素素在《家的诱惑》中追问的："我为什么总是在面对美好的时候回忆起并不美好的过去呢？我为什么只习惯于住逼仄的中国式老房子而不习惯于住宽敞的曼哈顿豪宅呢？"①透过《欧洲细节》，读者再一次看到了从梁启超到鲁迅，直至现在的中国近现代知识分子们的忧患意识传统，以及从中散发出作者和散文主体真诚热切的情感力量和美好期望。

综上所述，素素在散文中似乎拥有两种神奇笔墨，一面把笔当作仕女的绣花针线，对婚恋情爱、亲情、友情等各种复杂感情细细缝制，在散文中灌注一个女作家惯有的婉约柔情；一面又把手中的笔挥舞成刀剑，以此来指点剖析中国和欧洲异邦的历史文化内涵，无论古典还是现代。而且，无论是哪种类型题材的散文，素素都把"真"作为散文的灵魂，由此在作品中塑造出一个有独立价值尊严和价值判断的主体自我，无论是自尊自立的现代女性，还是一个知识渊博、具有反思意识的知识分子，均折射出作者自己的观点和态度，这样既能够体现散文真诚和真挚的独特品格，又具有文学虚构所具有的张力和美学价值。可以毫不夸张地说，素素的散文当之无愧为当代散文领域的艺术品。

① 素素：《张望天上那朵玫瑰》，河北教育出版社2006年版，第21页。

第十二章

浅论台湾"眷村小说"流派的流变

"眷村"并不是台湾土地上的一个自然地理概念,而是台湾特有的政治和社会历史的产品,是由特殊的文化政治环境制造出来的人工地理产物。当国民党在1949年败退台湾,当时随行的有60多万国民党军队。在这些军队的军人中,除了国民党高级将领和个别将士能够从大陆带来家眷之外,其他大部分普通军人都是孤身来到台湾。这些离开了祖国大陆的国民党军队中下层将士,一面迷恋着国民党"反攻大陆,收复失土"的政治梦想,试图通过武力重新返回大陆故土,一面在无奈的等待中与台湾、金门等当地姑娘结婚成家。这些军人家庭从20世纪50年代开始就依据各军驻地而居,组成了一个个被称作"眷村"的军眷家属区村落,如同一个个"候鸟巢",为这些从大陆凄惶惶来到台湾的人们和家庭提供了庇护和温暖,分布范围遍及全台湾,从台湾北部的石门,到南部的恒春,眷村由此成为一个时代特殊的地理风貌和社会现象。而随着台湾经济的腾飞和城市化进程,在20世纪八九十年代这些简陋的军眷住宅区才开始纷纷拆除,另建起高楼大厦,眷村人纷纷搬迁至其他地方,众多的"眷村"就在台湾渐渐消失。

其实众多的“眷村”完全可以看作是一个巨大的具有内在统一性的地理环境，另言之，就是可以当作一个“大眷村”来看待。首先因为眷村具有文化上的同构性。虽然每一个眷村住满了来自大陆各个省市的军人及其家人，天南地北的饮食习惯和道德风俗混杂在一起，但是中国传统的忠孝观念和祭拜祖宗等文化观念是相同的，即使有些家庭中有台湾妈妈，具体的家庭事务是由她们来完成，但是由于中国传统文化的男权家长制传统决定了男主人掌管家庭的一切权力，所以整个家庭依然有浓重的传统文化气息，自然就与台湾当地土著家庭有所不同。其次，眷村具有地理环境上的封闭性，每一个眷村都几乎是一个完全封闭的独立王国，与当地的台湾人和台湾村落基本上没有沟通交流和来往，两者几乎处于隔绝的状态。这既因为地理原因，更可说是人为原因造成的。虽然眷村自成村落，但是周围依然环绕着很多台湾本地人村落，不过因为当时眷村村民生活水平和社会地位普遍高于当地贫穷的“老百姓”，由此就产生了高人一等的优越感，不愿与之来往；另一方面亦是因为他们内心始终盼望返回大陆，在心理上自然不愿意被当地社会的人们同化为边陲海岛之民，丧失返回大陆故土的动力，这其实是自傲和自卑相混杂的一种无奈矛盾心理作怪。因此可以说，这些眷村除了具体坐落的地理位置稍稍有些差别之外，每个眷村的生活环境、文化环境却是非常近似，甚至可以说是相同的：“有着几近雷同的建筑格局，大多是一排排低矮、简陋的平房，户户紧临，门虽设而常开，聚邻而居的又是一些具有相似的经历和愿望、从事着相同性质工作的人们，因此虽然没有血缘、宗亲关系，但邻里之间来往频繁，小孩子也总是玩在一起，某一家发生的事，往往很快成为街头巷尾、家家户户议论的焦点。”①由此完全可以当作一个眷村大家庭母体来考察。正如梅家玲所说的：“但眷村生活的高度同构性与封闭性，不仅极易使不同小说家在书写时产生相当程度的‘互文’关系，它所凝塑的强固情感，亦使作者生活经历与前后不同的创作文本之间，产生不宜忽视的历史因缘。”②

从上面的分析可知，生活在各个眷村中的人们具有相同的地缘文化背景，由此塑造出几乎相同的性格特点和理想追求，这是眷村的另一个特点。眷村村民普遍被称作“外省人”，以示和土生土长的“本省人”相区别，父辈被称为“外省第一代”，主要指跟随国民党军队来台湾的军人或者退役军人，籍贯为除台湾之外的大陆各省市地区。他们这一代人始终带着对大陆故乡的回忆，漂泊异乡的“无根感”最为浓郁，具有“保家护国”的使命感，焦灼地幻想和期待随时返回大陆故土，认为台湾只是他们暂时客居之地而已。他们的子女遂被称为“外省第二代”，他们基本上在台湾眷村出生和成长，眷村和台湾本是他们的家乡和家园，不过眷村特殊的生活环境和背景使他们“很小，他们就像活在外国”③，而眷村之外的村落却也是异乡。同时，他们虽然被父辈们强行灌输对大陆故乡的怀念之情以及中国传统文化伦理道德——这是眷村出生的孩子们所共有的，但是他们也要和其他的台湾孩子一样去读

---

① 朱双一：《近20年台湾文学流脉》，厦门大学出版社1999年版，第170页。

② 梅家玲：《20世纪八九十年代眷村小说（家）的家国想象与书写政治》，见余光中总编辑《中华现代文学大系（二）·台湾1989～2003》，台北九歌出版社有限公司2003年版。

③ 苏伟贞主编：《台湾眷村小说选》，台湾二鱼文化出版集团2004年版，第7页。

书、谋生和工作，必须要面对他们生活其中的台湾现实社会并且争取融入其中。眷村和其之外的台湾社会就这样奇特地扭结在一起，成为“第二代”的生活环境，左右着他们的成长。这两个迥然相异的世界不可避免地造成了他们内心的分裂情结和爱恨掺杂的矛盾情感。可以说，虽然他们会把台湾当作故土和生活的地方，但是在潜意识深处则保留了父辈们寻找“乡关何处”的焦灼感和无法言说的精神焦虑，缺乏普通台湾本土人的笃定和安全感，因而他们为了摆脱和改变这种社会处境和精神压抑，就只有想尽办法离开眷村甚至是台湾而去国外发展。以上这些特点构成了眷村“第二代”所特有的“眷村味儿”。这两代人构成了社会学意义上的“眷村族群”。

正是因为眷村在眷村族群的社会生活和精神生活中占据着重要而独特的位置，拥有特殊而又复杂的情感印记，尤其随着眷村被拆迁，逐渐成为“第二代”心中的童年、少年的悠远记忆之后，眷村自然会成为当代台湾文坛中诸多出身眷村的著名小说家，包括张大春、朱天文、朱天心、苏伟贞、袁琼琼、张启疆、孙玮芒和苦苓等眷村“第二代”重点描写文学对象。从20世纪70年代末开始，这些作家陆续创作出诸多书写眷村人物和生活的小说，而且这些作品随即成为作家的代表作品或者获奖作品，给他们带来巨大的文坛声誉。这些带有眷村标记的小说作品通常被称为“眷村小说”，尽管眷村小说只是作家写作的一部分，其实他们的写作范围并不仅仅限于眷村题材，这些作家却被文坛冠以“眷村作家”的称号，同时这也足使眷村小说在当代台湾文学中占据主流位置，从而成为台湾文坛重要的文学现象，形成“眷村小说”流派。

20世纪八九十年代是眷村小说在台湾文坛活跃存在的时期，

眷村作家们从各个角度来书写眷村的故事，这些文学作品共同融汇成一个关于眷村的蔚为大观的文学部落。可以看到，在这些眷村小说中，眷村在社会、地理和历史中的独特地位均被着重加以强调，不但作为台湾的一个地理名称而存在，而且在此基础上建构起了特殊的文学和史学意义，眷村也成为一个文学意象，如同沈从文的“湘西”世界和莫言的“高密东北乡”，是地理环境和文学虚构的结合，从这个角度来说，眷村小说其实是一种关于眷村书写的地域小说类型。也就是说，眷村是眷村小说中内容主题构成的最重要的和最基本的要素，眷村小说的产生正是依赖对眷村独特地域特征的描写而建构起来的，它独特的社会背景和兴盛原因使它的兴衰存亡和眷村在小说中所占分量的轻重成正比。

眷村小说中的眷村拥有多层象征寓意和厚重内涵，它赋予眷村小说独特的“眷村味儿”和文学情调，使围绕眷村的文学书写不仅仅是作家们对眷村世界的记忆和文学想象，更重要的是其中隐含了更深一层的探讨目的：通过具体的眷村村落和眷村族群的兴衰，折射出台湾社会的历史变迁以及台湾人心灵与情感的变化，眷村就成为现代社会人类生存处境的一个象征和缩影，眷村小说由此呈现出浓浓的精神之史的味道。

如果从作品中的眷村内涵和象征意义的丰富与否的角度，来纵向仔细考察眷村小说的话，我们会发现 20 世纪 80 年代左右的眷村小说和 20 世纪 90 年代的存在着较大差别，可以把 20 世纪 80 年代出现的小说当作眷村小说的前期阶段，而 20 世纪 90 年代的则为后期。在 20 世纪 80 年代的作品中，眷村是乐土故乡、家园、家国寄托之处，抑或是地狱、异乡、急于逃离之所，当然是内涵丰厚和象征比喻意味浓厚的一个意象，而后期阶段的创作重点却不再是眷村和眷村生活,眷村至多只是作为一个单薄的地理概念而存在于小说中,缺乏丰富的文化象征意味;而且作者的情感态度也相应地从20世纪80年代对眷村世界的眷恋怀念,到眷恋中夹杂着批判,再到20世纪90年代之后的完全批判憎恶甚至忽略眷村的存在;同时,主题意蕴也为之一变:20世纪80年代的作品侧重直接书写眷村这块土地上发生的悲欢离合,追叙父辈经历的战争往事,以及他们的乡愁与过客心理;子辈们在成长中的心理历程和青春冲动,对眷村既爱又恨的矛盾心情,以及父辈和子辈不同的社会价值观念和精神上无所依托、孤独徘徊的"蝙蝠"心理状态,寄托着作家的哀思与感悟;而后期的小说则只是把眷村当作人物可有可无的成长背景,最多是把光怪陆离的都市生活和平静温暖的眷村生活两相比较,表达出作者对现代人生存处境的反思和台湾社会历史的变迁,而且对现代都市的描写比重显然已经压倒了作为背景存在的眷村。

为了更清楚地阐释眷村小说的内在生命脉络,有必要对眷村小说前后两个阶段在情感表达与艺术特征做进一步具体的梳理,以期探求眷村这一地理要素在建构眷村小说世界中的支撑或钳制的作用。

20世纪80年代眷村小说的首要突出艺术特征是小说文本突出呈现出作家对眷村及其生活所代表的传统乡土生活的思考和深厚感情,不管是眷恋肯定,还是冷观审视。袁琼琼的《沧桑》中的人物在眷村中演绎着人生的悲欢和沧桑,眷村就是第一代和第二代眷村人全部的生活环境和表演舞台。虞太太和包太太同时追随丈夫逃到台湾,来到眷村居住,但是两个人选择了不同的生活道路。姿色平庸的虞太太在丈夫亡故后,独自抚养四个女儿成人，生活比较安定和平静。而年轻时貌美如花的包太太杨青，当年曾经令全眷村的男人失魂落魄，她不仅不甘于贫穷的眷村生活，在情感上也红杏出墙。被丈夫捉奸在床之后，就离婚另嫁，抛弃了幼小的儿女。多年之后在儿子的婚礼上，面对儿女的敌意、冷漠和仇恨，她多年的悔恨自责，再嫁后生活的不如意，以及对孩子的内疚爆发成一句感叹："我只是不甘心，怎么这一错，就回不来了呢……"袁琼琼并非仅从伦理道德上来谴责犯错误的人物，而是充满了悲天悯人的情怀，她通过虞太太的自责"杨青和她三个孩子的命运有那么一刹那是捏在她手里的"①，以及小说结尾中虞太太和杨青抱头痛哭的场景，含蓄表达出她对被无常命运捉弄的小人物的同情和怜悯。苏伟贞的长篇小说《有缘千里》重点描写的也是眷村两代人和眷村生活。这两篇小说是直接抒写眷村人悲欢离合的典型之作，眷村不再是被迫客居的异乡，而成为第一代人赖以生存，又抚育了第二代人的土地和故乡，不仅属于台湾，更是与大陆血脉相连的一部分。这里虽然有《沧桑》中的姚太太类的传播是非者，但是更多的是具有中华民族传统美德的人们，他们具有敬老爱幼、睦邻友好、互相帮助的美好品质，在离乱逆境中培养出相濡以沫的深厚情谊，因此虽然眷村的日常生活很艰苦，也不可避免地上演着悲剧故事，但是生活于其中的人们赋予这块土地以神奇的力量和存在形式，如同沈从文笔下的"湘西"，由此眷村拥有了丰厚的文化象征寓意，它作为压缩了的大陆形象，在特殊的时空里被无奈地平移过来，为它的子民提供了生养的时空，也提供了故土情感的慰藉。在这里眷村既是大陆祖国的替身和象征，又

① 苏伟贞主编：《台湾眷村小说选》，台湾二鱼文化出版集团2004年版，第7页。

具有了人类童年的故乡和乐土之质量，它如同地母一样用宽容的胸怀来容纳它的子民，和他们共同经历人生沧桑和命运的无常，同时又对他们充满了同情和悲悯，赋予他们生活下去的希望和力量。

20世纪80年代眷村小说的第二个特点在于塑造和描绘出活生生的眷村两代人物形象，这也是此阶段眷村小说主题意蕴的核心所在。前文已经说过，因为眷村族群的同构性，所以眷村小说世界中的父辈们均有相似的性格特点，子辈们也带有相同的眷村味儿，体现出特定地缘文化的影响，此《孟子·尽心章句上》中的"居移气，养移体"之谓也。不过由于作家对眷村和眷村人物切入的角度各异，思考描写内容的自然也就不同，因而每个作家笔下的人物性格同中又存在差异，因此营造出一系列人物画廊，体现出20世纪80年代眷村小说的艺术魅力。

朱天心的《想我眷村的兄弟们》以散文化的艺术手法，勾勒出眷村第一代和第二代人物形象的主要特点，她指出，正是由于眷村特殊的地理环境和文化环境的熏陶，才造成人物形象特殊的人生观和生活方式。因为眷村作为平移而来的地域空间，虽然在情感与想象上与民国时期的大陆并无太多不同，但对于台湾本土而言，它是无根的，更多的只是一个空洞的空间，而在时间的一极上则陷入了虚假和焦虑，以致眷村人与台湾现实物质社会生活脱节，精神状态上亦无所寄托，眷村小说于是充满了台湾文学特有的悲情格调。朱天心用"蝙蝠"的意象逼真地描绘出眷村第一代的精神处境，正如她所写的，"国民党莫名其妙把他们骗到这个岛上一骗四十年，得以返乡探亲的那一刻，才发现在仅存的亲族眼中，原来自己是台胞，是台湾人，而回到活了四十年的岛上，又动辄被指为‘你们外省人’,因此有为小孩说故事习惯的人,迟早会在伊索故事里发现,自己正如那只徘徊于鸟类兽类之间,无可归属的蝙蝠”①。他们既无法被离别多年的大陆亲人认可,因为具有“台胞”的特殊身份,而眷村和眷村族群在台湾社会中的特殊性,又使他们始终无法完全融入台湾社会,他们在大陆和台湾均无法找到自己的合适位置,只能在家国之间徘徊,精神上无所依傍,是无根的一代,注定了要饱受精神的痛苦和折磨。对于出生成长在眷村的子辈们来说,他们同样也处于“蝙蝠”的状态,虽然是背负着父辈灌输的怀乡念国理想的典型眷村人,但是他们所面临的主要困境是为了生存和生活,必须抛弃上述理念,完全融入台湾当下的社会。与父辈相比,子辈们显然缺乏把大陆当作故土和坚信落叶归根的坚定信念,因为与他们从未谋面的大陆祖国只是活在他们的想象中而已,无法与现实生活抗拒,所以他们选择了逃避和离开眷村,去其他地方开辟新的天地,除了考入军校的出路之外,大部分第二代都进入现代都市发展和谋生,但是在繁华冷漠的都市又怀念起简陋温馨的眷村故乡,他们是徘徊在眷村传统生活理念和台湾现代城市观念之间的“蝙蝠”。

如果说《想我眷村的兄弟们》只是用素描的方式简约勾画出两代人性格的线条轮廓,那么张大春的《将军碑》和《四喜忧国》则用浓墨重彩的油画方式,描绘出来台湾的外省第一代人的主要性格特征,以及所处的“蝙蝠”处境。在魔幻色彩浓重的小说《将军碑》中,武镇东将军是国民党高层军官,虽然有自己单独的公馆

① 苏伟贞主编:《台湾眷村小说选》,台湾二鱼文化出版集团2004年版,第56页。

而不住在眷村，但是他拥有从大陆来台湾的国民党军人身份，以及精神气质和人生遭遇，其实均类似于眷村第一代，只是他的职位高一些而已。武将军晚年沉迷于自己早年辉煌战争的回忆中，时间空间不能阻碍其思想神游，他就把台湾错当成了祖国大陆的战场，随时可以回到过去的年代。这种时空错乱的艺术手法充满了隐喻，指向一个从大陆来台湾军人晚年的寂寞凄凉和精神的空虚惶惑，是所有台湾外省第一代精神的缩影和写照。《四喜忧国》中的朱四喜是国民党下层老兵的典型代表，他用欺骗的方法得到一个台湾妻子，在眷村里过着艰苦的生活。四喜没有可以炫耀的辉煌历史，然而他同样胸怀拯救家国的大志。死去的好友杨人龙托梦指点他写出了一份告军民同胞书，完成了他在“国家多难”时的拯救壮举。四喜一面为了解决家庭的温饱问题，让老婆和大儿子去洗车赚钱，一面积极编写文理不通的文告，张大春把拯救“国难”的大任放在一个只认识几个字的下层人身上，真是对台湾国民党当局和眷村的一个莫大的讽刺。张大春通过武镇东和朱四喜的形象，无情地揭去眷村温情脉脉的面纱，指出眷村和台湾其实只是一个供逃离大陆的国民党中下层官兵避难的地方，尤其眷村老兵是已经被历史和时代丢弃的多余人，他们只能躲在眷村一隅里苟延残喘，通过回忆或者其他一些可笑的举动来获得精神安慰，他们是永远无家国可以归属的可悲“蝙蝠”，是历史时空大挪移中的精神游子。

然而，眷村第一代人中的另一些人已经认识到历史变迁的不可逆转，返回大陆只是一个幻影而已，他们在时间的流逝中逐渐把眷村当成了真正的家乡，既无可奈何地乐天安命，又自得其乐地安稳生活和养儿育女，这是一些眷村小说中描绘的另一种眷村父辈形象。在《写不成的书序》中，马叔礼塑造了一个可亲可敬的父亲形象。作为老一代的从大陆来台湾的军人，虽然父亲也有怀乡念旧和保家卫国的情怀，但是他对自己的身份处境有清醒的认识，在退役之后就把养家糊口和培养子女上进当作人生大事。父亲依靠卖馒头、开小商店改善贫苦的生活，对顽劣的儿子耐心地进行说服教育，直到儿子认错改正。朱天文的《带我去吧，月光》中白发苍苍的程先生，在被时间和历史变迁消磨光保家卫国的壮志之后，反而满足于为妻女收拾家庭和做饭，而且“因为做饭，他的视野骤开了”①，跟上了台湾当下社会历史的脚步。还包括《小毕的故事》中小毕的继父毕伯伯。这些眷村父辈都是热爱家庭孩子的普通父亲，眷村族群第一代的特殊印记明显弱化，他们开始把眷村当作台湾的一部分，在历史变化中逐渐认同了自己的台湾身份，在某种程度上结束了“蝙蝠”的精神历程。但是，这两部代表作也是一种预兆和预言，由于这两部小说中的眷村随着历史的进程，由原来的凭空挪移而产生的地缘特性也在渐渐消逝，失去了自身特殊性的眷村也慢慢地内化于台湾机体中，其文化象征的内涵开始变得较稀薄，也暗示着眷村小说的历史气数不会延续太长时间。

与性格各异、内涵丰富的父辈形象相比较，眷村小说中的第二代形象则单薄、概念化得多，可能是因为父辈们从大陆来台湾的特殊身份背景和思想心理才最能够体现出眷村和眷村小说独特的地域特点和文学意义。眷村子辈的形象主要有两种，一种是

① 朱天文：《带我去吧，月光》，见朱天文《炎夏之都》，上海文艺出版社 2001 年版，第 236 页。

具有很强的叛逆心理、渴望新生活的眷村少年男女，这是眷村作家们最感兴趣和关注的人物形象，可能是因为他们身上有眷村作家自己童年和少年的影子。在苦苓的《想我眷村的弟兄们》中，平子、老夭、毛头、英英等眷村子辈们尽管是听着父辈怀乡念旧的故事长大，有浓浓的"眷村味儿"，但是对在眷村出生和成长的他们而言，毕竟祖国大陆只是活在父辈讲述中的一个抽象物，而活生生的具体的眷村和眷村生活才是他们要面对的。由于眷村和台湾当地社会的隔绝和缺乏沟通，致使眷村的少年们只有通过组建黑社会式的小集团，通过武力与当地的同龄人进行一次次的斗殴，以彼此的仇恨来发泄心中的焦灼不安，眷村的少女们则纷纷通过嫁给美国大兵、出国读书或者当演艺界明星的方式离开眷村。这不仅是他们青春期的冲动和精力的发泄，更是潜意识中对父辈权威和眷村的反抗，对眷村族群特殊性的反抗。苏伟贞在《旧爱》中更具体地讲述了一个叛逆的眷村女孩的一生。程典青出生在一个典型的眷村家庭，从大陆逃到台湾的父母只愿意活在乡愁和脱离台湾现实的虚幻中，根本不关心这个敏感、孤独的女儿。年少倔强的程典青为了反抗家中冷清孤独的气氛而参加了黑社会帮派，并且无意中成为黑帮老大的"女人"，导致青梅竹马的眷村男友被黑社会杀害，亦引起了同村人的很多议论和谣言。这段经历使她在长大成人后仍然深受其影响，特别是她的几次恋爱，直至她得绝症而死。程典青的爱情悲剧和人生悲剧既是眷村生活给予的，也是一个另类的寻常女孩会遇到的，她的命运也可能是任何一个台湾女孩会遭遇到的，但在这里也成为眷村人的命运的寓言：无根叛逆的别样孤独。朱天心的《时移事往》中的秦爱波亦是此类眷村女孩。从这类眷村子代的性格和经历可以看出，眷村作家们开始试着转换眷村的文化内涵，眷村的“大陆祖国替身”的内涵不再被强调，而是着重写出它作为子辈们故乡层面的意义，眷村只是阻碍他们发展的有些愚昧落后的家乡而已，他们对它的反叛和背离也就不可避免了。

另一类子辈形象是正常生活、顺利成长的少年少女们。其实他们和第一类形象有很多相似之处，虽然外表温驯实则内心倔强，只是他们的叛逆态度不够决绝。对他们而言，眷村的意义更多的是体现为一种鲁迅的《故乡》式的情感——虽然憎恶远离，但是心中总是眷恋怀念。朱天文的《伊甸不再》中的甄素兰虽然有和程典青相似的眷村家庭和父母，但她并不是一个另类的眷村女孩。她甚至可以说是眷村女孩中的幸运者，进入城市发展的她，很快就成为家喻户晓的电影明星和大众偶像，实现了众多眷村少女心中的明星梦。然而，当“金黄的秋天的太阳光来叩她窗户，令她想起从前眷村的日子，很多很多，不一定是快乐甜蜜的，可是都是自己的。再坏，再不快，悲伤的眼泪流下来都是自己的”①。这些“张爱玲风格”的句子显示出，眷村故土依然是她的精神乐土和故乡，城市则是“总总不切身”②的一个异地，而且她所爱之人是一个有妇之夫，两个人是不可能有婚姻未来的，城市无法实现她的爱情愿望。在文本中，眷村不仅仅是女主人公的家乡，是她酸甜苦辣的成长过程中的一个见证者，还是她的传统爱情观念和人生观念的塑造者，她始终是眷村族群中的一个，现代都市生活无

---

① 苏伟贞主编:《台湾眷村小说选》，台湾二鱼文化出版集团 2004 年版，第 36 页。

② 朱天文:《带我去吧，月光》，见朱天文《炎夏之都》，上海文艺出版社 2001 年版，第 20 页。

法改变她。她最后的自杀实则是无法忍受徘徊在传统观念和现代观念之间的“蝙蝠”命运而进行的绝望抗争。

综上所述,20 世纪 80 年代的眷村小说地域色彩鲜明,这是其最为本质而独特的地方,主要表现在眷村父辈和子辈的形象具有眷村族群的特殊性,眷村的具体地理内涵和抽象文化意味非常丰富厚重。这些浓重的眷村特色,除了受眷村自身特定时空属性、地理环境和文化环境所致,可能也是眷村作家有意加以文学虚构和夸张的一个结果,这种着重凸显眷村地域特色的举动,可能会造成台湾各个族群之间更大的分裂和隔阂,尤其是在“外省人”和“本省人”之间。然而,这对小说创作来说是必需的,因为只有这样才能促成眷村小说现象和流派的形成,也是小说文本超越了意识形态的一个表征。还可以看出,眷村作家对眷村的情感态度不再是单一的肯定,而是非常微妙复杂,不但夹杂着爱意也可能渗透着仇恨,更可能是爱恨交加的矛盾,从而勾勒出眷村的多个层面,赋予它更丰富复杂的内蕴和意义。这是眷村作家在小说创作上成熟的一个表现,也是20 世纪 80 年代眷村小说具有高度文学性的一个原因。

真正把眷村的地理意义和文化象征意味抽空,把它从一个文学意象还原为普通名词的是20 世纪 90 年代眷村小说。眷村小说的兴旺发达和高潮出现在20 世纪 80 年代,而1980 年之后的眷村小说首先表现在作品数量下降,而且眷村作家开始向城市书写转变,眷村成为文本中的人物可有可无的故乡背景,这与其说是眷村小说家视野的开阔和拓展,倒不如说是眷村小说由盛而衰的一个明显特征。虽然眷村故事是苏伟贞在《离开同方》中所着重演绎的,眷村意象的内涵依然很丰富,但是它已经无法代表此阶段眷村小说的主要趋势，只是一个特别的文本个案而已。朱天文在1990年发表了《世纪末的华丽》，其中呈现出的文学特点和眷村描写才是其主流。主人公米亚的出生背景和身份职业与《伊甸不再》中的甄素兰极其相似，均可以说是眷村出身的现代女性，同时又都有一个是有妇之夫的情人。但是两个人物在内心气质上差别极大，甄素兰在现代明星外表的包装下，始终有一颗遵从中国传统观念的柔弱心灵，她用眷村来抗拒城市，但是作为服装名模的米亚则完全不同，她身上的眷村气质荡然无存，已经完全变成了一个现代台湾人，同时她对情人和感情的处理也是现代的、开放的，小说结尾中的返璞归真只是因为她厌倦了奢华颓废的都市生活，这只是一个现代都市人的正常举动罢了。《荒人手记》中眷村出身的"荒人"，他所受的压抑是现实社会对同性恋感情的鄙弃，朱天文把关注中心点转移到了同性恋问题上。《荒人手记》中所描写的家庭主妇，虽然是出身眷村，但是作者的目的是塑造出一个普通女性寻找人格独立的过程，铺写台湾20世纪90年代的社会乱象，几乎完全没有牵涉眷村。20世纪90年代眷村小说中的眷村地域色彩变得极淡，甚至再没有眷村和眷村族群的特色，眷村子代身上的眷村味儿变成了现代都市人的颓废堕落感，眷村的象征寓意日趋稀薄，以致最后失去了其文化象征的内涵，显示出眷村小说家对眷村的感情和兴趣日趋淡漠，或许因为他们关于眷村的文学想象力已经逐渐耗尽，之所以还被勉强冠以"眷村小说"之名，只是因为文本中的人物曾经是出身眷村，或者仅仅因为是眷村作家的小说而已，这也是地域小说的局限所造成的必然结果。在这种情况下，眷村小说的衰落就成了一种必然的宿命。20世纪90年代中后期的眷村小说家几乎都放弃了写作眷村，虽然

其后仍旧有朱天心的《漫游者》，张大春的《城邦暴力团》、《聆听父亲》等小说作品出现，但是小说文本的内容主题已经与眷村和眷村族群无关，不能够划归作为地域小说的眷村小说。作为一个地域小说流派的眷村小说在台湾文坛的时代已经结束了。

综上所述，正是眷村浓郁的地域色彩和眷村族群赋予了眷村小说的兴盛发达，造就了这个存活台湾文坛近二十年的小说流派。虽然作为地域小说的眷村小说在当下的台湾文坛已经消逝，但是它已经成为台湾当代文学中不容忽视的重要环节，那些曾经以眷村小说成名的小说家们依然活跃在文坛上。更何况眷村小说所产生的巨大文学影响和文化影响，亦使眷村作为一种地域文化存活于台湾，乃至中国社会学史和文化史之中，成为历史的一面风旗。

第十三章

用文学审美来表现政治意识形态

——浅论台湾怀乡散文的特征

从台湾当代散文史的角度来说，以描写大陆乡愁和家国之思为内容主题的台湾怀乡散文，以国民党败逃至台湾的1949年为开端，在20世纪五六十年代达到鼎盛，在80年代后则分化出台湾“探亲”散文一脉，甚至在90年代之后断断续续还有艾雯的《怀乡草》等怀乡散文的出现，为其流风余韵，文学生命力长达50年之久。从这个角度来说，台湾怀乡散文始终是台湾散文领域中不可或缺的一道亮丽风景。在艺术成就上，怀乡散文通常被认为是远离台湾政治意识形态的抒情美文，使文学回归到自身，所写的大陆故乡风物人情均带有作家个人回忆的烙印，因而笔锋常带感情，充满浓厚的诗化特点，即使题材内容上显得较为单一，散文家们躲避在心灵的一隅，哪怕悲悲切切，也总算保住了文学的品格①，因而具有很高的艺术审美价值。台湾怀乡散文，尤其是20世纪五六十年代怀乡散文的文学成就，越来越受到研究者，特别

---

① 孙宜君、毛宗刚：《台湾当代散文鸟瞰》，载《文艺理论与批评》1992年第2期。

是20世纪80年代以后大陆研究界学者的关注、认可和强调。①由此亦出现了写作怀乡散文的台湾作家群体,其中主要包括张秀亚、钟梅音、林海音、艾雯、王鼎钧、尹雪曼、琦君、余光中、张晓风和郭枫等人。

但是,如果把台湾怀乡散文放到当时台湾社会政治文化背景和现代散文艺术创新的角度进一步深入考察的话,这一常见的结论,尤其是20世纪五六十年代怀乡散文"远离政治意识形态"和"具有文学独立性"的结论却值得商榷。恰恰相反,怀乡散文并非是脱离当时台湾政治意识形态而有意追求"为艺术而艺术"文学观的高蹈派,实际上它具有强烈的时代性和意识形态意义。一些评论家已经认识到,台湾评论家刘心皇认为的"非战斗性"的"软性"文学,早在20世纪50年代初就已渐渐出现:"包括一些风花雪月、身边琐事、个人趣味等,并警告'如果这种情形,继续发展下去,将来会形成战斗文艺的低潮。'其实,在战斗性要求之外,出现向往自由创作的艺术倾向,也可视为紧张时局下的松弛。"尤其是在1956年之后"美式的意识形态之出现,实与美援的进入、美国经济的移入有关,在早期的文学刊物上开始有随笔文字刊登,以较为艺术的手法处理人生的各种经验,多能扩大较为一致性的战斗文艺的单一格局,仍有其正面的意义"②。台湾20世纪五六十年代的怀乡散文就属于能够"扩

① 参阅古继堂《简明台湾文学史》(时事出版社2002年版)、范培松《中国散文史(上、下)》(江苏教育出版社2008年版)、方忠《台湾散文纵横论》(江苏教育出版社2008年版)等专著中关于台湾怀乡散文的相关章节,以及楼肇明等人的相关论文。

② 李丰楙:《〈中国现代散文选析〉序论》,见余光中总编辑《中华现代文学大系·台湾1970~1989》"评论卷二",台湾九歌出版社有限公司1989年版,第779页。

大战斗文艺单一格局”的“软性文学”中的一种。

概而言之，作为“软性的战斗文学”的台湾怀乡散文，较成功地运用了“美学意识形态”①策略——用表层的文学审美效果掩盖其深层次的社会政治色彩，即以符合现代散文艺术原则的文学手法在作品中建构起具有古典传统文学特色的“古典中国”形象和特定内涵的“中国（包括大陆）历史”，表面上在20世纪五六十年代为从大陆迁移到台湾去的广大民众的“思乡思祖国”的乡愁情绪提供文学食粮，但其深层含义带有政治色彩，或明或暗地与当时台湾国民党当局宣传的所谓“不忘国耻，反攻大陆”、“反共复国”的政治意识形态思想呼应和应和，所以台湾当局才默许了它的存在和发展壮大，甚至使其能够逐渐取代当时“反共”散文的主流位置。正是由于台湾怀乡散文作品的“美学意识形态”策略，在创作实践中能够用比较完美的文学艺术形式间接或直接地表现、凸显作品中所蕴含的政治教化的内容主题，因而其中的政治意识形态思想经常被其高超的文学成就所遮蔽和隐藏，不易被察觉。

然而，“美学意识形态”策略又是一把双刃剑，一方面使怀乡散文借助高超的文学成就和当时台湾政治力量的外力在20世纪五六十年代把自身推至鼎盛时期，另一方面却又因其政治意识形态色彩而不可避免地损害其文学独立性和艺术创新性效果，最终成为阻碍台湾怀乡散文在艺术上继续创新发展的一道枷锁，因而随着台湾政治环境的变化，怀乡散文在政治色彩相对淡薄的七八十年代逐渐由鼎盛走向衰落，虽然其作品在台湾文坛依旧存在，

① 参阅〔英〕特里·伊格尔顿著，王杰、傅德根、麦永雄译《美学意识形态》，广西师范大学出版社1997年版。

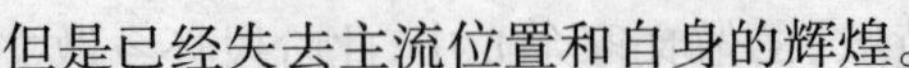

但是已经失去主流位置和自身的辉煌。

对20世纪五六十年代的台湾文坛来说，怀乡散文以其对中国古典诗词的语言、意象、意境、节奏和风格等诸多文学因素的吸收、化用所形成的鲜明“诗化”特点产生的艺术审美作用，一扫当时盛行的半生不熟的“洋学者散文”、晦涩难解的“国学者散文”、无病呻吟的“花花公子散文”和毫无才华的“浣衣妇散文”等几类散文流弊①，征服了当时的台湾民众。“中国古典诗词化”特点不仅成为台湾怀乡散文的一个显著艺术特征，亦被看作是其追求现代散文艺术创新求变的重要标志之一。具体到作品来说，张秀亚的怀乡散文语言华丽优美，却又纤秾得体，颇得晚唐五代诗词之神韵。她除了在怀乡散文中经常直接引用和化用中国古典诗词语言和意境之外，还通过五四以来的现代诗歌作品和诗化散文而间接接续上了中国古典文学和古典诗词的血脉，其散文语句也常常带有诗歌化倾向；艾雯的散文虽然是洗练的白话文，但是也追求情与景、意与象的艺术融合与统一，在《渔港书简》、《昙花开放的晚上》等篇什中，亦直接引用和化用中国古典诗词与现代诗的语言，并且化用诗词节奏韵律和其中的意境融入散文中；琦君以母亲为主要人物的叙事性的怀乡散文作品，以及林海音的怀乡散文，经常通过一些事件和情境来构成意象，其凸显的不仅是富有中国古典文学特色的意境美，同时也强调独具特色的中国古典文化传统和生活于这个传统之下的人物，以及他们的“古典中国式”生活方式；张晓风怀乡散文的“诗化”特点体现在营造意境美，而

① 余光中：《剪掉散文的辫子》，见《余光中集》第4卷，百花文艺出版社2002年版，第155～160页。

自称“左手写散文,右手写诗歌”的散文家余光中,此阶段怀乡散文的特点在于“以诗为文”,他从多个层面,包括意象、意境、节奏、韵律和神韵等中国古典诗歌的艺术因素均“化”入怀乡散文中,可说是最能够体现出该阶段怀乡散文作品“中国古典诗歌化”特点之典型。有的评论家指出,余光中写于20世纪五六十年代的怀乡散文,包括70年代的怀乡散文:“如《逍遥游》、《咦呵西部》、《丹佛城》、《登楼赋》等散文令人想起古代豪华的赋体文章;《听听那冷雨》、《莲恋莲》、《蒲公英的岁月》等篇章则洋溢着宋词的风采;而《雨城古寺》、《四月在古战场》、《塔》等就直是诗歌的放大或诗歌翻成的白话文。他的多数文章中诗句似的句子更是不胜枚举,有的甚至是诗句中的诗句。”①因而,台湾怀乡散文常被看作是“回归艺术特性”的一种文学样式,与政治色彩浓厚的“反共”散文完全相反,属于余光中提倡的具有弹性、密度和质料特点的“现代散文”②范畴,它被当时学者和后来人高度评价的原因正在于此。

“中国古典诗词化”特点虽然赋予台湾怀乡散文具有较高的艺术性,但是如果结合20世纪五六十年代台湾文学、文化唯“西化”为尚的背景③,以及几乎所有的怀乡散文家曾经在欧美、日本

① 杨迅滋:《余光中散文艺术特征一瞥》,载《济南交通高等专科学校学报》1995年第4期。

② 余光中:《剪掉散文的辫子》一文,见《余光中集》第4卷,百花文艺出版社2002年版,第160页。

③ 参阅古继堂的《简明台湾文学史》等专著中的相关章节,时事出版社2002年版。从20世纪50年代和60年代的文学背景来看,该阶段的台湾文学浸泡在欧风美雨之中,以模仿和化用西方现代文学、文化为时尚和潮流。其中尤以在西方现代主义诗歌影响下出现的现代诗歌最为昌盛发达,台湾三个主要的现代派诗社,分别是“现代诗”(1953)、“创世纪”(1954)和“蓝星”(1954),就均出现在50年代期间。小说同样受到影响,出现了很多具有现代主义色彩的小说作品。

等异国长期留学、讲学或居住过，他们了解甚至谙熟西方现代派文学的艺术技巧的知识结构，那么其浓厚的“古典中国化”色彩就显得奇怪而突兀，与当时“西化”的文学主流背道而驰。究其原因，显然不能仅从学理层面来解释“中国古典诗词化”特点——作家们拥有深厚的中国古典文学素养，或曰是出于对现代散文艺术创新的自觉追求，这也是很多研究者已经详尽阐述过的，在此不再赘述——而是拥有更深层和复杂的社会文化原因和政治原因。从作家的角度来说，他们在作品中通过“中国古典诗词化”特点来抒发自己潜意识中的“中国人”身份认同之焦虑。他们越是地处边陲小岛，远离中国大陆的怀抱，就越要凸显“中国”形象以及自身对“中国人”身份的认同。而正是内心深处这种无法排解的焦虑感，促使他们在创作中故意凸显、强调和深化中国传统文学和文化因素。换言之，在他们的潜意识中，可能只有借用中国传统文学因素的表现形式，尤其是最具有中国特色和代表性的古典诗词歌赋的意象和意境等文学因素，才能够准确地表明或曰证明自己的“中国人”身份。不可否认，怀乡散文作品对与台湾隔海相望家国的思念和“中国”情结引起广大台湾人民的感情共鸣，从文化层面满足了读者的情感需要，甚至感染和打动了海内外华人。

但是常被忽略的是，广大读者和怀乡散文家们思之念之的“中国”实际上被赋予特定内涵，专指具有中华民族悠久历史传统文化的“古典中国”形象，更确切地说，是通过想象和联想建构起来的、主要存在于唐诗宋词中的古典“中国”。从表面上看，这个充满文学象征意义的“古典中国”形象无任何党派色彩，是脱离当时现实社会政治而独立存在于作品中的一种文学、文化意象，似乎与当时台湾当局倡导的“反共文学”也无任何关联，而这种文学效果正是怀乡散文需要的——用表层的文学意义来掩盖和遮蔽其深层的政治色彩,借此实现其“美学意识形态”策略:不但用对“古典中国”的怀念来模糊、淡化台湾当局在大陆失败而溃逃到台湾的真实现实,起到“遮羞布”作用,而且“古典中国”的传统文化色彩与台湾当局当时否定、对抗中华人民共和国现代民族国家形象的举动①互相呼应,亦为“反攻大陆”和“反共复国”等意识形态思想的合理性间接提供精神资源;富有民族传统文化色彩的“古典中国”形象也更易于激起台湾广大民众的认同感和归属感,正如上文已经指出的,同时不断暗示、激发他们失去“中国”的悲情情绪,不但从情感层面固化他们对共产党政权的仇视,更重要的是使他们从感情上默认了台湾当局与祖国大陆割断一切联系②,以及在国际上寻求美国等资本主义国家的经济援助和国际庇护③的一系列举措。这是怀乡散文具有“中国古典诗词化”特点的深层社会原因,也是它作为“软性的战斗文学”最终所要达到的一个政治意识形态目的。

---

① 台湾当局并不承认中国共产党领导的中华人民共和国,始终在名义上把大陆各省划归在自己的统治领域下。焦桐在1998年所写的《散文地图》一文可为佐证:“如今举世承认外蒙古独立,只有台湾绘制的中国地图还固执地将外蒙古划归领土范围,固执地拒绝载入中共新的交通、社会建设。”见余光中总编辑《中华现代文学大系(二)·台湾1989~2003》“评论卷二”,台湾九歌出版社有限公司2003年版。

② 台湾从20世纪50年代初实行戒严政策,完全与大陆断绝任何联系,直到80年代中后期探亲政策的出现,才解除了长达30多年的隔绝。

③ 可参考李丰楙《〈中国现代散文选析〉序论》中对美国援助台湾情况的论述,见余光中总编辑《中华现代文学大系·台湾1970~1989》“评论卷二”,台湾九歌出版社有限公司1989年版。直到1972年,《中美联合公告》宣称中华人民共和国是中国的唯一合法政府,台湾是中国的一个省,台湾在联合国的位置才被中华人民共和国取代。

需要指出的是,当“中国古典诗词化”风格成为怀乡散文的基本特点和主流趋势之后,固然出现了很多充满诗情画意和充满感情色彩的怀乡散文佳作,加之当时社会背景的推动使怀乡散文在20世纪五六十年代进入鼎盛时期。但是,还要看到,现代散文作为“中间文类”,在内容上和艺术形式上具有开放性、随意性的“散”之特点,有的研究者认为它具有随物赋形的“水”的灵活性,使作家有很大的发挥余地。① 更何况从现代散文的创作实践来说,散文作家在作品中书写意象,只是其浅层目标,最终是为了构成完整统一的意境并赋予其一定的内涵意蕴,而散文的意境,并不需要像诗歌一样受到严格的韵律约束,笔墨可以自由洒脱,不需要如诗歌般的含蓄蕴藉,可以情理并重,在辞语表达上比较直露。② 但是,台湾怀乡散文专门针对中国古典诗歌“出位”所形成的“中国古典诗词化”特点,在赋予其精致艺术性的同时,却又因其对政治意识形态思想的迎合而违背上述所说的现代散文艺术原则,限制、阻碍了它在艺术上的进一步探索和新变。举例来说,台湾20世纪五六十年代怀乡散文中的一部分作品,例如在余光中的抒情色彩极浓的《逍遥游》、《望乡的牧神》等散文中,“中国古典诗词化”特点,一方面使作品中的“怀乡”意境带有浓得化不开的中国古典文学之烙印,但是另一方面,又使这些作品被严格地限制在中国古典诗词歌赋的“怀乡”意境和怀念“古典中国”的层面,造成其语言结构的精致严谨有余,而形式行文的自然洒脱不足,在某种程度上导致散文艺术上的“窄化”。因而随着时间的

① 郑明娳:《现代散文类型论》,台湾大安出版社2001年版,第22页。

② 范培松:《散文天地》,花城出版社1984年版,第147~148页。

推移，怀乡散文在20世纪60年代末逐渐在内容和语言形式上显现出模式化和雷同化的缺陷①，其文学性的衰退成为它在20世纪70年代之后衰落的一个重要原因。

台湾怀乡散文除了通过“中国古典诗词化”特点凸显“古典中国”形象，从身份认同和情感归属层面为台湾“反共”政治意识形态提供“合情”存在的文学土壤之外，还通过修改中国（包括大陆）记忆的方式在文本中建构起“中国（包括大陆）历史”，从历史传承层面为当时台湾国民党当局的“反共复国”等意识形态思想提供了现实存在的合理性和合法性，并利用现代散文的“真实观”原则进一步来强化“中国（包括大陆）历史”的真实性和可信度，这亦是台湾怀乡散文的另一种“美学意识形态”策略。

与小说、诗歌和戏剧等文学类型强调“虚构性”的特点迥然不同，“真实观”被看作是现代散文的基本原则。从“五四”以来现代散文发展史的角度来考察，诸多作家在探讨现代散文艺术特点时均把“真实”作为一个基本原则。周作人在《美文》一文中把“真实”和“简明”联系起来，看作是抒情美文（也就是现代散文）的两个必备艺术特点，而葛琴写于1942年的《略谈散文——散文选序》一文认为现代散文的“真实”特点首先是指内容题材具有现实的真实性。与此观点相类，李广田在1944年所写的《论身边琐事与血雨腥风》一文中，则把“立诚”和“真”结合在一起：“‘立诚’是创作的根本态度，所谓‘要写你所深知的’，也就是立诚。自己不熟悉，不深切知道的，想写得‘象’，写得‘真切’尚不

① 刘春水：《告别温柔的乡愁——兼评王鼎钧的文化散文》，载《当代文坛》1995年第3期。

可能，当然也就写不‘好’。要写好，第一须先得真。”①具体来说，现代散文的“真实观”原则通常包括两个层面的“真实”：除了包括作者在作品中流露出的真情实感的“真实”外，还要求文本中所写的事件和境遇都是作者自身的经历，这样文本中流露出的感情才不会被认为是虚假乱造和为情造文，从而达到艺术审美效果上的“真实”。这也成为评价现代散文艺术性高低的一个重要尺度和标准。而1949年以来的台湾当代散文属于中国现代散文的一脉，继承了“五四”现代散文的传统，其中包括“真实观”原则。

正是在借助现代散文“真实观”原则的前提下，台湾怀乡散文在“真实亲历者”（指作家）书写真实中国大陆故土生活经验和真实存在过的故乡人物、风物，以及由此表达出所谓“真情实感”的各个创作环节中，均为建构符合政治意识形态思想的“中国（包括大陆）历史”服务，体现出“软性的战斗文学”的“美学意识形态”特点来。

首先，从怀乡散文家的背景来说，他们均具有相同或是相似的生活文化背景和人生经历：均在祖国大陆长时间居住过和生活过，是成年后才从大陆来台湾定居的“外省人”。林海音的情况有些特殊，她的籍贯虽是台湾，但是她在5岁之后就跟随父辈去北平（今北京）生活了二十几年，在那里度过难忘的童年、少年、青年阶段并工作和结婚生子。可说北平（今北京）是她魂牵梦萦的“第二故乡”。从这个角度来说，林海音的中国大陆生活背景经历与其他“外省人”散文家并无不同，其怀乡散文作品表达出的思念祖

① 李广田：《李广田文学评论选》，云南人民出版社1983年版，第161页。

国故土之情亦与其他人的相似。由于怀乡散文家们都是作品中所写祖国大陆生活的“亲历者”,他们在台湾的土地上以背井离乡者的身份来书写回忆大陆生活的“自叙传”散文,符合现代散文的“真实观”原则,因而其作品往往被看作是对中国(包括大陆)历史和祖国大陆生活的一种真实记录。更重要的是,怀乡散文家的“亲历者”身份其实还隐含着更深层的政治意味,即怀乡散文实际上借助现代散文的“真实观”原则,有意为当时的台湾怀乡散文“立法”——只有从大陆去台湾的作家,只有拥有中国大陆生活经验的作家,并且经历了去国离乡、漂泊离散和思乡精神痛苦的作家,才有资格写作怀乡散文。从表面看来,这只是台湾20世纪五六十年代怀乡散文的自觉艺术选择,因而没有该生活背景的台湾“本省人”散文家自然而然就被剥夺了写作怀乡散文的文学权利,写作怀乡散文也就变成了一批拥有共同大陆生活背景经历的作家的特权。从这个角度来说,怀乡散文不仅仅是作家表达个人人生体验的一种文学样式,更是土生土长的台湾“本省人”无法问津的一种社会特权,怀乡散文的写作就变成一种话语霸权。具有祖国大陆背景经历的怀乡散文家们顺理成章地成为所有台湾民众的代言人,他们不但用思念祖国故土的整齐划一的“乡愁”声调,有效遮蔽和淹没了一部分台湾人民对当时台湾当局“白色恐怖”统治进行抵制和反抗的异类声音①,而且他们的“亲历者”身份也成为修改和重新建构符合政治意识形态主题的“中国(包括大陆)历史”的一个必要条件。

① 参阅吴浊流的自传体小说《无花果》(台湾前卫出版社1993年版)一书中关于台湾“本省人”对国民党当局抵抗行为的一些描写。

其次，怀乡散文在作品中详尽地描述出那些“真实的”祖国大陆故土人情风物，以及所表达出的个人真情实感，所要达到的文学以及社会效果均与散文家们独具的中国大陆生活“亲历者”身份的作用相类似：表层上契合和强调了台湾怀乡散文作品具有现代散文的“现实生活的真实反映”的艺术特点，使读者产生“真实”的阅读效果，实际上以此为掩护，在深层次上则利用人类回忆的独特特点建构起带有政治色彩的“中国（包括大陆）历史”。进而言之，怀乡散文利用人类记忆特有的“整合性”特点①，在“真实地追忆中国大陆故土人物风情”和“书写作家真实情感”的名义下整合、修改和置换关于中国大陆的回忆内容，不但美化、赞美了中国大陆故乡具有古典传统色彩的风俗人事，对其中的“古典中国”意象起到进一步补充和强化的作用，而且还常以一个较为独特的意象——“中国地图”为媒介，把个人在中国大陆经历的真实苦难生活记忆融入整个“中国（包括大陆）历史”中，由此在文本中更合情合理地建构起所谓“真实”的“中国（包括大陆）历史”。

具体到作品来说，林海音在《一张地图》中通过一张北平（今北京）地图来重温、缅怀她在中国大陆度过的美好童年生活：“在北平，残留下来的这样的人物和故事，不知有多少。”②“地图”不仅成为寄托着作者怀念大陆故土之乡愁的一个象征物，更重要的是通过查阅地图，个人因时间久远而变得模糊不清的中国大陆记忆重新得到梳理，使“中国（包括大陆）历史”借助地图重获生命。不过此记忆并非是真实故土往事的呈现，因为人类记忆具有的

---

① 参阅〔美〕考夫卡著，萧孝嵘译的《格式塔心理学原理》（商务印书馆 1934 年版）一书中关于人类记忆的整合性的观点。

② 林海音：《在胡同里长大》，江苏文艺出版社 2011 年版，第 22 页。

"整合性"特点总是使人们从当下的情感体验出发,有意无意地筛选、舍弃甚至遗忘一部分记忆,而只记住明确需要记住的,甚至是被潜意识修改、重构后的另一部分记忆,正如《一张地图》中"我"对北京故乡美好生活的深情怀念,显然是经过了记忆的删除、修改等程序后才产生的所谓"真实"印象。不仅记忆可以根据各种需要重新建构,就是"中国地图"本身也并非是如实反映真实地理领域的一种客观实在。焦桐在一篇学术文章《散文地图》就指出,余光中的《地图》一文中的那张破旧的中国地图,与其说是文本中的一个意象,不如说已经变成了幻想出来的、被顶礼膜拜的图腾,本身就是一种带有虚构色彩的意识形态思想:"这图腾所象征的意涵包括了空间和时间,里面除了是对故土深远的想念,也是对岁月的缅怀。值得注意的是,地图上许多地名甚至是'虚构'出来的,如'长安'、'洛阳'、'楚'、'湘'等等古地名,不会和现代都市同时出现一张高中生读地理课本用的标准地图上。因此,地图既可以虚构,地图里的地名也可以成为幻想、意识形态的力量。"①还要指出的是,"中国地图"并不是中华人民共和国 1949 年成立后出现的地图,而是此前的"中华民国地图",更暴露出其政治意识形态色彩。这些成为怀乡散文在文本中重构"中国(包括大陆)历史"的理论依据,亦是其实施"美学意识形态"策略的一个基础。

正是在这些基础上,其他凸显"中国地图"意象的怀乡散文篇什,包括余光中的《地图》,以及与前者标题相同而内容相异的王鼎钧的散文《地图》等,均用具体的"个人在中国大陆经历的苦难

① 焦桐:《散文地图》,见余光中总编辑《中华现代文学大系·台湾 1970～1989》"评论卷二",台湾九歌出版社有限公司2003 年版,第 865 页。

历史记忆”接通抽象的“中国地图”,从而建构起符合当时台湾政治意识形态思想的“中国(包括大陆)历史”。换言之,“中国地图”是一个触发点和媒介,触发台湾人民通过记忆来接通那段有历史资料可供严格考证和确认的历史——从 1912 年孙中山建立中华民国为肇始,到国民党败逃到台湾的 1949 年为止的近四十年的历史——这是中国人经历了北洋军阀混战、日本侵华战争以及国共两党之间战争的历史,是战火纷飞、背井离乡、颠沛流离的历史,是中国历史长河中不可割断亦无法忽略的一段。从这个角度来说,“中国地图”是被有意设置的、能够不露痕迹地把中国大陆生活记忆与 20 世纪五六十年代台湾现状连接起来的一个枢纽。也正是通过“中国地图”,怀乡散文能够把个人历史的苦难记忆融入中国历史的苦难之中,以“苦难”为契合点把这段抽象的中国历史变成个人“真实”记忆的一部分,然后就可以通过修改、置换个人记忆而顺利达到建构符合当时台湾政治意识形态思想的“中国(包括大陆)历史”的目的。

在怀乡散文中,这段被反复书写的“中国(包括大陆)历史”的范围被限定在 1912 ~ 1949 年这段时期,恰好是国民党政府较为强大,且光明正大地代表“中国”立足于国际社会的阶段。① 相比用“古典中国”的古典传统文化色彩间接呼应当时台湾“反共复国”等政治意识形的做法,这段与台湾当局府息息相关的“中国(包括大陆)历史”,表面上是为了强调台湾人民的“中国根”意识,但是其真正目的却是从“中华民国”历史传承的角度为 20 世

① 从 1912 年国民党政府建立中华民国开始,直到 1949 年败逃到台湾为止,在近四十年中以“中国”政府的名义在国际社会上立足,在 1945 年代表中国政府接受日本归还中国领土,包括台湾在内的投降书。

纪五六十年代台湾的意识形态思想，甚至台湾国民党当局存在的历史合理性，提供更为直接的证据：虽然被迫从广阔的大陆迁移，更确切地说是溃逃到台湾海岛上，但是台湾国民党当局依然是这段“中国历史”的“正统”传人，他们统治下的台湾地区才能够真正代表“中国”。正是在这种“历史传承”逻辑思路的指导下，国民党和共产党政党之间的内部矛盾虽被夸大为所谓“两个国家政权”之间的矛盾却不被民众怀疑，因而当时台湾国民党当局倡导的“勿忘国耻”、“反攻大陆”等政治意识形态思想自然而言就具有了所谓道德上的“正义性”以及“历史合法性”。这亦是怀乡散文煞费苦心建构“中国（包括大陆）历史”特定内涵目的所在。从“美学意识形态”角度来说，“古典中国”和“中国（包括大陆）历史”在“乡愁”主题下构成了相辅相成、互为补充的两个层面，充盈着唐诗宋词传统文学、文化色彩的“中国”形象与有史可查的、带有个人真实遭遇烙印的“中国（包括大陆）历史”，恰好一虚一实，一方面能够使主观的艺术虚构和真实客观的历史描述在文本中结合起来，无形中契合现代散文的“真实观”原则，相应地减少了“古典中国”的虚构成分，为台湾怀乡散文增加了几分“真实性”的阅读效果和可信度；另一方面，又分别从文化传统层面和历史传承层面为当时台湾政治意识形态思想提供了“合情合理”的精神资源。

然而怀乡散文以表层“真实观”原则掩盖其深层政治色彩的“美学意识形态”策略，同样不可避免地对作品的艺术性造成某种程度的损害。举例来说，郑明娳在《琦君论》一文中对琦君所写诸多散文的结尾不甚满意：“有许多抚今追昔的文章，在她历历叙写往事时，那层深深的感慨，已款款地打动了读者，所以作者本身似乎不必再加以诠释了。”然后列举了《杨梅》、《晒晒暖》和《三划阿三》等作品的结尾为例进行批评:"若此之类,作者似乎习惯在文尾述说感情,其实有许多感情是寄托在叙事中,作者不必再跳出来补充说明,反造成画蛇添足的结果。这个小毛病,甚至在最精彩的《髻》文中也不免,例如:'人世间,什么是爱,什么是恨呢?'又结尾可以割爱:'这个世界,究竟有什么是永久的,又有什么是值得认真的呢?'"①

其实这种有些画蛇添足意味的结尾,从艺术性上来说是怀乡散文作品的一个缺陷,但是从"美学意识形态"策略所追求的表层"真实性"阅读效果来说,则是必须和必要的。琦君散文中的抒情主人公"我"以"亲历者"身份回忆大陆故乡亲人的事迹和故事,虽然已经能够激起读者的"真实"阅读感受,但是为了进一步强化这种阅读效果而遮蔽其往事记忆的建构性、虚构性,其结尾的议论抒情部分则不可省略,因为这是体现现代散文"真实观"原则中的"真情实感"的一种必要手段。也就是说,作者在散文结尾部分多增添一些自我感慨和议论,读者相应地就会减少对作者的中国大陆故土回忆中所掺杂的虚构、联想内容的怀疑,为遮掩怀乡散文中的"中国(包括大陆)历史"的政治色彩服务。

除了造成艺术上的"硬伤"之外,台湾怀乡散文的"美学意识形态"策略造成的消极社会效果亦随着时间的流逝而逐渐显现出来。具体来说,不论是浸润着中国传统文学色彩的、充满了中国古典文化特有符号的"古典中国"意象,还是通过寄托着乡愁记忆的"中国地图"建构起的属于"中华民国"的"中国(包括大陆)历史",虽然一方面巩固了台湾人民的"中国人"的身份特征,确实符

① 郑明娳:《现代散文纵横论》,台湾大安出版社2001年版,第78~80页。

合“台湾是中国不可分割的一部分”和台湾与中国大陆血肉相连的历史事实，但是从另一个角度来说，其产生的政治后果正如前面已经指出的，这不但赋予当时台湾当局所倡导的“反共复国”、“反攻大陆”的政治意识形态思想以情感上和社会现实上的合理性，而且还包含着不承认和排斥中国共产党政权的因素。因此，在20世纪七八十年代之后，当台湾怀乡散文的内容主题由怀念祖国大陆的“家国乡愁”，转变为正视“台湾是故土”的观念之后，就开始有一部分“台独”分子趁机混淆视听，强调台湾是故土，他们的身份不是“中国人”而只是“台湾人”，尤其是在20世纪90年代中后期这种叫嚣“台湾独立”的“台独思想”正式浮出。究其主要原因当然在于陈水扁领导下的台湾民进党当局的误导，不过其中不可忽视的一个原因和源头，却应该追溯到20世纪五六十年代怀乡散文作品所建构的“古典中国”和“中国（包括大陆）历史”的消极影响。在诸多情况下，真理和谬误往往只有一步之隔，台湾怀乡散文的成功与缺陷亦可作如是观。

综上所述，“美学意识形态”策略的双重性特点，既成就了台湾怀乡散文在20世纪五六十年代的鼎盛和辉煌，又为其在七八十年代的衰落和式微埋藏下种子。因此，今日学者对台湾怀乡散文，特别是五六十年代出现的作品，不能因为其具有高超的文学艺术成就而仅强调该特点，却故意隐藏或是忽略它的政治内涵。反之亦然，不能因为怀乡散文蕴含着当时台湾国民党当局的政治意识形态思想，就以此来抹杀或是降低它的艺术成就。这才是辩证严谨的学术研究思路，亦是从文学史角度重新评价、审视怀乡散文优缺点的学术基础。

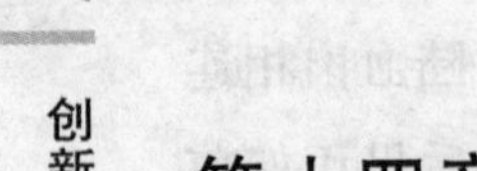

第十四章

21世纪以来大陆、台湾两地家族小说异同之比较

——以张炜的《家族》和吴钧尧的《火殇世纪》为考察中心

家族小说的创作在大陆和台湾地区长盛不衰，大陆作家张炜的长篇小说《家族》(2010年版)和台湾作家吴钧尧的长篇小说《火殇世纪》①(2010年版)堪称是大陆、台湾两地家族小说的经典作品，体现出21世纪以来两地家族小说所取得的巨大艺术成就。

本文拟把这两部小说放在一起进行比较研究，目的并非以此判断大陆和台湾的家族小说二者在中国当代文学史中地位孰高孰低的问题，这样的文学价值判断失之简单，并往往会掩盖和遮蔽大陆与台湾当代文学各自的特殊性。而这种特殊性则是1949年以来大陆、台湾两地处于不同的政治、经济环境下造成的客观事实。本文以尊重大陆、台湾两地文化和文学的特殊性和差异性为前提基础，拟通过对大陆、台湾两地家族小说代表性作品之间

① 张炜:《家族》，作家出版社2010年版；吴钧尧:《火殇世纪》，台湾远景出版事业有限公司2010年版。

的比较,在这两部作品中既同中求异,又异中求同,不但分析出从1949年以来特殊的社会环境导致两地家族小说创作艺术理念之相异,以及两地家族小说文学传承的不同,而且也详尽阐释出两地作家相同的文学追求:在继承借鉴中西方文学传统的基础上,在内容主题和艺术形式上又对中国家族小说进行创新实验。从中亦可看出中国家族小说在大陆、台湾两地同中有异、异中不同的发展趋势和艺术特点。

作为总标题《你在高原》系列长篇小说中的第一部,《家族》最早发表于1995年,不过张炜在2004年又重新进行修订,尤其是对卷三《缀章:宁府与曲府》进行大规模的修改和重写,而这部分梳理出《家族》中主要人物的家族谱系和性格特点,可说是该小说不可或缺的章节,此时的《家族》才成为一部内容完整的家族小说。而且张炜又在不同的场合都表达过这样的看法:他后悔早早把《家族》发表出来,本应该在构思和创作《你在高原》的22年历程中把这部最先创作出来的作品放一放,然后再和其他陆续完成的9部作品(大部分作品在21世纪后写完草稿)进行修改后再同时发表,这样就不会出现不同的出版时间了。除此之外,《家族》和其他9部小说都属于"跳动着同一颗心脏,有着同一副神经网络和血脉循环系统"①之作,内容风格具有统一性。也就是说,《家族》应该被划归于21世纪以来家族小说范围之内,出版日期应该以《你在高原》系列小说的时间为准。正是从这个角度出发,本文把出版于2010年的《家族》作为21世纪以来大陆家族小说

① 参阅《张炜出450万字汉语小说:书写"50后"心灵史》,见腾讯网2010年4月7日。

的一个代表作品。

台湾作家吴钧尧的家族小说《火殇世纪》的创作过程和《家族》的情况有些类似。《火殇世纪》是由 30 个短章构成的一部长篇家族小说。对于本书的创作过程，台湾学者张琼惠这样说明："自 2006 年起，(吴钧尧)前后出版金门历史小说集《峥嵘》(2006)、《凌云》(2007)、《履霜》(2008)；并于 2010 年，挑选以上三部小说集其中共三十篇作品，集结出版《火殇世纪》。"①也就是说，2010 年出版的《火殇世纪》中的每个单章均选自此前已经出版过的其他小说集子。但是，这并不能否认这部长篇小说在章节重组后成为一部具有全新内容主题的家族小说，在行文结构上亦没有生硬感和断裂感，反而是一个构思精密的统一整体，虽然"每篇小说(即每个短篇，著者特此说明)都有不同主角，但这本书真正的主角是金门，是很多个人组成的金门"②。作者不但把这些精心挑选出的篇章均添加上编年史的某些因素：在每一个单篇之下都标出历史年代，"这些重要年代中，则又选出具有代表性的人物角色，以铺排出生活在该时代下的人与事，情感与记忆"③；而且《火殇世纪》还特意在小说结尾部分附上"金门历史大事记(1911 ~2004)"专章，把金门近百年来发生的历史大事和转折性事件都明确标出——从 1911 年的"辛亥革命，军民光复金厦"，一直到 2004 年的历史大事记："元月四日，厦门总工会交流考察团

① 张琼惠:《金门的想象共同体——论吴钧尧的〈火殇世纪〉》，见 2011 年暨南大学比较文学会议论文。

② 林欣谊:《随机走进文学　吴钧尧勤奋创作》，见台湾《中国时报》2010 年 6 月 14 日。

③ 郝誉翔:《镕铸史实与传奇，为金门拨雾》，见吴钧尧《火殇世纪》的"序言"，台湾远景出版事业有限公司 2010 年版。

到金门交流。八日，大陆旅行团首次抵达金门观光。三十一日，陆委会宣布‘小三通’九大调整措施。二月二十六日，台、金、厦海空联运启动”——以便和小说正文部分呼应和补充，这和2010年版的《家族》结尾部分在全文结构中起到的画龙点睛作用具有异曲同工之妙，同时也强化了《火殇世纪》的时代感和历史感。

《家族》和《火殇世纪》还于2011年分别在大陆和台湾获得高层次的文学奖：包括《家族》在内的、以《你在高原》为总标题的长篇小说获得“茅盾文学奖”，《火殇世纪》则获得“台湾新闻界金鼎奖”。这可作为大陆和台湾两地文坛承认这两部2010年版的家族小说文学成就的一个证明。

在这两部小说中，家族故事的背景时间均从民国初年到21世纪，时间跨越近百年之久，分别呈现出大陆、台湾两地中国人在现代中国不同历史阶段经历的家族历史变迁故事，以及他们经历的苦难历史。具体到作品来说，《家族》的主要背景是在山东胶东半岛，以当地两大名门望族曲家和宁家几代族人近百年来的命运遭遇为脉络线索。从家族谱系来说，宁周义和曲予属于在民国初期接受时代新思想的新一代地主子女，是这两大家族的祖辈成员，宁珂和曲绢则是两大家族中的父辈传人，这两人结婚生子使宁、曲两个家族的血脉最后汇集到一个子辈家族后人——“我”（宁伽）的身上。作为新中国成立后出生的家族传人，宁伽除了血缘上的家族先人之外，在精神上又拥有两个家族先辈——在“文革”中饱受苦难折磨的陶明（祖辈）和用生命保护平原的朱亚（父辈），他们均是具有真才实学的正直知识分子，虽有铮铮铁骨却又饱受同时代恶势力摧残的受难者。也就是说，《家族》中的“家族”实际上包含着两种类型的家族：除了由同一血缘关系构成的家族外，还有超越血缘而有共同精神追求的人员组成的另一个家族。而后一个家族又可以划分为两个阵营，一个是具有善良美好的个性、追求真理的"正义者家族"，家族成员主要包括曲予、宁珂、陶明、朱亚和宁伽等；还有另一类心地黑暗、疯狂打击正义者的"黑暗者家族"，成员主要由殷弓、飞脚、裴济、黄湘和他们的爪牙们构成。大陆学者张清华曾对此做过精辟分析："'家族'既是对同一血缘集合中人们的分裂倾向的悲愤和思索，同时也是对不同血缘与集合中的人予以'类'的划规与评定。"①《家族》正是以这两个家族族人的故事贯穿中国大陆地区近百年来的历史风云变迁，演绎中国人的百年历史故事。

《火殇世纪》以金门岛近百年来的历史变迁为主要背景，把置身独特的金门地理位置和特殊的历史文化背景中产生的，并且拥有"金门人"特有的民族性格特点和民族心灵史的金门人，当作具有同一血脉传承和精神气质的一个大"家族"来书写，所有的金门人都是属于"金门家族"谱系中的一员，都是金门家族传人，是演绎了金门家族近百年家族故事的主角。台湾中正大学黄锦珠教授概括出这部家族小说的特点在于："撷取百年沧桑的吉光片羽，不拘泥于统一的时间节奏或事件规模，有时候是重大事件的关键或转折点，有时候是小市民心声所反映的社会变迁；有时候实写名人权要的作为，有时候探测历史人物的内心，更多时候，借着在地居民的切身感受，彰显各种政局动荡带来的生活变化与心思感受。"②以台湾地区百年之久的历史变迁为潜在背景，把"金门家

---

① 张清华：《境外谈文》，花山文艺出版社2004年版，第289页。

② 黄锦珠：《金门百年，士庶沧桑——读吴钧尧〈火殇世纪〉》，载台湾《文讯杂志》2010年7月。

族”的传奇稗史和正史场景互相渗透、交融在一起，达到折射和见证台湾地区百年来历史变迁的目的。

黑格尔在《历史哲学》中曾谈过中国人的一个特点：“中国人把自己看作属于他们家庭的，同时又是国家的儿女。”也就是说，中国人个体的家族历史与整个国家的历史之间的关系密不可分，可以通过“小家”历史折射和表现“大国”历史，家族史就往往成为宏大国家历史的一种具体体现，甚至就是一个缩影。新时期以来的中国家族小说亦如此：不但可以讲述个人家族历史故事和对几代族人性格特点进行具体精微的刻画，而且又可汇入大时代的历史洪流中描绘现代中国的历史巨变；既可把家族史与国家历史紧密纠结在一起，达到通过一个或几个具体家族的变迁史描述现代中国近百年历史宏大场景的文学目的，也可在错综复杂的国家历史变迁中融入复杂幽微的人性描写和家族成员的人生命运故事。这亦是中国现代家族小说的一个共同特点。

由于20世纪中国的历史就是一部现代革命的发展史和变迁史，革命历程不但贯穿了20世纪上半叶那段波谲云诡的历史：无论是延续了几千年的封建王朝的灭亡，国民党和共产党之间的激烈斗争，还是以1949年为分界线的国民党败退台湾、共产党领导的中华人民共和国成立等历史巨变；而且还贯穿了后五十年——台湾国民党当局延续至20世纪80年代末的“白色恐怖”措施，新中国从20世纪50年代开始的政治批判运动和“文革”，甚至今日大陆、台湾两地之间既对峙又互相沟通的微妙关系，从某种程度上均可看作是受到现代中国革命深远影响的一个产物。从这个角度来说，现代中国革命历史是大陆、台湾两地家族小说书写中国人近百年家族史时无法绕过去的一个关节点，个人家族历史的

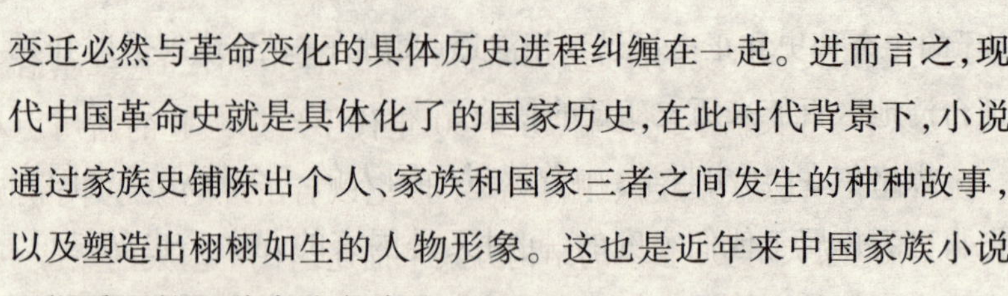

变迁必然与革命变化的具体历史进程纠缠在一起。进而言之，现代中国革命史就是具体化了的国家历史，在此时代背景下，小说通过家族史铺陈出个人、家族和国家三者之间发生的种种故事，以及塑造出栩栩如生的人物形象。这也是近年来中国家族小说习惯采用的一种表述方式。

作为21世纪以来的家族小说，《家族》和《火殇世纪》同样在中国现代革命近百年历史的进程中描绘出个体家族的命运遭遇，但是与此前家族小说相比较，这两部小说虽然在内容主题上继承了家族小说的一些特点——描述家族、国家在近百年革命历史中的错综复杂关系，以及对人物性格形象进行细致刻画；但是由于1949年之后台湾特殊的社会、政治、文化环境造成与大陆不同的文学格局，两地作家尽管都继承了“五四”现代知识分子感时忧国的文化传统，不过这60多年来的文化隔膜亦造成大陆知识分子和台湾知识分子文化性格上的某些差异，更何况台湾与大陆之间一直存在某种微妙而特殊的政治关系和文化关系，因此，张炜和吴钧尧在各自作品中对这些家族主题进行具体处理时，均在继承前人家族小说的基础上又有所创新和超越，不仅选择的切入角度不同，而且在深度和广度的开掘上亦会存在很大差异，致使《家族》和《火殇世纪》在艺术风格上各有千秋，体现出21世纪以来大陆、台湾两地家族小说的明显差异。不仅如此，作为已经形成自己写作风格的著名作家，张炜和吴钧尧还分别在作品中融入自己独特的情感表达方式，进一步使大陆、台湾两地家族小说呈现出不同的风格特色。

《家族》对近百年现代中国革命历史的书写和阐释，明显继承了大陆当代家族小说的文学传统，在此基础上又有很大的拓展和超越。大陆当代家族小说受到苏俄现实主义文学和19世纪批判现实主义文学传统的深远影响①,从20世纪50年代的《红旗谱》、《三家巷》等长篇小说开端,历经80年代中后期兴起的新历史小说阶段,一直到《家族》、《蛙》等21世纪以后出现的家族小说,始终采用“宏大历史”叙事的结构方式来描述当代中国人的家族史。不过在大陆不同时代出现的家族小说对同一段中国革命历史却有着迥然不同的理解和阐释。例如,在20世纪50~70年代的家族小说中,作家用无产阶级对地主阶级之间的“阶级仇恨”作为革命起源、发生和发展的动力②,但是到了新历史小说时期,则用个人的感官欲望来填补、替代“阶级恨”作为革命的起源动机,这也是新历史小说的“新”之所在。新历史小说中的家族小说经常形成这样的“革命历史”模式:无产阶级个人参加共产党领导的革命不再是因为阶级压迫,而是个人欲望的驱使,革命历史变成个人欲望的发展史。在苏童发表于1988年的《罂粟之家》中,长工陈茂就是因为垂涎地主家的女人(包括地主婆翠花花和地主的女儿叶子),才积极参加共产党领导的“打土豪,分土地”的革命活动。这种把革命动机和个人性欲紧密结合在一起的小说创作思维模式在近几十年来一直占据主流位置,长久不衰。典型例子当推格非在2004年出版的长篇小说《人面桃花》,女主人公陆秀米与其说是用实现“桃花源”作为革命理想来发动他人投身革命,不如说是用美丽女性的魅力来吸引那些男性来参加她领导的革命活动。在孤岛花家舍杀死匪首解救出陆秀米并走向反清之路的那个马弁,也是因为爱上并追随陆秀米,为实现爱情和解决个人爱欲问

① 参阅洪子诚《中国当代文学史》(北京大学出版社1999年版)中的观点。

② 参阅洪子诚《中国当代文学史》(北京大学出版社1999年版)中的观点,也可参阅陈晓明《中国当代文学主潮》(北京大学出版社2009年版)。

题才加入反清革命队伍。但是,这种“把个人性欲作为革命动力”的模式用简单的个人感官欲望遮掩了中国革命在社会学、文化学、伦理学等层面上的复杂内涵,用个人化的欲望史代替了宏观的国家历史,从而把中国百年革命历史单一化、简单化和模式化,导致大陆家族小说对家国之间关系的描述走向单薄无力,极大损害和削弱了其自身的史学价值和文化价值,这也是大陆家族小说在当下急需解决和突破的一个困境。

《家族》对“革命”内涵的独特阐释在某种程度上却为解决这种困境提供了一种可行性:作品通过对无产阶级出身的革命家殷弓和与他一起出生入死的战友——地主家庭出身的革命者宁珂——两人各自的性格特点,以及这两个革命者和他们后代族人之间在中国现代革命历史的不同阶段,分别包括北洋军阀混战时期、抗日战争时期、解放战争时期和中华人民共和国成立初期、“文革”时期,直到20世纪90年代,延续近百年的恩怨纠葛故事,不但折射出个人和家族之间、家族和中国革命历史之间复杂多样的纠结关系,而且把家族个体身上体现出的社会性、历史性和文化因素都纳入其中,多角度、多层面地解读现代中国革命的多元特征。八一支队的司令殷弓是意志坚定的革命者,但是他的性格却极为复杂:“一个专心于残酷斗争的人,一个军人、地下工作者,一个钢铁做成的人、百折不摧的强者,一个冷如寒冰的人、忘恩负义的人,同时也是一个名留青史的功臣、一个被战友救下性命却最终对其袖手旁观的人,一个高官、一个双手沾满鲜血然而得到善终的人。”①他对共产党领导的革命事业绝对忠诚,但是他的性

① 张炜:《家族》,作家出版社2010年版,第456页。

格中又有残忍狠毒的黑暗一面：他始终嫉妒仇恨自己的救命恩人兼战友宁珂，对其他人也充满猜疑和不信任，并不择手段地利用他人取得革命战争的胜利。引发殷弓深藏内心嫉恨情感的一个重要导火线是宁珂和美丽的曲府大小姐曲绮相恋并结合的行为，因为殷弓在曲府养伤时也遇见并爱上了曲绮。在宁珂和曲绮的新婚之夜，殷弓最终忍不住暴露出内心最真实的嫉恨："殷弓呵气似地说：'伙计！你的福分太大了。获得这么大的幸福，久后不会不受挫折……这太过分了，这真的太过分了……'——即便在夜色中也看得出，这张脸由于愤怒和沮丧已严重变形……"①从这个角度来说，把争夺同一个美丽女性的情爱当作革命者保持强烈革命斗志的主要原因，这种写法显然是对新历史小说手法的继承。但是，《家族》对革命者参加"革命"动机的阐释并不满足于这种浅层次解读，而是深入到人物的性格外貌和文化教养等多重因素中去：殷弓嫉妒宁珂的另一个重要原因，则在于两人外貌和教养上的巨大差距，即使殷弓的政治职位和革命功劳远远高于后者，却也无法改变这种差别。无产阶级出身的殷弓其貌不扬，作者借曲绮的眼睛写出他丑陋的外貌："这个传奇人物如此瘦弱，脸色蜡黄，一双眼睛死死地看人。"②使仰慕这个传奇革命者的女孩觉得他太可怕，不敢接近他。而宁珂高大俊秀的外表、良好的家庭教养和优雅的谈吐，其外表条件具有明显的优越性，都是殷弓无法与之相比的，甚至这也是宁珂获得曲绮爱情的重要原因。这种外在差距又是与生俱来的，甚至可说是横亘在无产阶级和资产阶级

① 张炜：《家族》，作家出版社 2010 年版，第 190 页。
② 张炜：《家族》，作家出版社 2010 年版，第 87 页。

的成员之间永远无法消除的一道外表鸿沟。如果从家族的角度来划分,“无产阶级”出身的革命者和“资产阶级”出身的革命者无疑又可以根据外貌划分为两个不同的家族。进而言之,资产阶级出身的共产党员革命者无论怎样努力投身革命事业,无论对革命如何忠诚,却也无法改变在无产阶级出身的革命者眼中的“异类”家族成员形象。殷弓对宁周义和战聪等敌对势力的憎恨也出于同样的原因。不同的政治立场只是一个冠冕堂皇的借口,更真实的原因则在于他与地主阶级子女之间的教养、外貌等差异,“比如这个人的经历、出身、学养甚至是八面讨好的名声——种种难以令人忍耐的‘完美’,都促使和吸引他亲自动手去摧毁和打碎”①。殷弓因为自卑、嫉妒而产生的变态心理才是他投身革命并在革命战争中浴血奋战的真正动力——他要报复、毁灭一切比他条件优越的人们,甚至还迁怒到属于名门贵族的庙宇教堂、学校医院等建筑物。正是在此种心理之下,“他在战争间隙甚至胜利之后,就曾以各种名义下令摧毁了不止十几处大规模的建筑”②。不仅如此,殷弓为了达到八一支队取得胜利的目的,不惜利用、欺骗和践踏战友李胡子、许予明和宁珂等人的革命热情和友情,更是暴露出人性中的丑恶卑鄙。陈思和对此进行过分析:“利用民间的道德观念去争取民间力量,但最终又利用他们的信任粗暴地破坏和践踏民间道德,并且从肉体上消灭他们,虽然可以用革命的名义去做这一切,也虽然可以推诿到时代的残酷性,但依然是

① 张炜:《家族》,作家出版社2010年版,第316页。

② 张炜:《家族》,作家出版社2010年版,第457页。

反映了人性中背信弃义的暗淡一面。”①殷弓却在中国现代革命发展壮大的过程中成为赢家，他邪恶精神的继承者——裴济等人在新中国成立后的若干年内也是胜利者，能够主宰其他人的命运。从这个角度来说，以殷弓为代表的“黑暗者家族”显然象征着现代中国革命历史中血腥、阴暗和丑恶的一面。

宁珂同样具有坚定的革命意志和信念，不仅背叛了地主阶级家庭，成为共产党员革命者，坚决与成为反动政敌的叔伯爷爷宁周义划清界限，而且面对敌人的严刑拷打时坚贞不屈，在解放港城之战中身先士卒、浴血奋战，在新中国成立后又夜以继日地为刚解放的港城操劳，可以说为共产党领导的革命事业奉献出全部的身心。宁珂性格单纯、开朗，富有同情心，属于性格可爱可亲的革命者，处处与殷弓形成鲜明的对比。如果说殷弓是革命所包含的冷酷、血腥、暴力和人性恶等负面因素的一种写照，那么宁珂由一个地主少爷成长为革命者的过程，则体现出革命涵盖的那些正面因素——乐观向上、光明美好和善良正义的精神。很小就失去父母双亲的宁珂被叔伯爷爷家收养，不但使他继续过着地主少爷的舒适生活，而且在阿萍奶奶的精心照顾和爱护下长大成人。善良温柔的阿萍奶奶是一个感情特别丰富细腻、对爱情忠贞又对朋友忠诚的美丽女性，宁珂继承了她性格中的这些优点。宁珂在少年时期就结交了很多革命者朋友，革命对他的吸引不仅在于共产党追求的共产主义理想，更重要的是他继承了喜欢骑着红马全国游荡的宁家先人的冒险精神。对宁珂来说，参加革命“这也许标

① 陈思和：《“声音”背后的故事——读〈家族〉》，载《当代作家评论》1995年第5期。

志着他从此开始有了一个完全不同于叔伯爷爷的世界。他知道这对于一个人是至为重要的。他甚至想，父亲骑上红马一去不归，也是为了背弃一个世界，投进他自己的天地中去"①。这种强烈的好奇心、不安分性格和对未知事物的向往也是齐文化的一个重要特征。② 但是当宁珂亲眼看到土匪血洗黑马镇的惨状之后，他的思想迅速成熟并成长为一个真正的革命者，"战乱逼近了，可是在宁珂身边发生的惨剧，他还是第一次经受。……同时也只有此刻，他才感到了为之献身的事业有多么光荣。这是贫穷无靠的弱者的事业——谁能否定这样一个事实？在最残酷的关头，为穷人提供力所能及的保护的，仅仅是这样一支队伍……"③宁珂由此认识到参加共产党领导的革命活动是为了保护处于弱势地位的劳苦大众，他参加革命的动机由自发转为自觉，竭尽全力做好党组织交给他的各种艰巨任务，获得的评价是"纯洁、真挚，工作热情高涨，几乎没有耽误过重要的任务"④。此时的宁珂已经完全背叛了自己出身的资产阶级，叔伯爷爷宁周义在他眼中已变成敌人："原来自己面对着的不仅是一个反动政客，而且还是一个懂得及时行乐的人、一个悲观主义者。"⑤但是，当他被敌人抓住经受酷刑奄奄一息的时候，还是宁周义出于亲情救出他，宁珂知道后百感交集："老人家既喜欢把人的伤痛医好，又乐于把人关在一个笼子里。这真是一个奇怪的老人啊。他现在有点想念那个人，尽管

---

① 张炜:《家族》,作家出版社 2010 年版,第 43 页。

② 参阅张炜的《芳心似火》(作家出版社 2010 年版)中第三章对齐文化中人性格的描述。

③ 张炜:《家族》,作家出版社 2010 年版,第 101 页。

④ 张炜:《家族》,作家出版社 2010 年版,第 118 页。

⑤ 张炜:《家族》,作家出版社 2010 年版,第 139 页。

一想到他就一阵害怕。”①宁珂的这种感恩心理与殷弓的忘恩负义显然又是一种对比。

但是,颇有意味的是,宁珂的性格形象尽管象征着中国现代革命积极因素的一面,但是以他为代表的“正义者家族”成员,以及与他的性格相近的人,包括战友许予明、李胡子在内,在革命走向胜利的过程中逐渐在革命阵营中被边缘化,最后的结局是被清除和抛弃,是失败的悲剧英雄。与此相反,“黑暗者家族”中的殷弓与他的传人却始终是胜利者,他们在每一个时代都通过各种手段陷害和迫害“正义者家族”的成员,并且阴谋总是得逞。如此戏剧化的结局充满了象征和寓言意味,从这个角度再来思考宁周义对宁珂革命者之路的预言:“你跟上的那些人与你是不同的,他们最后不会要你的……”②此话显然就具有了多重指涉意义:不仅指出宁珂和那些出身无产阶级的革命者之间外表上存在差异,更重要的是他与殷弓他们之间精神上、性格和心理上的种种差异,而后者才是他们之间最重要的差别。进而言之,《家族》实际上是通过这两类家族人物近百年来的遭遇,重新反思现代中国革命曲折复杂的近百年历史进程:革命的残酷不仅仅在于战争杀戮导致的死亡悲剧,更可怕的是,当革命过分强调国家利益、忽略个人时,邪恶就会趁机打着革命的旗号肆意践踏属于个人“小我”的爱和感情,“恶”由此成为革命的主导因素,随之“人性恶”就异化了革命,压倒其“善”的一面,导致人们泯灭了人性善良的一面。而这种革命必然会导致世道人心的堕落和道德的沦丧。为了与此相

① 张炜:《家族》,作家出版社2010年版,第206页。

② 张炜:《家族》,作家出版社2010年版,第239页。

呼应,《家族》还有意突出殷弓和裴济等人的铁石心肠:他们从来没有为任何情感和美好事物流过感动或是忏悔的眼泪,心肠冷硬,缺乏正常的人性情感,与宁珂他们拥有的丰富感情形成鲜明对照。这亦是“人性恶”不同于“人性善”的一个显著表现特征。在这种情况下,当野蛮和文明之间进行革命斗争时,也必然是性格残暴野蛮的一方获得革命胜利。更可怕的还在于,“人性恶”还可以成为人类历史的一种遗传基因,世世代代遗传下去,不但在20世纪50~70年代的历史中存活,而且在粉碎“四人帮”之后的革命历史进程中依然存留,并以各种伪装面目出现在社会生活中,继续对善良正直的人们进行打击和迫害。这也是现代中国革命给生活在大陆地区的人民造成深重苦难经历的历史原因之一。《家族》中对“革命”的这种独特解读,也与张炜自20世纪90年代以来倡导的人文精神观点一脉相承。

从其他角度来说,《家族》对“革命”多元内涵的解读不仅是对以《红旗谱》为代表的20世纪50~70年代家族小说的一种质疑和反拨,而且也可看出由中国共产党领导的这一脉现代中国革命历史具有的未完成性特点:由于未能正确处理好个人、家族和国家之间的复杂关系,而现代中国革命的主体是现代中国人,国人人性中的善恶成分往往都会被革命吸纳,并成为其中的构成因素。换言之,革命不仅代表着光明新生和前进向上的力量,更在发展中容纳了残酷、狡诈等消极因素,而且“人性恶”的因素经常占据上风,成为推动现代中国革命向前发展的一个主要动力。从这个角度来说,现代中国革命是一项未竟的事业,当下国人需要不断重新回到近百年的革命历史场景中去重写、审视和反思这段历史,亦需不断从个体中国人和整个人类的文明发展历程,以及人类的思想史、文化史和社会史等多重视角进行考察，也是尚需几代中国人持续努力才有可能得以最终完成的大业，任重道远并且道路曲折。这既是《家族》以深厚思想性和思辨性见长，能够在思想深度上超越同时期其他家族小说作品的一个主要原因，也为大陆和台湾两地家族小说在长时期内保持长盛不衰提供了重要契机。

如果说《家族》以“黑暗者”和“正义者”两个家族及成员在大陆近百年来的家族恩怨故事来结构全文，并从国人个体的角度来考察现代中国革命所包含的“人性恶”、“人性善”等因素，以此重新反思生活在大陆地区的中国人民的家国关系和曲折复杂的现代中国革命历史道路，由此也表现出张炜对现代中国历史苦难的深度思考；那么《火殇世纪》所写的近百年“金门家族”的家族史故事同样是以现代中国革命近百年历史作为广阔的时代背景。然而，与《家族》不同的是，《火殇世纪》以现代中国革命历史的另一脉——国民党领导下的革命活动为主要线索，以此贯穿起金门家族的家族史和单个族人历史故事。具体到作品来说，作者吴钧尧主要通过近百年来国民党运用政治权力对“金门家族”族人进行政治异化，以及后者不屈服的“反异化”行动表现出来，以此重新挖掘并反思现代中国革命在台湾地区具有的“双重性”和矛盾性特征。从阐释现代中国革命复杂多元内涵的角度来说，《火殇世纪》无疑与《家族》不谋而合，尽管二者在切入角度的选择上有较大差异。

《火殇世纪》选择国民党领导下展开的革命历史活动作为“金门家族”的历史背景，是与金门的特殊地理环境和政治环境密切相关的。台湾地区主要由台湾岛、金门岛、澎湖群岛和马祖列岛等岛屿构成,金门岛虽然属于台湾地区管辖,但是它的地理位置较为特殊,位于台湾的边陲地区,恰好介于厦门和台湾岛中间,可借用作品中的描述加以说明:“在金厦海峡间,画上金门,再在地图空处,画一个大大的,述说金门自古以来,就是海上险要,能够制衡沿海势力。陈文照左手凝力,成一手刀,横在大陆东南。”①金门在1911年结束清朝封建王朝统治之后,国民政府在此设立金门县,隶属于厦门,并有专门官员来管辖治理。直到1937年日本全面侵华之后,金门才被日本人占领并一度成为殖民地。到1945年又和台湾岛一起光复,成为国民党统治的一个辖区。从现代中国革命历史的角度来说,金门从1911年归属祖国以来,中国内地的革命活动总是会波及这个边陲小岛,无论是反清的革命行为,还是在国民党领导下的抗击日本侵略者的革命活动,均构成了1911~1945年间中国革命历史的一部分。而台湾岛在1895~1945年期间还是日本殖民地,国共两党在该岛的革命影响力很微弱,与当时隶属于祖国领土的金门显著不同。相比较来说,反而是发生在金门的革命活动见证了国民党领导下的这30余年间的现代中国革命历史。

而国民党在1949年从大陆败退到台湾之后,金门也脱离祖国大陆怀抱,成为台湾国民党当局控制的一个海岛。而且还成为台湾地区与大陆地区相对峙的军事前线,这种状况一直持续了40余年之久:“到一九四九年,国民军政府退守台湾,军队大举进驻,转而将金门变成‘反共复国,光复大陆’的前线。直到一九九二年,‘战地政务’宣布终止,金门才正式除去战地属性,重建

① 吴钧尧:《火殇世纪》,台湾远景出版事业有限公司2010年版,第75页。

在地文化。”①从这个角度来说，在金门这块土地上发生的革命历史比台湾岛的更具有代表性和典型性，更能够凸显出台湾地区独特的地缘政治、社会文化等方面在不同历史阶段的变化特点。“金门家族”近百年的家族史不但成为台湾地区近百年革命历程的一个具体缩影，同时也更能显示出金门和台湾之间、台湾和大陆之间错综复杂的家国关系。不仅如此，《火殇世纪》中的金门作为“离岛”（即远离台湾岛），以“金门家族”近百年历史来折射台湾地区的历史变迁，在客观上还起到了“去台湾（岛）中心化”的效果，某种程度上为重新考察和反思台湾近百年革命历程提供了较佳视角。

具体来说，《火殇世纪》对现代中国革命内涵的分析主要集中在两个层面：一是正面描写金门族人积极参加的现代中国革命历史事件。金门族人在不同的年代都积极地在金门掀起革命风暴，与内地的革命活动同气连枝并互相呼应。早在1911年之前，“金门家族”族人中就已有觉醒后自觉反抗清朝统治的革命者，第3章《城隍》中提到的林乃斌就是当时金门同盟会的会长。当国民革命军发动革命推翻了清政府的统治之后，“革命已经有了名字，它的名字叫做孙文、叫做中华民国。林乃斌转念一想，觉得不对，它的名字该叫做人民”②。可以这样说，此时孙中山等人领导的革命活动把中国人民从封建王朝的奴役下解放出来，引导中国这个古老的东方国家踏进现代国家的门槛，所起到的是正面积极作用。正是现代中国革命的发生，“而今，千百年来，金门终于设县，

① 张琼惠：《金门的想象共同体——论吴钧尧的〈火殇世纪〉》，见2011年暨南大学比较文学会议论文。

② 吴钧尧：《火殇世纪》，台湾远景出版事业有限公司2010年版，第29~30页。

有自己的父母官"①。金门当时正式归属厦门管辖。金门人民此后也和大陆人民一起共同经历了发生在 1911 ~1945 年间的现代中国革命运动。尤其是在革命活动的紧要关头,"金门家族"族人均勇敢地参与其中,成为这段革命历史中必不可缺的部分。例如,在九一八事变的晚上:"金门海面,平静无波。东北奉天北方八公里,柳条湖附近,日本关东军悄悄炸毁铁轨,嫁祸张学良,发起军事行动,占领主要城市,史称'满洲事变'。上海、北京等地,号召二十万市民参加抗日救国大会,决议对日抗战和拒买日货。中国国民党金门县党部,响应抗日救国大会,发动抵制日货运动。"②金门的抗日活动由此汇入全国高涨的"反日货"革命浪潮中。不仅如此,在 1937 年日本侵占金门之后,"金门家族"族人不愿意做亡国奴,就在国民党领导下组织成"复土救乡团",通过破坏设施和暗杀日本官兵等革命活动进行抗日。在第 10 章《水龙》和第 11 章《脚步》中,许水龙、许顺煌、黄东海等金门抗日志士,或是利用精湛水性刺杀官澳日本海军陆战队官兵 20 余人,或是智闯盐场擒获为日本人卖命的汉奸。他们被日本人逮捕后慷慨就义,为祖国的解放事业献出自己的宝贵生命。在 1945 年日本战败后,金门光复,才又回归到祖国的怀抱,直到 1949 年成为台湾国民党当局的军事前线,从此之后和祖国大陆割裂,直至今日。

纵观金门在这近 40 余年间经历的革命历史,可发现"金门家族"族人是为了中华民族的解放事业和保卫自己国家的独立、自由,因此踊跃参加革命活动,和大陆人民共同并肩作战,同样在现

---

① 吴钧尧:《火殇世纪》,台湾远景出版事业有限公司 2010 年版,第 30 页。
② 吴钧尧:《火殇世纪》,台湾远景出版事业有限公司 2010 年版,第 58 页。

代中国革命历史中留下不可磨灭的身影。从这个角度来说，作者在此段历史中有意突出了中国革命涵盖的追求正义、光明美好等积极因素。这部小说还暗含着一个更深刻的指涉意义：《火殇世纪》有意突出、强化“金门家族”族人参与现代中国革命的家族历史，他们甚至在抗击日寇侵略暴行的革命活动中英勇献身，其中一个重要目的就是为了强调“金门家族”族人是中国人民中的一份子，“金门家族”族人的命运与祖国的命运是密不可分的一个整体，也以此来反衬包括金门在内的台湾地区在 1949 年之后被迫与大陆分离的悲剧命运，委婉地表达出台湾地区人民盼望大陆、台湾两地统一，再次回归祖国怀抱的历史愿望。

但是，从其他角度来看，现代中国革命也具有正史通常不愿意提及的苦难狰狞一面：革命暴力不可避免地会引起战乱灾难，其后果却均被处于社会底层的民众所承担，由此也体现出革命的矛盾性和双重性特点。究其根源，主要在于国民党发起的现代中国革命从开始之初就具有不彻底性特点。《火殇世纪》在开头第 1 章《辫子》中就含蓄地指出，虽然金门在 1911 年就被纳入中华民国政权的版图，国民军副将李心田带领军队入驻金门后剪掉了“金门家族”族人的辫子，从表面上剪断了他们与清王朝和旧时代之间的联系，实际上却并非如此。“金门家族”族人王福气之子的降生，可看作是从封建王朝旧时代向现代中国新历史时期艰难转变的一个寓言：“这前朝受孕的孩子，毕竟还长着一颗辫子头，但他们说，这已经是民国了。”①新历史、新时代的开端不仅对普通民众是如此的暧昧不明，对管理金门的政府官员来说亦如是——被

① 吴钧尧：《火殇世纪》，台湾远景出版事业有限公司 2010 年版，第 13 页。

新政府指派的金门县官左树燮糊里糊涂地来此上任:“父母官的威风,左树燮不陌生。大长马褂,手按拐杖,须长及胸,讲话前,先吟哦,遇难断之事,手捋长须,下颌提高,眼睛微眯,不怒自威。左树燮这幅画面是与辫子连结,辫子剪除后,官老爷似去势,左树燮接到人事令那天,悠悠忽地,懵懵懂地,不知短发、西服,能怎么当起父母官?”①这其实是对革命军推翻清政府革命行动的不彻底性——只割掉了一条辫子的一种讽喻,亦是对鲁迅80多年前对辛亥革命观点②的历史性呼应。换言之,现代中国革命从一开始就有与生俱来的矛盾性,一方面是“金门家族”族人自愿追随和为之献身的正义事业,但另一方面它却又有意无意地承袭了旧时代的诸多不良因素,例如专制独裁和脱离民众等,尤其是在1949年国民党战败迁到台湾之后,脱离普通民众的趋势愈演愈烈,以致国民党当局采用专制独裁的白色恐怖方式从政治、经济和文化等层面对台湾普通民众进行“异化”③,对处于“军事管制”前线的“金门家族”族人的政治异化更是变本加厉,企图让他们达到自觉人格“奴化”的最终目的。这也奠定了该小说对国民党领导下的这一脉现代中国革命历史重新进行考察、反思的一个基调。

为了进一步凸显现代中国革命的双重性特点,《火殇世纪》还有意通过众多普通“金门家族”族人,也就是台湾作家骆以军所说

---

① 吴钧尧:《火殇世纪》,台湾远景出版事业有限公司2010年版,第32~33页。

② 参阅鲁迅的《呐喊·自序》中的话,以及《阿Q正传》中对辛亥革命的评价。

③ 台湾当局在20世纪50年代对台湾地区在政治上实行白色恐怖措施,在文学上则提倡“反共文学”,丑化共产党。参阅古继堂的《简明台湾文学史》,时事出版社2002年版。

的“庶民”的视角切入①，用民间“野史”的陌生化眼光来重新考察革命历史中的消极因素，对生活在金门这块土地上的普通民众来说，现代中国革命导致的一系列战争灾难和死亡场景才是他们最需要面对的灾难现实，由此亦写出台湾的庶民们对现代革命的疏离和无奈。以第13章《风云》中的“金门家族”族人王福气为例来说：“一次，携妻儿逃躲盗匪，躲了数周，误了锄草，花生梗几乎遭杂草淹没。一次，误买日货，不敢上后浦缴交，在田间，挖个坑，埋了肥皂、拖鞋。日本人来了，王福气被征作民工挖机场，碰上革命党人炸毁日本军营，营区大火，炮声轰隆隆，后浦迎城隍都没那么热闹，他瞧得呆。然后盟军飞机来了，轰炸、轰炸，有时候却也投下物资。”②在“金门家族”族人眼中，现代革命在某种程度上并未给普通民众日常生活带来较大的影响或改变，他们依然要与苦难的生活相抗争：“以前国民党人跟清廷争……争来争去，金门人还得同盗匪争，跟偷官污吏争，跟老天爷争、跟人争，该争的事情，说也说不尽。”③而且金门在被迫成为台湾国民党当局对抗大陆共产党政权的军事前线之后，苦难生活更是成为“金门家族”族人的生活常态。《火殇世纪》中的诸多篇章从多个层面较详尽地写出“金门家族”族人这种的苦难状态。当1948年和1949年大批军队被派驻进入金门之时，“国军开入金门，来了空卫队跟青年军，人人面黄肌瘦，搭上土黄色军服，活像秋收后，大大一群蝗虫。哪知，

---

① 可参考台湾作家骆以军的评价“但他最精彩的是写庶民，被战争挤压到极窄生存之缝的食薯者，写古早相掷、育婴堂、盐民之苦；写战时马夫、匪谍、军妓、逃兵、老芋仔”，见《火殇世纪》封面，台湾远景出版事业有限公司2010年版。

② 吴钧尧：《火殇世纪》，台湾远景出版事业有限公司2010年版，第104～105页。

③ 吴钧尧：《火殇世纪》，台湾远景出版事业有限公司2010年版，第106页。

这群蝗虫军却是真正的蝗虫，居然网起蝗虫，炸着吃。少了盐、米、麦，尽往村里搜括，连门板都被搬去好几个月，权充军官睡床，隔几月，才搬回。古宁头大战后，蝗虫军伙食改善，馒头、包子、大麦应有尽有，米饭更少不了"①。而所有的"金门家族"族人，包括老弱妇孺在内得到的却是在激烈的战争结束之后，去打扫尸横遍野的战场的"回报"："古宁头人，不管老人或妇女，都被征召，扛伤兵或掩埋尸体。村落坡道上有一排粪坑，尸体扔入坑道掩埋，烈日曝晒，填土鼓胀龟裂，苍蝇成群飞舞。"②而一旦两岸炮攻开始，"金门"族人就习以为常地钻进遍地的碉堡和人工洞穴躲避炮弹袭击，第15章《芝麻》有详尽的描述："黄大任对年前大战记忆犹新，西园离古宁头远，炮声轰隆，太阳还没落，就见着满天红光。黄家躲进防空洞，爆炸的阵势穿过地层，一尺一尺接连，地板泥泞，像在哭泣。"③还有第19章《野洞》中的描写："每一个洞，都藏着一人，相隔几步或几公尺。炮弹落急了，他不动，其他人也屏息等待。夜，是动的、乱的，却也是静的、沉的，每一个人都只有一个洞，只有那个洞，跟他们背贴背，只有那个洞，是他们的伙伴。"④概而言之，从20世纪50年代到90年代初期撤销军事管制的40余年期间，"金门家族"族人从中得到的除了"还吃地瓜汤"的待遇之外，还始终被笼罩在两地相互炮轰导致的战争死亡阴影之下，成为两岸对峙战争和政治的牺牲品，国民党当局在台湾地区继续

① 吴钧尧：《火殇世纪》，台湾远景出版事业有限公司2010年版，第122页。

② 吴钧尧：《火殇世纪》，台湾远景出版事业有限公司2010年版，第148～149页。

③ 吴钧尧：《火殇世纪》，台湾远景出版事业有限公司2010年版，第125页。

④ 吴钧尧：《火殇世纪》，台湾远景出版事业有限公司2010年版，第162页。

进行的“革命活动”不但阻止了金门回归祖国的怀抱，而且变成压迫和异化“金门家族”族人的主要工具，现代革命的消极因素占据了主要位置。

尽管台湾国民党当局用“军事管制”和“反共复国”的意识形态等手段对“金门家族”族人进行政治“异化”和“奴化”驯服，不过后者并不屈服。“金门家族”族人特有的倔强和顽强总是使他们迸发出反抗力量，由最初用深藏在内心的亲情、友情和爱情等情感有限度地进行“反异化”活动，到逐渐思想觉醒后有理性意识地进行抗议活动，作者在第28章《暴民》中借金门迁到台湾生活后的装修工人吴建国之口指出：“本也不知道金门人是委屈的，跟乡人聊，才知道军管对居民心理、建设发展，造成严重扭曲，才知道姑婆被炮弹炸死、表哥被地雷炸瘸，原来都不是命，不是冥冥中的主宰作祟，而是历史、体制，带给金门人苦难。”①不断地反思和反抗台湾国民党对他们的政治异化，这亦构成了“金门家族史”书写的一个重要主题。正是因为“金门家族”族人没有被军事政治异化成“非人”，所以他们依然从正常人性和情感的角度来看待和处理周围的人和事。因此就可以理解，为何他们在20世纪50年代对劫持金门岛军船企图逃回大陆故乡的外省人充满同情，能够理解他们被迫和亲人以及祖国家乡分离的情感痛苦；而当蒋经国在70年代到80年代初到金门参观期间，虽然派遣专人记载和寻找金门日出规律，但是他无论怎样挖空心思也没有看到海上日出壮丽景象的故事，则充满对当权者的嘲弄和蔑视，亦是对“金门家族”族人“反异化”行动的一种赞扬。

① 吴钧尧：《火殇世纪》，台湾远景出版事业有限公司2010年版，第253页。

还需要指出的是,台湾地区现代革命的双重性特点亦造成包括作者吴钧尧在内的"金门家族"特殊的家国观念。12岁就跟随父母从金门迁居到台湾岛生活的吴钧尧,始终把金门作为自己的故乡,写作《火殇世纪》的一个目的就是为了从文化和历史等角度追寻、梳理出"金门家族"族人的本"根"①。在这种"寻根"情感的主导下,吴钧尧既憎恶台湾国民党当局对金门岛多年来的军事管制和政治异化,写出"金门家庭"族人饱受"被异化"和"被边缘化"的生活之苦,却又在面对"金门家庭"族人在撤销军事管制之后面临的经济迅速衰落、人口大规模迁徙外地城市谋生等境况时,又深感"金门家庭"族人的离"根"之痛。第30章《失踪》就是对"金门家庭"族人矛盾处境的一个真实写照,"阿公、阿嬷以及父母回忆的军管年代,像盛世,营商或农家都在盛世的光环下,找到安身立命的位置。而你注意到,军队撤军后不久,家里的猪只快速减少"②,导致的后果是"这个岛有病,病症是失踪"③。换言之,军事管制虽然给"金门家族"族人带来了苦难,但是某种程度上也为他们带来了富足的生活和经济的繁荣。这种现状显然也造成了"金门家族"族人对台湾国民党当局统治下的台湾地区充满矛盾心理的身份认同和家国意识:生活在边缘位置"离岛"的"金门家族"族人对台湾地区在情感上既依赖又疏离,既认同自己的台湾人身份,却又试图摆脱被台湾国民党当局经济和文化"边缘化"的命运,时刻警惕和反抗前者的政治压迫和异化,希望为所有的

---

① 参阅吴钧尧《火殇世纪》的后记《来,一起看金门》,台湾远景出版事业有限公司2010年版。

② 吴钧尧:《火殇世纪》,台湾远景出版事业有限公司2010年版,第272页。

③ 吴钧尧:《火殇世纪》,台湾远景出版事业有限公司2010年版,第273页。

“金门家庭”族人——无论是留在金门生活，还是移民到台湾岛和其他地方的族人，争得较好的生存空间和个人发展空间；既在内心深处认同自己与祖国的血脉联系，希望通过“小三通”形式加速与大陆的交流和相互联系，不过又因为大陆、台湾两地社会多年隔绝，加上金门还是饱受两岸相互炮轰摧残的战场，他们在认同自己中国人身份的同时，在心理上又难免有所疑虑和摇摆，这也是台湾人共有的矛盾心理。进而言之，“金门家庭”族人对台湾和大陆都认同，台湾作家柏杨的话可概括出这种特殊的身份认同理念：“大陆可恋，台湾可爱。”①如果从这个角度来看，那么位于厦门和台湾岛中间地带的金门，其地理位置正如一个象征，是对包括“金门家庭”族人在内的台湾人民特殊家国观念的一种绝妙写照。这种家国观念是大陆家族小说所没有的，带有台湾家族小说的独特特点。

颇为有趣的是，这两部家族小说所写的近百年家族历史还均带有“历史循环论”的色彩，这又是它们的相同之处。《家族》中“正义者家族”族人在艰苦的革命战争时期，受到“黑暗者家族”成员的利用和迫害；前者在新中国成立之后依然受到对方的迫害，而子辈在粉碎“四人帮”之后也仍然无法摆脱被占据社会高位的“黑暗者家族”成员迫害的宿命，被当下主流社会“边缘化”。邪恶战胜正义的人生悲剧总是在大陆不同的历史阶段重演。《火殇世纪》中“金门家族”族人近百年的苦难命运在每一个时期亦是如此，他们作为台湾社会的“边缘人”，也总是在“被边缘化”的社

① 柏杨：《家园》，见李瑞腾主编《柏杨全集》第十卷，台湾远流出版集团2000年版，第610～611页。

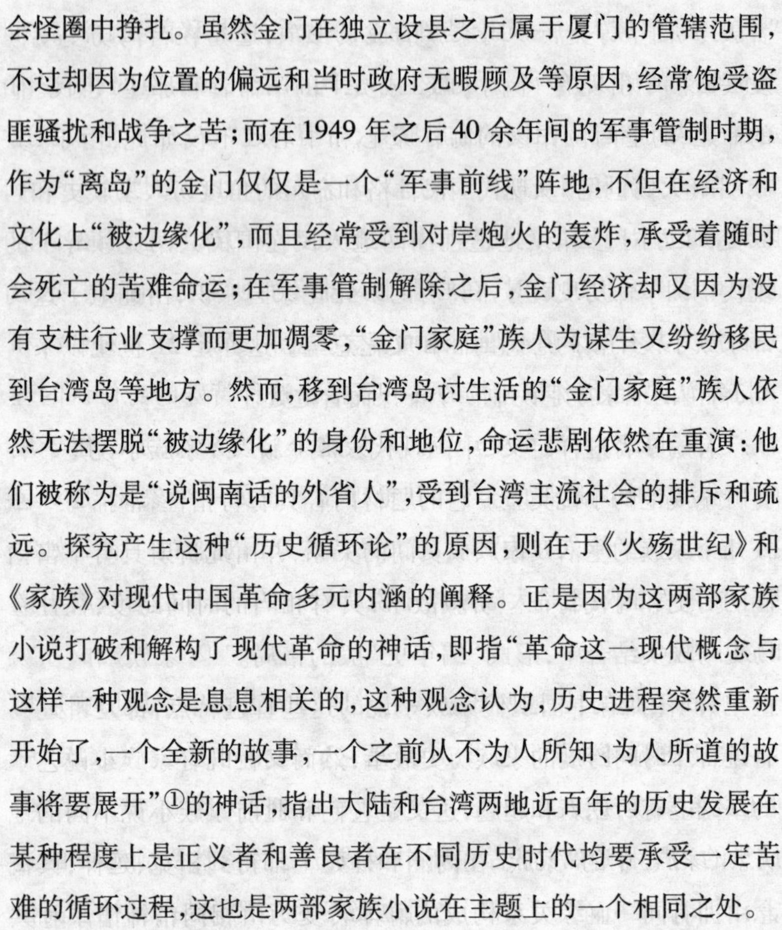

会怪圈中挣扎。虽然金门在独立设县之后属于厦门的管辖范围，不过却因为位置的偏远和当时政府无暇顾及等原因，经常饱受盗匪骚扰和战争之苦；而在1949年之后40余年间的军事管制时期，作为“离岛”的金门仅仅是一个“军事前线”阵地，不但在经济和文化上“被边缘化”，而且经常受到对岸炮火的轰炸，承受着随时会死亡的苦难命运；在军事管制解除之后，金门经济却又因为没有支柱行业支撑而更加凋零，“金门家庭”族人为谋生又纷纷移民到台湾岛等地方。然而，移到台湾岛讨生活的“金门家庭”族人依然无法摆脱“被边缘化”的身份和地位，命运悲剧依然在重演：他们被称为是“说闽南话的外省人”，受到台湾主流社会的排斥和疏远。探究产生这种“历史循环论”的原因，则在于《火殇世纪》和《家族》对现代中国革命多元内涵的阐释。正是因为这两部家族小说打破和解构了现代革命的神话，即指“革命这一现代概念与这样一种观念是息息相关的，这种观念认为，历史进程突然重新开始了，一个全新的故事，一个之前从不为人所知、为人所道的故事将要展开”①的神话，指出大陆和台湾两地近百年的历史发展在某种程度上是正义者和善良者在不同历史时代均要承受一定苦难的循环过程，这也是两部家族小说在主题上的一个相同之处。

这两部家族小说还有另一个相同点，即在家族史和国家历史的书写中都倾向于对现代中国人内在情感和心理的解剖，更重视不同历史阶段的发展变迁给两地人民带来的心理变化和内心冲击，是以“人”为本的家族小说。无论是《家族》中的共产党革命

---

① 〔美〕汉娜·阿伦特著，陈周旺译：《论革命》，译林出版社2007年版，第17页。

者殷弓、曲予等类属不同家族的成员形象，还是在台湾历史不同发展阶段中出现的“金门家族”成员中的革命者和那些“庶民”们的命运，均是两位作家的写作重心和中心。不仅如此，由于《家族》和《火殇世纪》从现代国民性格和命运的角度切入家族史和国家史，多方位、多角度地透视出两地人民在国民共两党领导下的现代中国革命历史背景下持有的多元化家国意识，由此赋予这两部家族小说丰富的思想内涵和文化意蕴。这亦是 21 世纪以来大陆、台湾两地家族小说中一个不谋而合之处。

有的学者这样定义“中国现代家族小说”：“家族小说是一种有特殊规范的小说类型。它的题材内容具有特指性，常描写一个或几个家族的生活及家族成员间的关系，并由此折射具有丰富内涵的历史和时代特征。所叙故事，具有相当的时间跨度，往往在历史与现实结合中，形成‘编年史’般的格局。”①《家族》和《火殇世纪》同样拥有中国现代家族小说的这些普遍特点，都是讲述具有近百年时间跨度的家族历史故事，然而又在既有家族小说艺术的基础上有所创新和超越，这又是它们和此前家族小说不同的地方。《家族》中的“家族”在内涵和外延上都得到拓宽、延伸，其概念由拥有同一血缘关系构成的群体转变为由相同精神谱系和共同价值观构成的一个集团；《火殇世纪》则直接把所有的金门族人民都看作是一个完整的“金门家族”群体，以“金门家族”近百年的家族史来辐射整个台湾地区的社会历史变迁。这些特点都在上述行文中详尽论述过，在此不再赘述。

① 许祖华：《作为一种小说类型的家族小说》，载《重庆三峡学院学报》2005年第1期。

除此之外,《家族》和《火殇世纪》在语言和结构形式上还同样都具有创新求变的艺术诉求。主要表现在这两部小说不但具有诗性气质,非常讲究氛围和诗性意境的营造,而且力图在充沛的想象力的基础上,营造出一个引人入胜的小说世界。张炜在《中年的阅读(1)》一文中明确表达出这种创新追求:"语言艺术的冶炼者要有超凡脱俗的趣味,银匠般的耐心,打造极其微妙的细部,以及拥有最为重要的——超人的想象力。他们具备自然而怪异的品质,刺目的个性,柔弱或激烈的情怀。总之要有一个独特的、陌生的、自给自足的精神世界,这个世界即便让心灰意冷的男人也驻足不前,流连忘返。这时,虚构作品就会成为纪实文字不能取代之物,它们将使人的灵魂欣悦。"为了达到该艺术目标,这两部家族小说均把魔幻现实主义艺术手法融进故事情节之中,为现代中国人的家族史增添神秘传奇色彩和文化韵味。《家族》和《火殇世纪》创新求变的最终艺术目的,则是希望能够突破中国现代家族小说传统中的某些成规并为其增添艺术新质,为中国家族小说在21世纪之后继续发展繁荣探索一条可能性道路。然而,正如前文已经指出的,由于张炜和吴钧尧各自浸淫于大陆和台湾两地在1949年之后逐渐形成的同中有异、异中有同的文学传承之中,这两部家族小说在形式创新时所选择的切入点和侧重点自然又有所不同。还要注意的是,相比《家族》来说,《火殇世纪》由于是由30个短章构成的一部长篇,每一章都可以进行创新实验,其实验空间相对来说会更大,也更自由灵活。

《家族》诗性写作的特征首先体现在语言上。大陆作家陈应松曾对《你在高原》系列作品的文学语言如此评价:"文坛不乏才华横溢者,可语言能到这种自由、放松、挥洒自如、句句见彩的境地，也确乎太难了。张炜把狭小的、原始形态的、芜杂的方言变成了如此美妙、有力、前无古人，也许将后无来者的现代文学语言，他无疑是这个时代最优秀的天才性作家。"《家族》中诗意化的语言比比皆是，例如"这水啊，如此绿，如此清，又如此的可人；它在下午的阳光拂照下，成为最好的诗句，最好的回忆，最好的一个象征"①。然而，作为21世纪以来大陆家族小说的代表性作品，《家族》的诗性写作不仅仅体现在多重叙述视角、象征性意象、诗化的叙事语言等特征上②，更重要的创新之举是在小说中插入单节的散文诗，这类倾诉性质的散文诗亦成为全文结构框架的一个重要组成部分。

具体到作品来说，《家族》从第2章就开始在故事情节中插入单独成节的抒情性散文诗，共计有16小节，分别为第2章的第3节、第6节，第4章的第4节，第5章的第1节、第6节，第6章的第5节、第6节，第7章的第5节、第8节，第8章中的第8节、第11节，第9章的第7节，第11章中的第8节，第12章中的第7节，第13章中的第3节和第14章中的第8节。这些散文诗的艺术功能之一在于"更为重要的是，诗的浪漫和抒情，让整部大书灵动起来，活络起来，不至于枯滞笨重了；更不必说那些亦真亦幻的情节，诗意的描绘书写了"③。这些带有自我倾诉性质的散文诗所表达的情绪起伏往往又和家族故事中主人公的相契合，起到烘托环境氛围或是加深情感抒发的作用。如果再把这些单节的散文诗

① 张炜：《家族》，作家出版社2010年版，第9页。

② 王国梁：《新时期家族小说的诗性追求》，载《吉林广播电视大学学报》2011年第4期。

③ 陈占敏：《〈你在高原〉的放飞》，载《时代文学》2012年第7期。

连缀成一个整体来看的话,则成为一部类似《野草》的"独语体"散文诗集,在思想内容和结构上均超出家族史和国家史的范畴,成为独立于家族故事之外的一个文本。从内容上来看,这16小节散文诗主要写了抒情主人公"我"对"你"的独语和倾诉,其中有对于爱与仇恨、快乐与悲伤等概念的界定和哲理思辨,更多的则是倾诉者"我"对"你"的祈祷和颂扬,"你"既分别指母亲、爱人、理想和大自然,又是这四类意象合而为一的一种象征物。从这个角度出发才能够理解散文诗中关于"高原"的那些诗句包含的丰富内容:"你在那么遥远的崖畔上站立——那是高原,你的裙裾又在风中抖动,让人想起午夜的海浪不倦的拍打。我的高原,我的未来和归宿,这一刻我是多么清晰地看到了你"①,"我成了高原一粒,西部的沙子,从此永世永生怀抱着不能报答的光荣"②,"妈妈,我一遍又一遍梦念高原"③。从某种程度上来说,"高原"与"你"在内涵上互相叠合,是作者诗与思的一种具体化,充满思想性和思辨性。从结构形式上来看,由于这些散文诗又可独立于家族小说框架之外,《家族》因此就拥有了两种既可关联又可互相独立的文本类型——小说和散文,使家族叙事与自我抒情在同一小说空间内平行、并列。反之亦然。这两种不同的文学类型又是既互相独立也相互呼应的一个整体,能够达到把历史纪实和文学虚构自然而然地融为一体的艺术效果。大陆作家陈占敏就有如此评价:"没有浪漫和诗情,就没有你在高原","书成后,张炜曾经感叹,想一想书中所写,没有哪一点是完全凭空虚构,都有现实来

---

① 张炜:《家族》,作家出版社2010年版,第203页。

② 张炜:《家族》,作家出版社2010年版,第252页。

③ 张炜:《家族》,作家出版社2010年版,第392页。

源，可是没有哪一章哪一节是原材料的样子了”①。这种结构形式无疑是《家族》的独创之举，同时也使《家族》顺理成章地取得亦真亦幻的艺术审美效果，拥有超越性的形而上寓意，进一步丰富和深化了作品的思想意蕴。

与《家族》相同的是，《火殇世纪》也在纪实性的“金门家族”的家族史故事中加入文学的想象力，深化拓展作品的思想内涵：“此中事件，虽然都配合历史时间的进程，却不刻板遵守历史事件的步骤，而是撷取事实及其精神，在真实的历史事件之中，融入合情合理的琐务细节。此中人物，部分采自史料记载，属于历史上存在过的真实人物，更多部分来自想象虚构，是为了彰显在地精神而构拟出来。然而人物虽是虚构，其间涉及的风土民情、生活习俗、自然及社会环境等，却都充满了真实感。”②这亦使金门家族近百年的历史故事成为整个台湾地区人民坎坷命运遭遇的象征和折射。然而，在对作品诗性书写的具体处理上，《火殇世纪》又和《家族》差异很大。前者的诗性特征主要表现在诗意化的景物描写上，以描写阳光阴影变化的诗意化和拟人化语句为例，“阳光不走，是阴影无声无息走着，一点一点紧逼。有时候掠过飞鸟，影子有了重量，忽然一坠，拉沉阳光，再啪地一声恢复，仿佛未曾发生。偶尔，刷刷地，急风窜过门外，风沙扬起，阳光张慌逃逸，留下一地混乱”③。这种诗性句子在小说正文中比比皆是，在此不再列举。而且《火殇世纪》还有意把多种艺术手法融入作品，显然在语

① 陈占敏：《〈你在高原〉的放飞》，载《时代文学》2012年第7期。

② 黄锦珠：《金门百年，士庶沧桑——读吴钧尧〈火殇世纪〉》，载台湾《文讯杂志》2010年7月。

③ 吴钧尧：《火殇世纪》，台湾远景出版事业有限公司2010年版，第88页。

言形式的创新实验上比《家族》走得更远。台湾学者郝誉翔曾精辟指出："在这本小说集中的篇章，大多宛如一幅幅金门的历史风景切片，甚至是充满了武侠电影快速剪接的画面感，而大地昏黄，天际血色浓稠，唯有孤独的英雄或是凡人荷刀，于寒风萧萧之中，矗立天涯。特殊的美学风格，不仅令人过目难忘，更穿透了金门一地的现实，而点染出它戏剧化的历史悲剧。"①如果深入探究吴钧尧追求小说艺术创新求变的主要动因，会发现这显然和他自身的创作经历以及台湾特殊的文化环境密切相关。

作为20世纪60年代出生的台湾作家，吴钧尧从小就生活在渗透着中国古典文学传统、西方现代主义和"五四"现实主义文学传统的环境中，早在中学时期就阅读并受到白先勇等台湾著名现代派小说家及其作品的深刻影响，因此从中西方文学传统中吸收艺术素养，并不断追求小说艺术形式的创新，这已经成为一种文学自觉行为，化在他的血脉之中。他的座右铭"在写作之前要思考"，就是对其文学创新自觉意识的一个最佳写照。而吴钧尧从20世纪80年代末期就开始的较为成功的诗歌和散文创作实践，也为其家族小说《火殇世纪》的艺术创新提供了良好的知识储备。台湾学者杨美红在《金门那边，岛与人——侧写吴钧尧其人其作》一文中就指出："这是吴钧尧历经多年写作后的反思，从'写作的思考'到'思考的写作'，他透过金门原乡的追寻，慢慢找到创作的基石。"《火殇世纪》由此成为吴钧尧小说艺术创新里程碑中的一个重镇。

---

① 郝誉翔：《镕铸史实与传奇，为金门拨雾》，见吴钧尧《火殇世纪》的"序言"，台湾远景出版事业有限公司2010年版。

前文已经指出,《火殇世纪》是由多部既可独立又互相联系的短章连缀而成的一部长篇小说,为艺术形式的创新留下更多的实验空间。值得称道的是其中一些短章对省略和空白手法的运用,这亦是注重剪裁和精巧构思的短篇小说适合采用的一种创新方式。第5章《溺女》可以作为一个典型代表。该章描述20世纪20年代"金门家族"中"弃婴"身份的女性族人的悲剧命运,揭露出溺死女婴的现象不仅在于"男尊女卑"中国传统文化中封建思想的流毒,更深层原因则在于被弃女婴长大成人后的悲惨命运,她们的生命尊严无法得到其他"金门家族"族人的任何重视和尊重。这个具有独立情节线索的故事以开办育婴堂的女主人薛氏的视角切入和展开。在当时的金门,女婴常常因为是未婚母亲所生,或是因家庭贫困,或是身有残疾而被抛弃。林嫂就是一个来历不明的女婴,在育婴堂长到六岁后被贫苦的农夫之家领养去当童养媳。由于"一般人家对童养媳的待遇,只介于牲畜与人之间,却比牲畜多了一双手、一双腿。童养媳跟长工没有两样,喂鸭喂鸡、煮饭、洗衣服、背上背着弟弟妹妹还得上山种田"①,这个弃婴身份的童养媳不仅要经受长工般的辛劳,而且因为是"连爸妈都不要的女人"②,还被夫家人和其他村人所鄙视和唾弃。长成少女后的林嫂虽然侥幸躲过盗贼的杀害,但是依旧没有躲过悲惨的命运:她被村人诬蔑为被盗贼侮辱,"忽然,有人朝她吐了口口水,她抬头,看见哥哥凶狠地瞪着她"③。然后作者就有意在情节发展过程中制造出省略和空白,在对林嫂行动的描写中戛然而止:"林嫂一口

① 吴钧尧:《火殇世纪》,台湾远景出版事业有限公司2010年版,第44页。
② 吴钧尧:《火殇世纪》,台湾远景出版事业有限公司2010年版,第45页。
③ 吴钧尧:《火殇世纪》,台湾远景出版事业有限公司2010年版,第47页。

气讲到这里，牙根咬紧，嘴唇出血。她也没想去擦，抬头，看着薛氏。"①并不交代故事情节的进一步发展。这种空白不仅节约了笔墨，营造出作品凝练简约的风格特点，更重要的是激发出读者丰富的联想力，使读者参与到故事情节发展的进程中，想象出林嫂在此后经历的更悲惨的人生遭遇，反而比用现实主义手法描述出她的悲惨经历更能震撼读者的心灵。这亦是省略和空白手法取得的一个审美效果。而《溺女》一章中对省略和空白手法的运用，一方面可以看出作者继承了中国古代笔记小说中的艺术因素，另一方面也是对以海明威现代派小说为代表的西方小说艺术因素的吸纳。

还要指出的是，尽管《家族》和《火殇世纪》都使用了魔幻现实主义手法来增强小说的艺术感染力，不过又各有特点。张炜的魔幻现实主义带有写实倾向，《家族》对充满神秘色彩的红马的描述与其说是魔幻现实主义的手法，不如说是一种象征，是对宁家族人生性好奇并勇于追求理想的一种象征；宁家先人遇到狐狸精的故事，以及宁珂在宁周义被枪毙时耳边出现的巨大轰鸣声等描写，强调的不是不可知的神秘气息，反而更像是对人类在激烈情绪下产生出幻觉的描述。相比之下，《火殇世纪》中对鬼魂和某些神秘现象的描写，以及出现在作品中的虚幻性和神秘气息，更具有《百年孤独》中魔幻现实主义的特色。不过需要注意的是，吴钧尧在《火殇世纪》中运用魔幻现实主义手法的最终目的，并非是为了渲染超自然的神秘力量和"宿命论"，而是对怀有民族情怀和人性情感的"金门家族"族人的一种致敬。第 7 章《汗海》用魔幻现实主义手法描写出金门抗日执行会成员陈步云因抵制日货受害

① 吴钧尧：《火殇世纪》，台湾远景出版事业有限公司 2010 年版，第 47 页。

而死的故事。当陈步云遇难死亡后,“家人跟居民越哭,陈步云睡得越沉”①。吴钧尧用“熟睡”一词来形容他的死亡和其成为鬼魂之后的所见所闻所感。换言之,作者通过魔幻现实主义表达出对这个“金门家庭”英雄人物的崇敬之情:虽然肉身死去,他的魂灵却永远守护着金门这片土地。第25章《葬场》是作者运用魔幻现实主义手法的另一个例子。当金门士兵陈永发在大海中看到很多溺水而死的鬼魂惨状:“看见海底浮出三个大气泡。气泡里是男人、女人跟幼童。海流急,气泡却静止、静默。直到这时,陈永发才看清楚三个人长相,男人魁梧蓄发,女人端庄贤淑,幼童大眼高鼻,他们定定望着陈永发,而后抬头。海上面,洒进胡琏将军骨灰。他们三人之外,涌现更多气泡。气泡里,也都是人。他们或缺鼻缺耳、或断头断腿、或肚穿肠破、或只瞪着一双血红眼睛,伸着嶙嶙一双手。他们定在水域中,像炸弹密布,诡谲森森。”②之后他就每晚到海滩上用光环来超度他们脱离苦海:“陈永发跟他们同时看见一大片光,轰一声,沉大海。气泡一阵摇晃,慢慢明透。人在气泡里,退远,又退得更远,终于,连男人、女人跟幼童,也退得看不见踪影。”③陈永发的行为虽然在其他人眼中是疯子举动,他在军队中也始终是一个默默无闻的小人物,但他这种超度海上亡灵冤魂的悲悯举动是“金门家族”族人高贵品质的一个体现,是作者要表述的一个思想内容。可以这样说,《火殇世纪》采用魔幻现实主义手法的根本目的,就在于借此表达出作者对包括大陆人民和台湾人民在内的所有人类生命的尊重和热爱。正如张琼惠

① 吴钧尧:《火殇世纪》,台湾远景出版事业有限公司2010年版,第61页。

②③ 吴钧尧:《火殇世纪》,台湾远景出版事业有限公司2010年版,第213页。

在《金门的想象共同体》一文中评价的："生命至此，非以死亡结束，而是转向回顾与重生。"①

综上所述，可以得出这样的结论：以《家族》和《火殇世纪》为代表的21世纪以来的大陆和台湾两地家族小说，无论是思想内容的深广厚重，还是在艺术技巧上的创新求变追求上，既同中有异又在异中求同，并且已经形成各自独具特色的艺术风格，分别表现出大陆家族小说和台湾家族小说高超的艺术成就。也可以预言，大陆、台湾两地家族小说如果能够沿着《家族》和《火殇世纪》开辟出的艺术之路继续走下去的话，相信在未来会更加繁荣兴盛。让我们拭目以待。

---

① 张琼惠：《金门的想象共同体——论吴钧尧的〈火殇世纪〉》，见2011年暨南大学比较文学会议论文。

第十五章

新历史主义的历史观和民间叙事角度

——试论张清华的“新历史主义文学思潮”的特点

从思潮的角度对中国当代新时期文学进行划分，学术界通常的做法是把创作方法作为重要的衡量标准，一般把其划分为现实主义的、现代主义的和后现代主义的文学思潮。① “伤痕”文学、“反思”文学和“改革”文学是现实主义思潮的文本，“寻根”文学和“现代派”则属于现代主义的思潮，“先锋派”文学等新潮文学属于后现代主义文学思潮。这种划分的优点是显而易见的，这种宏阔的学术视野几乎包含了整个新时期的文学文本和创作现象，有利于研究者从宏观的角度考察它们。但是在某种程度上，它的优点就是它的缺点。评价标准过于简单和单一，仅以文学创作方法来衡量，使如此宏大的学术框架像一个无所不包的大筐子，任何文本和文学现象都能够装进去，也使具体文学文本的其他基本特质，诸如内容主题、语言形式等无法体现出来，文学失去了它的

① 参阅邵英起、耿传明、陈思广：《新时期文学思潮概论》，春风文艺出版社1999年版。

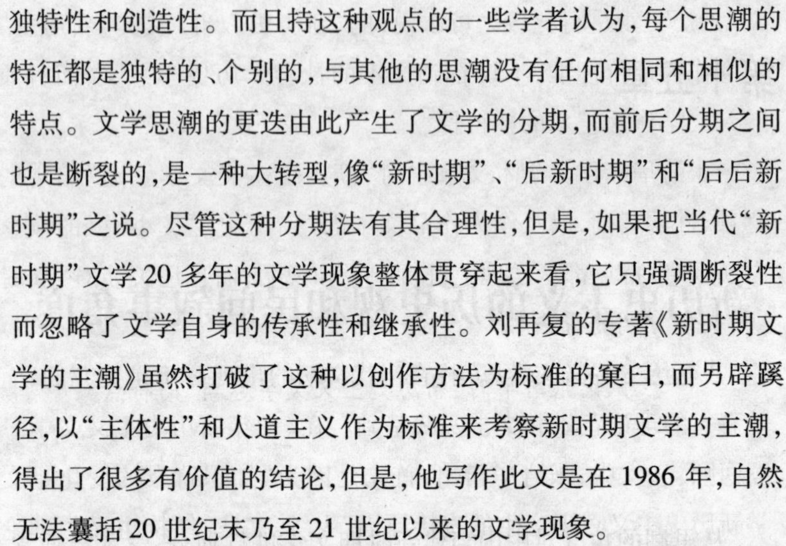

独特性和创造性。而且持这种观点的一些学者认为,每个思潮的特征都是独特的、个别的,与其他的思潮没有任何相同和相似的特点。文学思潮的更迭由此产生了文学的分期,而前后分期之间也是断裂的,是一种大转型,像“新时期”、“后新时期”和“后后新时期”之说。尽管这种分期法有其合理性,但是,如果把当代“新时期”文学20多年的文学现象整体贯穿起来看,它只强调断裂性而忽略了文学自身的传承性和继承性。刘再复的专著《新时期文学的主潮》虽然打破了这种以创作方法为标准的窠臼,而另辟蹊径,以“主体性”和人道主义作为标准来考察新时期文学的主潮,得出了很多有价值的结论,但是,他写作此文是在1986年,自然无法囊括20世纪末乃至21世纪以来的文学现象。

然而,张清华却着眼于整个中国文学的发展,把当代文学作为其中的一个分支,经过多年的学术思考,以中西、古典和现代的文学和文化理论作为理论基础,本着“大胆假设,小心求证”的精神,提出了“新历史主义文学思潮”。相比较而言,“新历史主义文学思潮”作为许多具体作品背后所隐含的一个思想脉络或线索,以“新历史叙事”为评价标准,同时也作为主要中心和重心考察它们,更凸显出文学的传承性和具体的文学个案。当然不能说它是完美的,但它确实在某种程度上弥补了前者的缺点。首先,从时间跨度上看,它包括了当代“新时期”文学至现在的30多年,把重要的文本和文学现象都包括进来;其次,虽然张清华的主要关注点是中国当代文学,但他的视角并不仅仅只停留在此,而是拓展开去,从纵向和横向上贯穿中西和古今,把中国古典文学体现出的循环历史观和西方文学传统中的“青春叙事”的历史观都纳入其中,而且还以此作为一个背景,把它们同中国当代“新历史主义”的历史观进行比较。可以说,把“新历史叙事”及其“新历史”观念作为评价标准,不仅看到文本的社会学历史学意义,而且兼顾到文学作为艺术的独特特点。

张清华在很多学术文章中对“新历史主义文学思潮”出现的背景、哲学基础,以及作为作品文本的“新历史主义小说”的概念内涵、叙事特点都从学理上进行阐释和说明,而且还关涉对“新时期”文学分期的看法。

“新历史主义文学思潮”在当代文坛的出现并不是突兀的,而是有它的理论背景和文学实践基础。在《十年新历史主义文学思潮回顾》一文中,张清华指出,首先是因为“知识背景的变化是文学新历史主义意识产生的直接原因”①,其次是“结构主义的理论启示起到了关键性的作用”②。西方的结构主义和后结构主义不但是“新历史主义文学思潮”出现的哲学基础,而且“它们最大的影响就在于改变了人们关于文本的传统观念,看见了它内部的各个构成要素,并由此产生了对于文本内容之间关系的质疑和种种新的认识”③。作家们由此产生了怀疑,追问“历史上究竟发生了什么”,从而在作品中对传统主流历史观念进行颠覆,建构了新的历史观念。所以,当我们发现西方新历史主义的观念和 1987 年以后的中国当代新历史小说,包括“第三代”诗歌,都有惊人的契合之处,这是符合中国文坛发展现状的。而且“谈论‘新历史主义’,我认为根本上还不是一个‘西化的命题’,而是一个非常现实和非常中国化的命题。在历史领域中拆除旧式意识形态对人们

①② 张清华:《十年新历史主义文学思潮回顾》,载《钟山》1998 年第 4 期。

③ 张清华:《境外谈文》,花山文艺出版社 2004 年版,第 59 页。

的思想的禁锢，既是一个‘绕道而行’的策略，同时也是一个根本”①。从这个意义上说，“新历史主义文学思潮”既是文学自身发展到一定阶段的合理产物，又是对业已僵化和失去生命力的“红色官史小说”现实主义传统的反抗和超越，是当代文学不断创新、不断发展的一个表现和标志。

张清华所说的“新历史主义文学思潮”内涵，并不是和西方新历史主义思潮完全一致。它的理论资源不仅有西方的新历史主义、结构主义和后结构主义，同时吸收借鉴了西方的存在主义、弗洛伊德精神分析学、文化人类学等现代的理论和思想，又融合了中国古典文学传统的宿命与轮回的历史观念，这是其鲜明的一个特点，是“新历史主义文学思潮”与以上所说的几种思潮的最大不同，也是他把中西方文学和文化理论融会贯通后的必然产物。

首先看“新历史主义小说”。张清华是这样定义的：“它们主要是指一批具有较新知识结构与艺术追求的，直接或间接地受到西方存在主义、结构主义、后现代主义和解构主义等理论观念的启示而介入历史领域的‘先锋’青年作家所写的历史小说。从一定程度上可以说，他们的小说反映了一种具有‘新历史主义’倾向的历史观。”②在此处，“新历史主义小说”文本不再是一种“历时性文本”，而是转变成了“共时性文本”。当代文坛出现了大规模的这种“新历史主义小说”的作品文本，并形成了一股思潮。这主要包括莫言的历史题材小说，余华、苏童、格非等“先锋派”和“新写实”等小说流派中的小说，“匪形小说”以及《长恨歌》、《家族》

① 张清华：《境外谈文》，花山文艺出版社2004年版，第71页。

② 张清华：《十年新历史主义文学思潮回顾》，载《钟山》1998年第4期。

等长篇小说。这种“新历史主义小说”文本中的历史不再是一种宏大完整、逻辑清晰的历史，而是一种“中心消解，边缘耀目”的意义建构出来的“历史”，看到所谓真实的历史“叙事”其实也是一种虚构性的修辞，“叙事”与“历史事实”之间是一种隐喻关系，重视的是历史的“虚构性”。但是，“虚构性”并不等于不真实，因为“新历史”指的是侧重于表现文化、人性和生存范畴中的历史，这是从哲学、文化中抽象出来的普遍的、整个人类的历史，是从主流道德文化中还原了的，反而是更真实、更本真的历史。

“新历史”之“新”并不是说它在中国文学文本中是第一次出现，而是针对“十七年”和“文革”中出现的“红色官史小说”中的历史观念而言。其实“最‘新’的实际上也可能意味着最‘旧’的”①，而且“西方的新历史主义在中国‘古已有之’”②。这不是盲目自大的阿Q式的“先前比你阔多了”的“精神胜利法”痼疾，而是张清华在渊博的中西、古典和现代文学理论与知识掌握基础上的自然而然的发现，是深谙文学的传承性特点得出的一个结论。从诗学的角度来看，西方的新历史主义、中国古典历史小说与当代的新历史小说，在历史观念上有很多相似之处，这也是文学普遍性的一个表现，同时亦是人类拥有共同的集体无意识和相似的文化心理结构的一个佐证。

他看到，在《三国演义》、《金瓶梅》和《红楼梦》等中国古典文学作品中，充满了边缘的、民间的、与“主流”官史相对抗的观念，这种被称为“稗史”、“野史”和“民间史”的历史观念，一直是与中

① 张清华：《十年新历史主义文学思潮回顾》，载《钟山》1998年第4期。
② 张清华：《境外谈文》，花山文艺出版社2004年版，第73页。

国古典主流历史观相并存的一脉，不管或隐或显。这是一种推崇“历史循环论”的观点，具体表现在“盛极必衰”、“天下没有不散的宴席”等感伤的、悲观论调的历史观念上，而且作品多是写家族的由盛及衰，以及个人的由生到死的一个个完整过程，主要目的是来影射“变化无常”的历史，同时使其具有了哲学意味。但是在“红色官史小说”中，这种历史观被打断了，被一种充满乐观情调的“进化论”的历史观完全代替，这也是中国文学现代性的一个突出特点。这是一种“青春”的历史叙事观念，只截取了革命者个人最光辉的一段历史作为唯一的时间点，忽略了凄惨的老年和人生困境，所以是一种积极向上、乐观主义的历史观。一直到“新历史主义文学思潮”中的文本作品出现，才突破了这种曾经“一统天下”的主流历史观念。“新历史”在某种程度上修复了传统的历史观，是对它的一种恢复，“民间性的英雄气节、民俗化的人物描写，甚至对历史的恣意‘虚构’等等更与今日的‘新历史主义’有着惊人的相似……从这点上说，当代的新历史主义同历史的传统之间也许只有一步之遥”①。但是，“新历史”不是完全等同于传统历史观念，也不完全等同于西方“新历史主义”中的历史观念，尽管后二者在解构宏伟的国家主义和民族主义的宏大主流历史等方面是相似的，而是融合了西方的文化人类学、弗洛伊德心理分析和存在主义等观点的一种“新历史”观念。新历史主义作品中最常见的历史是宿命的、悲剧的，它“充满了种族文化中关于复仇、报应、生死、财劫等种种原型主题，充满了恐惧、猜忌、宿命以及自我暗示等种族的集体无意识，而这些都昭示着民族的悠久时空

---

① 张清华：《十年新历史主义文学思潮回顾》，载《钟山》1998 年第 4 期。

中，代代相因的基本的文化结构”①，种族文化与心理本来就是历史的最基本的结构性因素，是全人类共有的历史和文化结构，存留于人类共同的集体无意识中，是人类学中最普遍的内容，但它又是充满了战乱和灾难的中国传统历史以及近代历史的真实写照。

在此逻辑基础上，张清华总结概括出中国当代“新历史主义”作品中的历史的特点。首先，它体现了边缘化的或暧昧的立场和趣味，是一种民间化的历史观念，包含了“反权威”的历史理念。其次，“它体现了知识分子的历史情怀，体现了把历史‘交还于人民’的意志，这是由其人文主义思想内核所决定的，它必然把解构皇权政治、宏伟历史模型、完全遮蔽了底层公众的国家历史叙事当作重要的使命，要把历史的主体真正还原到‘单个的人’”②。再次，“它甚至体现了‘消极’的历史怀疑论、宿命论以及历史的不可知论等等倾向，它不相信所谓终极的‘真实’意义上的历史，也不相信形而上学意义上的历史价值”③。这种历史观念的构成方式，基本是作家个人的历史理念和一些历史知识，加上“对某些历史结构或者元素的提取，再加上叙述的绵延”④，这就成了通向另一种真实意义上的“历史寓言”，是一种在民间立场上的“戏说”，突出的是文学的象征比喻功能和它的娱乐消遣性，这正是文学的主要作用和蓬勃的生命力所在。体现在具体的作品中，每个“新历史主义”作家以上面提到的历史观念作为他们共同的创作基础，但是在具体细节上又有所生发，形成了各自的新历史观，也使

① 张清华：《境外谈文》，花山文艺出版社 2004 年版，第 62 页。

②③ 张清华：《境外谈文》，花山文艺出版社 2004 年版，第 70 页。

④ 张清华：《境外谈文》，花山文艺出版社 2004 年版，第 126 页。

"新历史主义"的文本呈现出多姿多彩的、非概念化的文学魅力。余华追求的是"虚伪的作品"中体现出的历史的深度,"抽象化"的历史就成为他表现的重点,不但探讨历史本身,还探讨了对历史记忆与历史叙述的方式,这种历史继而具有了一种形而上学的特点,还成为一个寓言。从早期的《一九八六年》、《世事如烟》,到后期的《活着》、《许三观卖血记》等作品中的历史,是"地狱—暴力"模式和"死亡"模式的历史,是一种包含了萨特式的"他人即地狱"的存在主义的历史观念。苏童小说中的历史则充满了性和欲望,他恢复了历史本身的混沌和偶然性,人性的弱点和人性罪恶共同构成了历史的主要内容。同为"先锋派"作家,格非的《敌人》等小说中的历史观又与前两人不同,他更侧重于一种"玄学"的不可知论和神秘的宿命论,并通过个人在历史中的境遇中表现出来。个人无法把握无法驾驭命运,伴随着那种茫然的、不知所措的漂泊感,历史的隐秘性和荒谬性随之凸现出来。王安忆的《长恨歌》带有女性主义的"新历史主义"历史观特色。她把一个时代的历史缩微为"一个人的编年史",将历史的主体完全还原为"个人",叫"王琦瑶"的市民女性。她几乎是蛰居在上海社会底层和弄堂角落里,被历史的洪流裹卷沉浮的小人物。她的悲剧既是对"红颜薄命"的中国传统历史观的一个注解,也表现了个人与历史的错位和冲突。历史在这里呈现出双重性:政治的上海历史和民间日常的上海历史,这两个历史同时存在着,主人公就在其中分裂地存在和挣扎。也正是这两个历史才造成了主人公曾经辉煌又多难,乃至被杀害的历史。张炜的《家族》表现了一种意识形态化的历史,但是这个历史观念具有了"新历史主义"的内容和内涵。他对"革命"的重写,浓重主观性的个人化历史态度,使他选择了“家族”这样一个具有血缘、人性和精神选择等多重内涵的视角，去审视历史中的“人”和由“人”写下的历史，并在其中追问：“历史上究竟发生了什么？”刘玉堂的《乡村温柔》中的乡村历史观念，是纯粹民间乡村和喜剧性的一种历史观。在某种程度上，作者继承了赵树理的立场，是站在一个生活于乡村的农民的视角来看待历史的。在乡村历史中，愚昧只是农民们抵抗生存贫困和困难的必要方式，他们依然快乐地恋爱结婚、生儿育女、滑稽调侃，以坦然的彻悟之心看待生死得失，把生死叫作“红白喜事”，所有的一切都充满了喜剧色彩。这是一种与以往“阶级的历史”完全不同的历史，反而体现出历史的独立性和封闭性。

其次，张清华的“新历史主义叙事”是相对于“当代文学十七年”中的“红色历史叙事”提出的，是一种不同于以前正统主流历史的叙事，体现了一种反对和颠覆官方主流意识形态的历史观念叙事。“理解‘新历史主义叙事’在当代还有一个‘灵魂’意义上的问题——它首先还不是一个‘形式和方法’的问题，而是一个‘非常人文’的问题。”①这种新历史主义的叙事具有“思想方法的多元性”，导致“在其复杂性上，它可以说是民间与知识分子的结合，人文主义与虚无主义的结合，最古老的传统叙事与最新的历史理念的结合”②。

“新历史主义叙事”最具体、最基本的体现是以民间叙事为视角的历史叙事，亦是作为衡量“新历史主义小说”水平高低的重要标准。因为“史的品质在于其‘中正’和‘真’，因此，秉笔直书即是史家之德，所谓‘良史之笔’。在文学叙事中也一样，其实把历

①② 张清华：《境外谈文》，花山文艺出版社2004年版，第70页。

史交还给人民和民间就是最大的‘真’，这需要勇气和胆识。……从这个意义上说，以‘民间’的立场来书写历史，体现了小说的根本伦理”①。民间代表了一种自由自在的边缘生活状态和精神取向，只有这种叙事角度才能体现出“新历史主义文学思潮”作品和文本的“新”的特点来。

需要指出的是，张清华提出的“民间”与沪上学者提出的“民间”概念有相同和相通的地方，二者在反抗正统官方的、主流意识形态和伦理道德的精神上是一致的。但是，相比较而言又有很大的差别。陈思和认为，民间首先是作为一种文化形态而存在：“它是在国家权力控制相对薄弱的领域产生，保存了相对自由活泼的形式，能够比较真实地表达出民间社会生活的面貌和下层人民的情绪世界……二、自由自在是它最基本的审美风格。”②然而，因为“它既然拥有民间宗教、哲学、文学艺术的传统背景，用政治术语说，民主性的精华和封建性的糟粕交杂在一起，构成了独特的藏污纳垢的形态”③，所以在一定意义上，陈思和看到“民间”因素本身的一些消极的特点，这也使作品呈现出一种良莠不齐的特点。陈思和同时提出“民间隐性结构”和“民间的理想主义”为其补充，较完整和系统地勾勒出中国当代文学发展的大致脉络。

然而，张清华主要是把“民间”作为一个叙事的因素，也就是“民间叙事”，并且以深厚渊博的学术基础把中国古典小说和现当代小说联系贯穿起来，以民间叙事为标准，从整个中国文学通史的角度来分析和梳理“新历史主义”文本的叙事特点的。民间叙

---

① 张清华：《境外谈文》，花山文艺出版社 2004 年版，第 152 页。

② 陈思和：《秋里拾叶录》，山东友谊出版社 2005 年版，第 131 页。

③ 陈思和：《秋里拾叶录》，山东友谊出版社 2005 年版，第 131～132 页。

事除了是一种判断标准外，还是一种价值立场，“民间化——这也许就是文学历史叙事的一个永恒性的叙事原则或基础”①。因为“所谓的民间记忆事实上是一种基本消除了集团政治和意识形态倾向性的中性或整合状态，在这样框架中的历史叙事才最可能接近历史的真实”②。文学只有回到民间叙事，才能不为僵化的主流意识形态所禁锢，因为“民间叙事”消除了主流意识形态叙述的模式化，使文学超越了“红色官史小说”中简单的一元认识论和价值判断上的简单二元论，而使作品从内容到形式都呈现出多元化，这也是“新历史主义小说”充满了文学生命力的一个原因。也由此才能使文学重新变成人学，回到文学自身。所以，张清华认为“民间叙事”是一种比较理想的叙事方式，在这个角度上，他对“民间”持完全赞成的态度，认为只有符合“民间叙事”法则的历史叙事才是符合“新历史主义”的叙事。

张清华以“新历史主义叙事”和“新历史”意识的多寡为标准，把“新历史主义文学思潮”划分为三个阶段：

第一阶段是“启蒙历史主义时期”，大致是指 1987 年以前以“文化寻根”为宗旨的历史叙事。这个时期是“新历史主义文学思潮”的萌芽期，是精英知识分子站在思想启蒙立场的一种历史叙事，它包括了“寻根文学”之前的文学作品。在这个阶段，作家表现的历史是一种“旧历史”主义和文化人类学理论相结合的产物，它仍然具有整体性、文化模型性和价值承载性。作家们的目的非常功利，他们希望通过对历史文化的重建，而重振和重铸中华民

① 张清华：《境外谈文》，花山文艺出版社 2004 年版，第 73 页。
② 张清华：《十年新历史主义文学思潮回顾》，载《钟山》1998 年第 4 期。

族精神和性格。也就是说,“新历史主义”的历史意识还没有出现,直到莫言的“红高粱系列”作品成为“新历史主义小说滥觞的直接引发点之一”①,才使历史成为审美和消费的对象,侧重历史的边缘性和民间性。

第二阶段是指“新历史主义时期”,指 1987 年以后至 1992 年前后的一段比较集中的、由“先锋派”小说家所推动的、一个特别具有“实验”倾向的历史叙述。这个时期是“新历史主义文学思潮”的全盛期。从莫言、苏童等“先锋派”小说家,到方方、杨争光等作家,最典型的代表作家作品都在此阶段出现。历史在他们的笔下已经化为了古老的人性悲歌和永恒的生存寓言,历史成为当代史,是现实化了的历史,时间变成空间化的时间,成为“心灵史”和“民间史”,零散的、边缘的和破碎的历史表象成为其具体内容,其中夹杂着神话、宗教和民俗等成分,使这个历史充满了隐喻、象征和寓言特点,最鲜明地体现了“新历史主义”叙事特点,“民间叙事”因素最鲜明。张清华还把这个阶段细分,概括为三种文学现象,分别是以中短篇为主的“近世新历史主义小说”,以《敌人》、《米》等为代表作品的长篇小说,还有思潮的副产品——“匪形小说”。

第三阶段,也就是最后一个阶段,是“游戏历史主义时期”:“大致是指 1992 年之后,随着一批先锋派作家对商业动机的迎合,历史叙述出现了一个返回和蜕变的趋向”②,历史的虚构性在此时发展到极致,离历史客体越来越远,文化意蕴愈发稀薄,商业

① 王彪:《新历史小说选 · 导论》,浙江文艺出版社 1993 年版,第 5 页。

② 张清华:《境外谈文》,花山文艺出版社 2004 年版,第 59 页。

气息的娱乐消遣气息太多，造成了某种恶俗和媚俗的倾向。“新历史主义文学思潮”已经成为强弩之末，尽管在此之后，仍然不时地有一些“新历史主义”特点的长篇小说出现，像《白鹿原》、《丰乳肥臀》等佳作，但是“新历史主义”作为一个思潮已经消散了。

综上所述，这三个阶段其实也是有理有据地划分出了“新历史主义”文学的三个分期。这三个分期各有特点，其代表作家和作品文本也各具特色，但是又有其连续性和一致性，“新历史叙事”和“新历史意识”不仅是这三个文学分期的衡量标准，同时也是它们的共同特点。当代文学自身的发展走向和趋势表明，中国当代文学现代性中所强调的“断裂性”，是对文学传承性特点的一种忽略，其实当代文学毕竟只是中国文学的一部分，把当代“新时期”文学提高到“前无古人，后无来者”的地位，只是一种意识形态的做法，而不是严肃的学术态度。所以，张清华提出的文学分期，尽管这只是他在划分“新历史主义文学思潮”的三个阶段时无意发现的，但是这种文学分期无疑比流行的“断裂”式文学分期更加符合文学自身的规律。

张清华提出的“新历史主义文学思潮”既是他考察中国当代文学流变得出的必然结果，也是他的文学观念、文化观念、学术功底和个人才华的体现。在他眼中，文学首先是“人学”，是研究人性和人之存在的，但他又不囿于狭义文学研究的框架，而是以一个学者认真和严谨的治学态度，站在文化研究的宏观视野上，把存在主义、弗洛伊德精神分析学等西方文学和哲学理论融合进“新历史主义文学思潮”中。这不是生硬的、盲目崇洋的移植，而是以文学的普遍性和永恒性特点为基础，在全人类的集体无意识的人类学意义上，看到中西文学和文化的共同和共通之处。并且他还把学术触角延伸到中国古典文学作品,把古典、现代和当代文学的血脉贯通,在整个中国文学的大背景和语境中来考察“新历史主义文学思潮”,并以“历史”观念和“民间叙事”为标准和尺度,切入当代文学现象及其具体文本。既有高屋建瓴式博大精深的理论分析,又有具体精微、深入浅出的具体文本解读,张清华把这二者血肉般融合起来,浑然天成。当然,张清华学术上的这些特点也代表了中国优秀青年学者的共同特点,可以毫不夸张地说,张清华的“新历史主义文学思潮”观点自成一家之言,是中国当代文学史研究领域中的不可忽略的存在,为当代文学思潮研究的深入发展贡献了自己的一份力量。

附　录

鸟瞰当代最新小说风景

一、《人面桃花》:迷失的桃花源

清华大学教授格非在 2004 年出版的长篇小说《人面桃花》,荣获"华语文学传媒大奖·2004 年度杰出成就奖"和"21 世纪鼎钧双年文学奖"。这是格非《人面桃花》三部曲系列的第一部,事隔三年之后,格非在 2007 年 1 月出版了第二部《山河入梦》。格非试图通过这部系列小说写出追求"桃花源"理想的陆家家族几代人的命运遭遇,以及对辛亥革命和 1952 ~ 1962 年之间那段历史的反思,表达出一位学者对中国知识分子怀有的"桃花源"式乌托邦理想的感伤,以及怀疑情绪。

"桃花源"一语出自晋代陶渊明的《桃花源记》,其文记载武陵一个渔人因为迷路,进入一个不知朝代更替的桃花源胜境。在这里,人人平等、富足,没有剥削和压迫,他们过着幸福的日子。此后"桃花源"就成为中国历代知识分子的一个梦想和憧憬,是中国人向往的"乌托邦"乐土。而西方对"乌托邦"的追寻时间则更早,从古希腊柏拉图的《理想国》开始,到 16 世纪英国托马斯·莫尔的《乌托邦》,描绘出西方人心目中最完美的人类社会制度和生

存状况。无论是中国的“桃花源”还是西方的“乌托邦”，其实都是同一个概念的不同名称而已，都是指一种没有私有制压迫、人人平等自由、物质生活和精神生活均丰富和富裕的“大同”社会。人类千百年来苦苦追寻“乌托邦”的踪迹，却很少有人来质疑：如果“乌托邦”真的在人类社会中实现了，到底人类是受益者，抑或是会产生相反的结果？格非就用《山河入梦》给出了自己对这个问题的解答。

作为清华大学中文系教授的格非，无疑在小说创作中形成了自己的艺术特点。他不但借鉴中国古典的文学遗产，而且一系列小说作品都充满了一位学者对历史和文化的思考，以及对人类命运的关注。在《人面桃花》和《山河入梦》中，格非强化和加重了对中国历史的重重迷雾和人性、命运的扑朔迷离之描写，这些均构成了陆家三代人对桃花源式“乌托邦”幻境追寻与营造的历史和人性背景，可以说它们属于反映中国百年历史沧桑变幻和人物命运变化的家族系列小说。不过与《人面桃花》相比，《山河入梦》虽然延续了第一部的某些艺术特点，同样吸纳了《红楼梦》的语言风格和意境营造，却无法达到其含英咀华的悠长含蓄神韵，甚至于有情节失之单调、人物内涵过于单薄之嫌，这是非常令人遗憾的。

首先，《山河入梦》中的主人公谭功达虽然是《人面桃花》中陆秀米的儿子，但是他的形象无法和他的母亲相比。秀米的性格不但丰满，而且还有一个发展过程。她从晚清乡间大地主家庭中的一个闺秀，聪颖敏感如同林黛玉，在经过花家舍土匪的绑票和一系列变故之后，变成了精明能干的“王熙凤”式革命家，怀着建立“桃花源”大同世界的美好愿望，参加反清的“蜩蛄会”以及远渡日本，回国之后自愿办理学校宣传革命反清，乃至后来因失败而颓废放弃理想，才过上了乡间隐居生活。而谭功达作为《山河入梦》的主人公，其性格却没有如此丰满，也没有经过什么发展变化。他在 1952 年当上梅县县长之后，总是不顾实际情况想把他自己和母亲的“桃花源”理想付诸实践，无论是提议修建水库还是想挖通运河连接村庄。虽然被别人设计陷害而被撤职，却始终不改其志向，即使是在看穿了花家舍公社“乌托邦”大同社会下隐藏的人们互相陷害的残酷真相之后，在被抓进监狱即将病死之际，依然盼望“乌托邦”的理想得到实现，其性格的执拗和顽强贯穿小说始终。当然，他见到漂亮女人就眼睛发绿的“花痴”特点，虽然在某种程度上能够填充他的单调形象，不过却无法让这个人物更丰厚一些。

其次，《山河入梦》明显继续了《人面桃花》中似梦非梦、似真还假的氛围的营造效果，不过谭功达不是众美环绕的淫荡西门庆，而是有些呆气的“浊世佳公子”贾宝玉。不过从实际阅读效果来看，秀米倒更像是一个女宝玉，在万念俱灰之后虽然没有出家，但是其在家中隐居十年，至死不问世事，倒是颇合贾宝玉的性情和脾性。加上《人面桃花》中的语言明显模仿了古代小说，即使是花家舍的绑匪也是一派斯文做派，匪首四当家也会用“芝兰泣露，名花飘零”的诗句来感叹秀米“红颜薄命”之命运；而秀米在隐居之后，也是靠养花和吟咏古代诗词来遣怀，就连家中蠢呆的丫环喜鹊最后也写出了“灯灰冬雪夜长”之类的诗。还有小说中多次写到的梦境与现实的混淆，以及命运的可以预测但是无法捉摸的虚幻之感，均营造出一个“太虚幻境”的“桃花源”来。而《山河入梦》中虽然强调写梦，却无多少梦境可写。只有在姚佩佩杀人之

后的逃亡途中，作者用梦境详细写了她对死亡的恐惧和对被枪毙命运的预测。而秀米的"桃花源"梦境在谭功达这里只是变成了一个县长规划的具体蓝图，也可以说是对1958年"大跃进运动"历史的影射，这种本来应该虚笔象征的书写就被具体写实所代替，自然就少了含蓄蕴藉的古典美学情调。至于小说中反复出现的"苦楝树和紫云英花地的阴影"之谜，虽然在小说开头就出现，但实际上只是谭功达和姚佩佩两人爱情悲剧的象征而已，始终无法构成更阔大和深厚的象征寓意。同时，格非在《山河入梦》中独创出的黑体字，是他用来表示人物漫无边际的重要内心活动的一种尝试，从这虽然可以看出作者试图超越第一部小说的努力，但是终究无法达到他的预期目标，无法越过《人面桃花》这个界碑。

《山河入梦》中的"桃花源"式"乌托邦"再一次迷失了，不仅是因为当时实际社会现状不允许，而且也因为人心的丑恶和凶残，还有人类命运的变化莫测，又有谁能够参透人生和世界的"常"与"变"呢？那么，迷失的"桃花源"还会重现人间吗？可能这正是格非要激起读者思考的。

二、《人间》：注入玄幻元素的新神话

与苏童的《碧奴》和叶兆言的《后羿》相比，李锐的《人间》无论是在丰富的想象力上，还是在人性深度的挖掘上，均可以说是这三部"重述神话"小说中表述得最成功的一部。不过，这部小说名曰"中国神话"，其实却吸收了奇幻小说的诸多特点，把神话和奇幻融合起来，既有中国奇幻小说《幻城》类似的缥缈，又有西方科幻小说和奇幻小说常有的一些创作因素。这些特点并非是《人间》的缺点，反而反映出作者对当代中西方文化和文学的熟稔，这

也不失为对传统神话重写的一条出路。

从玛丽·雪莱发表世界第一篇科幻小说《弗兰肯斯坦》为肇始,包括其后英国作家史蒂文森的《化身博士》,非人的怪物就成为西方科幻小说中常见的主人公,而且通篇均弥漫着对人生和命运,包括对“人类”和“非人”关系的哲理思考,充满哲学色彩以及对人性的深刻洞察力。而《魔戒》等奇幻小说,通常包括魔法、勇敢的骑士、不幸的少女、虚构生物和哲学探索等主题内容。郭敬明的《幻城》就是中国当代奇幻小说的典范,其中婆婆对卡索意味深长的人生预言,兄弟情深是前生人与鸟报恩许愿的轮回,以及对不可知命运的恐怖和哲理思考等因素,造成了一种空灵缥缈意味,奠定了中国奇幻小说需要的基本要素和写作路数。《人间》就是另一部成功的奇幻小说,艺术上自然有着奇幻小说的优点和缺点。

《人间》拥有诸多奇幻元素,轻松营造出一种空灵的奇幻色彩。《人间》在《代序》中谈到,“《人间》中浓厚的佛教元素,一次又一次成为指点迷航的灯盏。随着神话的展开,我们来到一个常识和真理之外的未知世界”,显然这个未知世界包括了白蛇变成的白娘子、许宣转世后变成的梅树等“非人”的虚构生物。同时佛性以及佛与情的辩证关系成为小说作品哲学思考的中心。何谓佛心和人心?大善和小善,佛家的“普度众生”、“慈悲为怀”与除妖使命孰重孰轻?当忘恩负义的胡爹对法海谈论大善,为救众生之命流尽蛇血的白娘子最终死后成人,法海幡然悔悟所写的《法海手札》,还有忠贞不渝的爱情,以及转世轮回千年也要续上的姻缘,无不赚取读者热泪。但是,“人间有情”战胜“佛心无情”的结局,以及转世轮回的姻缘,并非是对众生平等、六道轮回佛教观念的误读,而是有意符合“言情”小说的潜规则,由此小说就略显单薄和落入模式化的窠臼,就如同《幻城》一样,可以感动读者一时,却无法持久。“人”与“妖”的辩证关系也是小说的一个哲思点。白蛇作为“非人”,她的矛盾痛苦在于虽然为异类,但是“神给了她一颗人的心……她是造物的怪胎,生而不幸,不管是做人还是为妖”。周围人类对她的迫害和恐惧,与“人造人”弗兰肯斯坦遇到的生存困境和心理困境如出一辙,虽然中西方文化背景不同,但是人类的自私狭隘和排斥异己的心态是相通的。“非人”还表现在小说的隐喻层面,赋予小说更浓重的哲理思辨色彩和空灵意味。作者把人类身上具有的人性和“妖性”(动物性)特点充分具体化,落实到白娘子、小青等人物身上。小青做妖怪时是单纯快乐的,而陷入情网后就遭到人类情人的无情背叛;人类对拯救他们生命的白娘子不是报恩,而是残酷杀戮。法海在追杀白娘子的过程中,最终辨明了“妖性”和人性的真正区别——善良、宽容、舍己为人、重情重义才是人性的根本,不管外在形体如何。这也是中西奇幻小说经常表现的一个主题。

从另一个角度来讲,《人间》把奇幻色彩融入《白蛇传》的古老神话之中,由此创作出这部“重写神话”的作品,虽然颇受读者欢迎,但是奇幻小说自身带有的缺陷——轻灵有余和某种模式化,让我们不得不思考:《人间》的出现到底是文坛之喜还是之忧?难道当代文学的花样翻新真的走到了尽头？或许我们只能够等待时间给出答案。

三、《桃红床的故事》:情欲书写中的文化韵味

在当下中国文坛,储福金是一个颇具创作个性的作家。他在2007年出版的长篇小说《黑白》,被誉为国内第一部表现“棋文

化”的长篇小说佳作。张宗刚赞誉为：“从棋艺提炼人生，使棋理人生互为印证，营造出如此厚实绵密、婉约迷离的精致的文人化小说，氤氲着江南烟水气。一代棋王的离合悲欢，底层人物的艰难生存，连同大历史的血泪斑斑，纷纷跃然纸上，哀感顽艳，读来魂销心碎。”不过陈思和在《人生境界之上，还有精神境界——写给储福金先生并谈〈黑白〉的小说结构》一文中，却指出主人公形象的不足：“可是陶羊子身上最缺乏的就是原欲的渴望与追求动力。”反而不如其他次要人物形象丰满有生气。或许是因为作者的重点在于主人公成长为一代“棋王”过程中所体现出的中国传统文化的“天人合一”的和谐之美，而不是塑造人物性格。而储福金在2008年出版的短篇小说集《桃红床的故事》，共收录13篇短篇小说，明显延续了作者一贯的风格，正如黄孝阳所评价的：“储福金的小说有一种大清静。人自土里生出，经历红尘种种，最后皆披了一件羽衣往那空濛处行去。文字柔韧异常，细实又不失轻盈之弹性，仿佛是河边青青草为那仙人所编。”尤其是其中的短篇小说《细细草》、《青青葵》和《花野》非常具有典型性。但是另一些小说中的主人公，尤其是女主人公，已经不再是《黑白》中不食人间烟火的梅若云之类仙女形象，而是那些人类本性中的“原欲”（性欲）被唤醒之后，所变成的具有浓重世俗生活气息的普通女性。或许这是作者对《黑白》主人公过度阴柔性格形象的一种有意弥补。从这个角度来说，这些人物形象倒是非常符合陈思和对人物形象塑造的标准。从中也可以看出储福金的文化小说中“情欲书写”的独特特点。

第一篇小说《桃红床的故事》中的女主人公秋芝，是一个性格非常安静、遵从传统伦理道德的姑娘。在未婚夫死于车祸之后，

无欲无求、安于平静生活的性格使她屡次拒绝别人的爱情。本来她也以为自己会这样独身一人过下去。可是她在第一次出差被骗子骗色之后，反而激发起她对男女情欲和家庭生活的向往，最后与20年前的中学同学结婚。秋芝由具有中国传统文化伦理道德的古典女性，转变为一个充满情欲和生活激情的现代女人。除这部小说外，《与其同在》、《心之门之陈菁》和《幻色》中的女主人公形象与秋芝很相似，开始均是飘逸出尘、遗世独立、冷漠孤独的圣女，但是她们的原始情欲一旦被唤醒，很快就变为一个热情如火、勇于追求情欲的世俗女性。而《人之度》、《心之门之冯曾高》和《雨潭坡》中的女主人公虽然是普通的女人，但是她们的肉体成为男人们恢复生命活力和生活愿望的一个源泉。《人之度》中的夏园园与"我"的一夜情，挽救了这个因遭受批斗徘徊于自杀边缘的男人；《心之门之冯曾高》中的高级妓女黄苏虹，自比是治疗男人生理和心理饥饿感的"郎中"，而"神医"冯曾高对她多年的追寻，主要原因不是青梅竹马的初恋情怀，而是对她至柔至软肉体的一种迷恋和追忆，因此当他被车撞后感到的不是死亡，而是"他觉得自己进入了她的身子，他进入了那至柔至软之间，他和她已融合在一起了……"显然情欲的力量超越了死亡。《雨潭坡》中的应玫与"我"在山清水秀的雨潭坡边发生肉体关系，其实她是用美的力量净化了"我"的身体和灵魂。因此，原始欲望就成为打开男性和女性心灵之门的一把钥匙，把他们由虚浮的远离人间的圣坛拉回到充满自然人性欲望和声色犬马世俗生活的现实世界中，恢复成善恶人性均有的世俗之人。这可借用《心之门之陈菁》中的一个比喻来加以说明："就如心中打开了一层门，踩进去是空，门里面善恶之色都在跳跃着，下面等着她的不知是什么，也许是地狱，也许是虚空，这是她不愿意的，但她无法控制自己。”

当然，储福金的“情欲书写”，依然是在其文化韵味书写的大框架之内，运用轻盈细腻的语言把人物细微的心理变化一一渲染透彻，如同一幅尽得中国传统文化韵味的写意山水画，因而他对原始欲望的描写既表现出现实力度，同时又具有象征寓意，使其具有一种虚幻朦胧之美。与这种风格相一致，虽然《与其同在》、《情之轮》和《人之度》等小说也涉及城乡差距、农民和知识分子的隔膜、乡镇基层干部的腐败等当下社会问题，但是只是淡淡地一笔带过，并没有浓厚的社会批判色彩和短篇小说常有的戏剧性冲突情节。因此可以理解，为何《与其同在》中的齐雅真与一个罪犯共处一室六天，并无惊心动魄的斗智斗勇情节，而《人之度》中乱搞女知青、贪污腐化的乡镇干部其实也只是一个“有苦说不出”的普通人罢了。《幻色》可堪称是与毕飞宇的《青衣》相媲美的戏剧题材小说，重点并不是薛凤来对浪荡子马昭昭痴恋的爱情悲剧故事。虽然薛凤来原始情欲被唤醒的过程构成了这部小说的主要发展线索，但是作品的审美震撼力在于作者借情欲纠缠写出了戏剧和人生之间的相同与相似，以及对人生极富诗意和浓厚道家文化气息的感悟过程。具体来说，情欲苏醒成为一种象征，象征着她对世俗生活的接受和融合。她爱上马昭昭的一个最重要原因是“听他粗俗的话，看他粗俗的举动，才觉得有一种真实的现实感。她并不耽于肉体的感受”。她的京剧表演艺术飞跃的最重要原因，正是在于她把高雅的戏剧艺术与世俗生活融合起来，使大雅和大俗完美地结合在一起。或许这也正是这部短篇小说集有意追求的更高层次的文化境界吧。

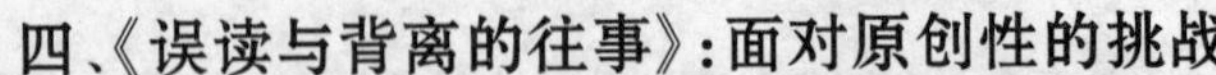

四、《误读与背离的往事》:面对原创性的挑战

早在1961年,美国学者约翰·巴斯在《大西洋月刊》上发表《填补的文学》一文,认为当时的文学在形式和内容方面已经走到了尽头,无法再继续发展下去。也就是说,文学可能会因此终结或者消失。而美国著名学者希利斯·米勒于2001年在《全球化时代的文学研究还会存在吗?》一文中,也提出与前者相类似的观点,认为当下"电信时代的变化不仅仅是改变,而且会确定无疑地导致文学、哲学、精神分析学,甚至情书的终结。"他们表达出对文学生存现状的某种担心。而德国汉学家顾彬则把范围缩小到中国当代文坛,他在2007年表达出对中国当代文学发展状况的不满和担忧,因此他的观点被报纸有意加以炒作,成为引起文坛轩然大波的"当代文学是垃圾"事件。这种激进的言论,自然受到很多中国学者的反驳和斥责。不过,这同时也引起中国学者和作家们深入反思这样的一个问题:中国当代文学真的枯竭了吗?当代文学中还存在原创性的作品吗?一时间,作品的"原创性"成为当下中国作家努力追求的一个写作目标。

其实中国当代作家始终在坚持不懈地寻找文学的原创之路,尤其是小说家们。在20世纪80年代中期出现了"先锋小说",马原、洪峰、余华、格非和孙甘露等代表性作家,首先在艺术形式上进行先锋试验,来探索文学语言结构和叙事上的多种可能性,而且也在内容上掺杂进某些现代主义和后现代主义的哲学观念,力图拓宽文学表达的范围。实际上这是作家追求文学原创性的早期表现形式。然而,这些"先锋派"小说家无法长时间坚持形式实验,在几年之后,也就是在20世纪80年代末90年代初期,就开始向讲述精彩的历史故事转型,逐渐进入现实主义传统中去。从当代文学史的角度来说,“先锋小说”的存在时间虽然只有几年时间,但是其勇于追求文学原创性的先锋精神持续影响了中国当代文坛的诸多作家。近几年,中国文坛陆续出现了一些可以称得上具有原创性精神的小说作品,在不同层面上为当代小说注入原创性的新因素。非专业作家冯世强最新的长篇小说《误读与背离的往事》,无疑比较具有代表性。通过这部小说作品,我们可以看到中国当代作家依然具有较强的原创能力,以及坚持原创性的难度。

《误读与背离的往事》采用的叙事视角比较独特、新鲜。从叙事的表层来看,这部小说同时存在两条线索,共同推动故事情节向前发展。一条是生活在现实生活中的“我”和“她”的恋爱交往故事,一条就是宋朝赵匡胤“陈桥兵变”的历史故事。这两条看似没有关联的叙事方式,其实却存在某种内在逻辑上的关系,由此体现出某种原创性特点。

首先体现在故事结构框架上。冯世强有意把现实和历史两两相互对应,在古代历史背景中常常插入现代叙事者的议论。一方面直接表露出作者对人性的逻辑推理和理解,以及其中隐含的生活荒诞色彩,达到作者在《序言》中所追求的“现实的尘世生活已是纷乱熙攘,令人疲惫无助却又不得不屡屡重整旗鼓,那么能把自己的想法和情绪诉诸笔墨确也不失为一种发泄和调节的方式”。另一方面则是出于叙事上的双重考虑:小说既可以虚构出符合人性的历史事实,由此看出小说和历史的虚构性与不真实性,达到了“满纸荒唐言”的艺术效果;但是反之也说明,千百年来中国人的人性和心理并没有发生多少变化,历史和小说其实就等

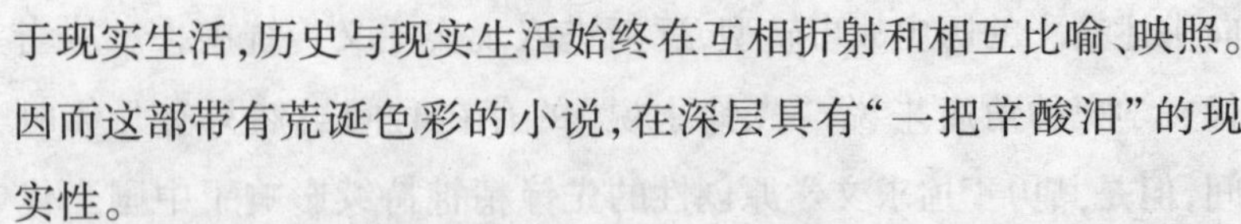

于现实生活,历史与现实生活始终在互相折射和相互比喻、映照。因而这部带有荒诞色彩的小说,在深层具有“一把辛酸泪”的现实性。

以《第二章》为例来说,作者从人性的角度大胆推测出“陈桥兵变”前士兵们的心理。当这些士兵们听到占卜家苗训说天上出现两个太阳之后,“几十万人都猜出了苗训的谜。谜底透露给几十万人同一个信息——他们有可能要当混蛋了”。而所谓的“混蛋”其实就是人性彻底解放,人们可以自由地去干任何事情,这也是人们对世俗规范秩序的一种反叛,是深藏于人类内心深处的一种破坏欲望。叙事者紧接着发表议论,把历史场景拉回到现实生活中,“当混蛋实在是件让人兴奋的事,我就经常像阿Q一样梦想自己某天可以当一把混蛋。谁也管不了我,我想干什么就干什么,我看上谁就是谁!我把这个愿望告诉了她,因为这是件特别好玩的事,我愿意和她分享。她听完微笑着看我:‘你看上谁了?’我美好的幻想就此被兜头一盆凉水熄灭了”。这种对照的例子比比皆是,显然成为该部小说的一个重要特色。

其次,叙事的创新性也表现在半寓言、半玄幻色彩的叙事语言上。作者显然吸收借鉴了卡尔维诺和博尔赫斯一些小说作品中的因素,尤其是前者的《分成两半的子爵》、《树上的男爵》和《不存在的骑士》,以及后者的《永生》等具有玄幻色彩的作品。赵光义竟然被描写成一个能够像变色龙一样变色的怪人,而皇宫中的城墙会自动过滤外界信息,而且会因疼痛而哭泣和喊叫。当后蜀皇帝第一次见到打扮奇怪的花蕊夫人时,竟然以为她是外星人,为自己会改写当时的物理学、医学而兴奋。这些夸张、变形和带有奇幻色彩的非现实主义色彩的叙事语言描写,具有一种美学上的开放性和模糊性,使小说具有多重理解和阐释的可能性。

在《小说的艺术》一书中,米兰·昆德拉指出:“小说家是一位发现者,他一边探寻,一边努力揭开存在的不为人知的一面,他并不为自己的声音所迷惑,而是为自己追逐的形式迷惑,只有符合他的梦幻要求的形式才属于他的作品。”从这个角度来说,《误读与背离的往事》通过独特的、具有原创性的叙事方式,表现出作者对小说、历史和现实的独特发现。不过中外文学史也表明,具有原创性的作品未必会被当代的读者广泛接受和阅读,这是它们必须面临的一种困境。而《误读与背离的往事》同样也要面对由原创性带来的挑战。或许,这就是原创性小说始终要面对的文学命运。

五、《人有病》:高校知识分子的象征

描述中国高校知识分子精神危机的长篇小说作品,其谱系可追溯到20世纪40年代钱钟书的《围城》,勾勒出一批归国留学生在三间大学任教期间的各色嘴脸,在嬉笑怒骂中呈现出各类知识分子的众生相。当代作家阎连科在2008年发表的《风雅颂》同属此类题材,以“清燕大学”为故事背景,用夸张、戏谑的风格,描写出大学这个象牙塔内杨科等普通教师性格中的懦弱和颓废。而“鲁东大学作家群”中的作家滕锦平在2011年11月发表于《时代文学》的长篇小说《人有病》,可看作是又一部描绘当下高校教师生存困境和精神困境的一部“奇书”。从这个角度来看,如果说《围城》以青年方鸿渐为主人公,讲述了生活在乱世中的所谓精英知识分子从爱情进入婚姻生活过程中所经历的人生困境,那么《人有病》则可看作是其续篇,讲述了处于太平盛世时期的中年知

识分子老蒋，因厌倦平庸生活与结婚十几年的妻子离婚，但是离婚后并没有摆脱人生困境，为此他不断在人生、事业和爱欲的“围城”中反抗、挣扎、冲突和沉沦，并因为精神无法突围而最终沦为精神分裂症患者的故事。

从精神气质上来说，《人有病》中的老蒋和方鸿渐具有诸多相似之处，尤其前者既保留了作为精英知识分子的清高自负、不甘平庸的个性，但同时也具有在当下社会中随波逐流、无法保持真正自我个性的“多余人”特点。这是造成老蒋在当下“后工业”社会无法寻找到精神家园和精神寄托的最根本原因。作为在高校任教的精英知识分子，老蒋不甘被中年人惯常的平淡无奇、平庸懒散和令人倦怠的日常生活所束缚，他希望摆脱现状，过上一种经济充裕、爱情幸福的理想生活。为此他和结婚十几年而失去爱情激情、日益厌倦的妻子毅然离婚，而后在比他小十岁的漂亮女性虹敏那里重新得到朝气蓬勃的爱情和性爱，这使老蒋以为这份爱情能够达到拯救自己日渐枯萎的心灵和枯燥的日常生活的目的。但是当老蒋在股票被套牢的情况下，依然不听虹敏兄长的劝阻而卖掉股票之后，虹敏就带着他的爱情一起消失了。这使老蒋的爱情之梦破灭，认识到“爱情，渐渐变成这么个东西，你需要为它反复解释，同这个人，同那个人。另外，没有谁再愿意听人絮絮叨叨了，哪怕一腔情愫一五一十。现今人所感兴趣的，更多的是欲望和传奇”。遭到打击的老蒋开始用情欲作为拯救自己生活的工具。但是此后的老蒋不由自主地陷入一种精神怪圈——既向往金钱和女人，但是在得到这两者后又忏悔和赎罪，内心在不断反抗、挣扎中又不断沉沦：他一面为了救赎空虚的精神世界而不断追逐与其他女性的肉体爱欲，以及和同事合作经商赚钱。但是从另一面来说，不论是风韵犹存又粗俗不堪的老板娘，还是最初清纯可爱的同事蔚蓝蓝，老蒋与她们的爱欲关系却都成为不断推动老蒋深陷精神毁灭怪圈，以致无法自拔、自救的强大力量；他为了得到五万块钱的资助，应一个暴发户同学要求在其面前脱光衣服跳裸舞，此后反而更加颓废和怪异。也就是说，爱欲和金钱上的满足并不能够拯救他日益空虚的内心世界。与此同时，伴随老蒋出现的是越来越严重的失眠症和怪异的言行举止，多种因素促使他最终变成一个精神分裂的"多余人"。

但是与方鸿渐相比，老蒋性格中的反抗意识又贯穿始终，只是他找不到更合适的方式来表达自己的人文精神情怀，只能够用精神变态的方式来与现实世界进行决绝抗争，并且对自己自暴自弃的毁灭过程保持着清醒的认识。他对自己的评价非常高："一个质地优异的家伙，胸怀一轮皎皎明月，通晓了世事的秘密，怀有好奇与热忱，着迷于内心，坚持同生存中的不明物作斗争，以特有的姿态路经世间，独自跟这个纹丝不动的世界对垒。他追究的不仅是他看到的，还包括它的来源，世界上没有什么经得起无穷的究问。他无疑是有信念的，信念可不是玩嘴皮子，只是拿来侃的，而是支配你行动的那种东西。"但是具有反讽意义的是，这是在老蒋即将被世人看作是精神错乱患者的时候才产生的清醒认识。因而他在被当成有暴力倾向的精神病人遭到电击的过程中反而获得了精神上的超脱和涅槃："心思分为明净。"是这个社会疯了，还是老蒋疯了？如同《狂人日记》中的"狂人"一样，老蒋的"精神病人"形象实际上颇具有寓言象征色彩，是高校知识分子在人文精神倒塌后精神无法被救赎、无路可逃的一种折射，具有鲜明的讽喻意义。这亦是《人有病》一书的艺术价值所在。

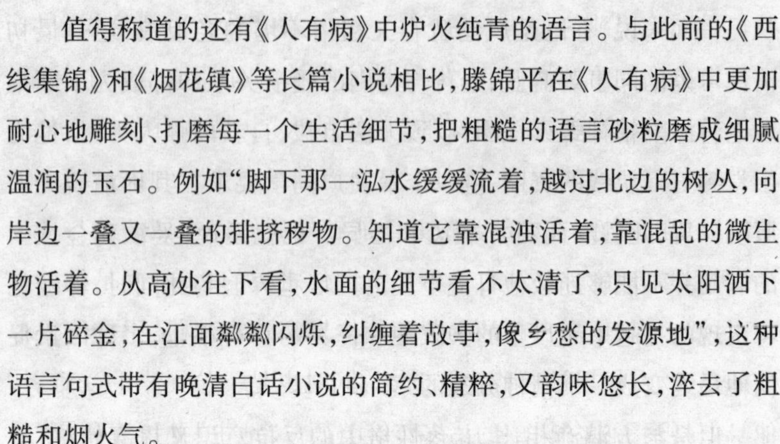

值得称道的还有《人有病》中炉火纯青的语言。与此前的《西线集锦》和《烟花镇》等长篇小说相比，滕锦平在《人有病》中更加耐心地雕刻、打磨每一个生活细节，把粗糙的语言砂粒磨成细腻温润的玉石。例如“脚下那一泓水缓缓流着，越过北边的树丛，向岸边一叠又一叠的排挤秽物。知道它靠混浊活着，靠混乱的微生物活着。从高处往下看，水面的细节看不太清了，只见太阳洒下一片碎金，在江面粼粼闪烁，纠缠着故事，像乡愁的发源地”，这种语言句式带有晚清白话小说的简约、精粹，又韵味悠长，淬去了粗糙和烟火气。

六、《第九个寡妇》：“十七年”长篇小说的翻转

《第九个寡妇》是严歌苓在 2006 年推出的长篇小说。本来这是一个类似“白毛女”的故事：逃荒的小女孩王葡萄被地主孙怀清买来当童养媳，长大后成为孙家的三儿媳。在新中国成立后的“镇反”期间，孙怀清被划为恶霸地主而被判死刑，但是执行时侥幸未死，被王葡萄救回藏匿于红薯窖中 20 多年，直到改革开放后，才走出地窖。在此期间，王葡萄为了公公的生命安全和不泄露秘密，几次忍痛放弃了爱情和婚姻，为此还把自己的儿子偷偷送给一群侏儒抚养。从内容主题和人物形象塑造来说，《第九个寡妇》是对“十七年”长篇小说的翻转。

首先，可以说《第九个寡妇》翻转了《白毛女》的故事，如果说《白毛女》的主题是“旧社会使人变成鬼，新社会使鬼变成人”，那么《第九个寡妇》则可以说讲的是“革命使人变成鬼，改革使鬼变成人”的荒谬故事。

其次，从人物塑造上来说，小说有意把王葡萄塑造成一个忍

辱负重而又单纯执著的人物形象。她并没有什么阶级意识,尽管工作人员反复给她做工作,但是她依然认为孙怀清是一个父亲,而不是压迫她这个无产阶级的“阶级敌人”。她拥有浑然不分的仁爱与包容一切的宽厚。而且,王葡萄是一个毫不约束自己本能情感欲望的女性,寡妇的身份并不能够妨碍她以强烈情欲与不同男人偷欢。地主孙怀清也不再是黄世仁之类的恶霸,而是勤劳善良,足智多谋,依靠自己的勤劳和节俭发家致富,既是一位值得尊重的老人,在村里被尊称为“二大”,同时也是一位无辜的受难者,他身上凝聚了中华民族的诸多传统美德。“地主”孙怀清和“落后群众”王葡萄成为小说同情和描写的人物,这是对红色经典《白毛女》、《青春之歌》的翻转。

综观2006年出现的很多长篇小说,包括莫言的《生死疲劳》等,均对20世纪50~70年代这段历史进行了某种程度的翻转和重写,用民间伦理和法则对革命历史进行了重新审视。这种翻转无疑有助于文学超越意识形态的禁锢,进一步通过文学作品对现代性进行深入反思,但是也要看到,这些长篇小说对历史的理解失于浅薄和苍白,以故事为主的小说“内核”把作者限制在另一种意识形态——完全消解了革命正史的“新历史”意识形态——之中。

七、《宋朝尤物》:向《百年孤独》致敬的中国家族小说

海外华人文学近年来迅速崛起并佳作迭出,与祖国大陆以及台港澳地区的文学一起,汇入21世纪以来中国文学的滚滚大潮中,尤其是在当下重写中国现代革命历史的中国家族小说的汹涌波涛中,北美华人作家创作的中国家族小说成为其中不可或缺的

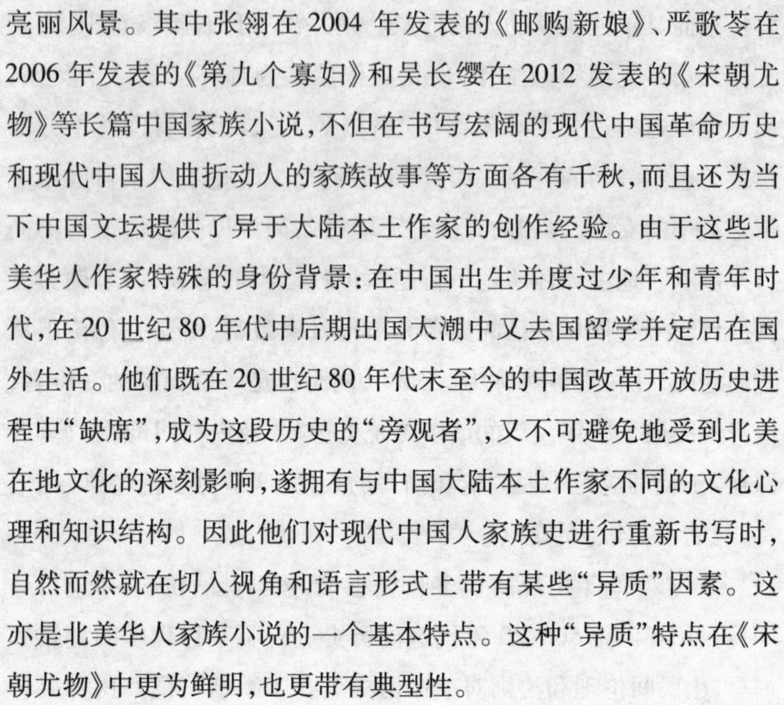

亮丽风景。其中张翎在 2004 年发表的《邮购新娘》、严歌苓在 2006 年发表的《第九个寡妇》和吴长缨在 2012 发表的《宋朝尤物》等长篇中国家族小说，不但在书写宏阔的现代中国革命历史和现代中国人曲折动人的家族故事等方面各有千秋，而且还为当下中国文坛提供了异于大陆本土作家的创作经验。由于这些北美华人作家特殊的身份背景：在中国出生并度过少年和青年时代，在 20 世纪 80 年代中后期出国大潮中又去国留学并定居在国外生活。他们既在 20 世纪 80 年代末至今的中国改革开放历史进程中“缺席”，成为这段历史的“旁观者”，又不可避免地受到北美在地文化的深刻影响，遂拥有与中国大陆本土作家不同的文化心理和知识结构。因此他们对现代中国人家族史进行重新书写时，自然而然就在切入视角和语言形式上带有某些“异质”因素。这亦是北美华人家族小说的一个基本特点。这种“异质”特点在《宋朝尤物》中更为鲜明，也更带有典型性。

王晓君曾简练概括出《宋朝尤物》的内容主题：“小说主人公历经抗日战争、解放战争、抗美援朝等多个中国特殊的历史时期。因为他特别喜欢讲宋朝和夸赞漂亮女性为尤物，而被称为‘宋朝尤物’。小说以轻快魔幻的手法叙说着沉重痛苦的往事。主人公历尽数个阵营，最终投身革命。一生历尽艰难，最后流落在香港、美国和加拿大。”该评价非常精准，同时也指出《宋朝尤物》独具特色的魔幻现实主义特点。作者吴长缨在《后记》中也这样说：“但只有《百年孤独》，能让我这么如此迷恋地想写一本书，比如《宋朝尤物》，向它和它的作者马尔克斯致敬。”然而《宋朝尤物》并非只是对《百年孤独》的简单模仿和继承，而是在遵循魔幻现实主义“变幻想为现实而又不失为真”的基本创作原则下，又对其加以

"中国化"处理,既取得《百年孤独》式亦真亦幻的审美效果,又有自己的独创之处。

具体来说,《宋朝尤物》对魔幻现实主义中的固有因素——鬼魂等神秘现象以及虚构夸张手法等——的描写和运用,均建立在真实的现实生活前提下:一个定居在加拿大的90岁中国老人"我"对自己一生往事的回忆和追溯。从人类个体的自然规律来说,一个徘徊在死亡边缘的沧桑老人自然会经常遗忘、模糊和混淆往事记忆,"也许,我们的人生,在不同的时刻就有过不同的版本。时空会扭曲,谁让我们的脑子是肉浆,更容易扭曲来着",也必然会充满主观性的,甚至是错误的回忆。因此作品又通过老人之口来指出这个家族故事的虚构性:"我迷失在我的记忆里,如同你们迷失在我的故事里,可能都是一个局。当棋局结束,谁还会记得那个最开始过河的小兵。他哆嗦着看见敌人,他向自己的大舅和大表哥开枪,他看见子弹飞舞,穿过民国、朝鲜,如同宋朝的雪花,如同宋朝在月光的手掌上跳舞的尤物。"这种回忆式的家族史书写,既顺理成章地把个人"自叙传"的历史解读方式推到一个极端,又利用人类记忆本身具有的能删改回忆、遗忘不重要情节等特点,来重写从20世纪20年代至今的近百年现代中国历史,达到既真实可信又充满浪漫虚构的艺术效果。

也正是在这种写作策略下,《宋朝尤物》中充满神秘色彩的鬼魂、梦境、外星人和枣红马等意象,不仅拥有丰富的象征性意蕴——既具有荒诞和虚构的象征色彩,却又是现代中国人真实人生的一种写照和折射,更重要的是成为贯穿全文始终的一种结构框架和叙事动力,推动家族小说故事情节不断向前发展。以"枣红马"意象为例来说,在小说开头部分,母亲美泉被一匹神秘的枣

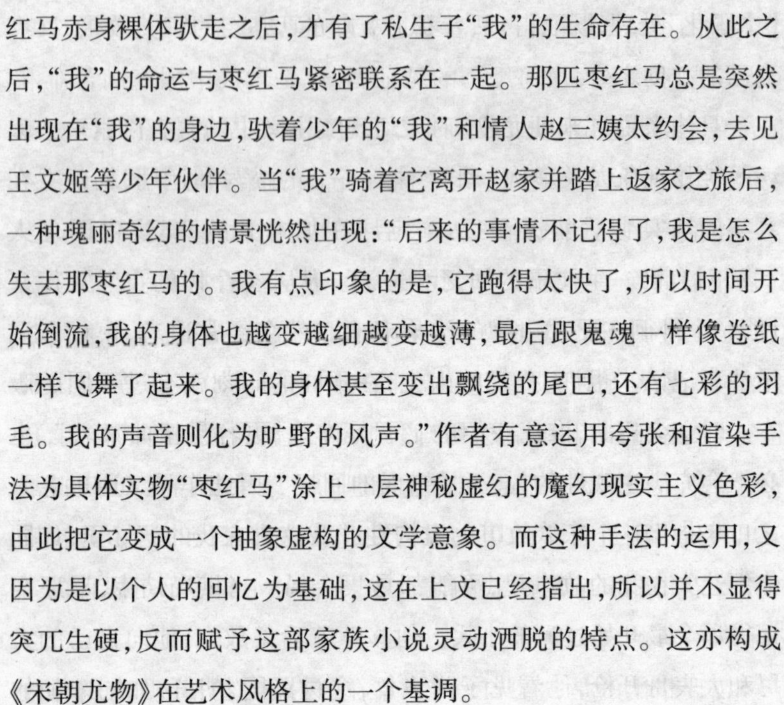

红马赤身裸体驮走之后，才有了私生子“我”的生命存在。从此之后，“我”的命运与枣红马紧密联系在一起。那匹枣红马总是突然出现在“我”的身边，驮着少年的“我”和情人赵三姨太约会，去见王文姬等少年伙伴。当“我”骑着它离开赵家并踏上返家之旅后，一种瑰丽奇幻的情景恍然出现：“后来的事情不记得了，我是怎么失去那枣红马的。我有点印象的是，它跑得太快了，所以时间开始倒流，我的身体也越变越细越变越薄，最后跟鬼魂一样像卷纸一样飞舞了起来。我的身体甚至变出飘绕的尾巴，还有七彩的羽毛。我的声音则化为旷野的风声。”作者有意运用夸张和渲染手法为具体实物“枣红马”涂上一层神秘虚幻的魔幻现实主义色彩，由此把它变成一个抽象虚构的文学意象。而这种手法的运用，又因为是以个人的回忆为基础，这在上文已经指出，所以并不显得突兀生硬，反而赋予这部家族小说灵动洒脱的特点。这亦构成《宋朝尤物》在艺术风格上的一个基调。

这匹来无影去无踪的枣红马还让青年的“我”成为拯救故乡百村的抗日英雄。它突然出现，驮着“我”返回被日军机枪包围的百村人面前，救了即将被杀害的乡人。当“我”被一个日本军官砸昏倒地之后，“那匹枣红马居然刷地一下，就蒸发没了”，就这样蓦然消失在众人的视线中。不仅如此，“那些神出鬼没的枣红马，实际上，在我正式加入革命队伍以后，确实没有再来找过我，救过我，或者带我逃离，以至于连我自己也开始怀疑，枣红马不过就是我的那么多幻想中最美丽也最骗人的一个吧”。神秘的枣红马再次接续上“我”的人生旅程，则是在新中国成立后的20世纪50年代，在“我”和妻子做爱的时候，也在我“文革”期间遭遇迫害的时候才出现。只是此时的枣红马已经变成只能够在体内或是窗台上奔跑的小精灵，无力再驮着我追寻新的人生。可以这样说，"枣红马"是"我"一生坎坷经历的见证者，也是现代中国充满苦难和传奇色彩的90年历史的见证者，更可以看作是消逝在时间之流中的现代中国90年历史本身，是一个漂泊异乡的中国人的"乡愁"思绪。所以当"我"在"文革"后期逃离中国，并辗转到多伦多过着平静的晚年生活时："当我张开手，我居然看见了一匹在手掌中急奔的枣红马。月光映着它的眼睛，马的瞳孔里，全是我的过去，连眼泪，都是过去的那些雨天。"可以这样说，"枣红马"意象又起到把"我"前半生和在国外度过的后半生整合成一体的作用，成为贯穿老人全部人生感受和命运遭遇的一条重要线索，也以此展示出现代中国近百年的历史风云变化。这部家族小说由此也顺理成章获得《百年孤独》式的艺术效果——"汇集了不可思议的奇迹和最纯粹的现实生活"。

需要指出的是，"枣红马"意象在《宋朝尤物》中具有的作用和功能，与贾平凹的《秦腔》、莫言的《蛙》和张炜的《家族》等家族小说中那些具有魔幻现实主义色彩的意象明显不同，体现出其"异质"特点来。从中国古典文化传统的角度来说，对鬼魂和由动物成精变人的妖怪等神秘事物的描绘和膜拜始终存在于中国民间传统文化中，这也是以《搜神记》、《西游记》和《聊斋志异》等为代表的中国"志怪小说"和"神魔小说"的一个主题。而大陆作家对"超自然事物"意象的描写，与其说是对《百年孤独》中魔幻现实主义手法的模仿和化用，不如说是继承了中国文化传统中的"鬼神书写"特点，对其象征意蕴并不进行深入挖掘，这些具有神秘色彩的意象在作品中也并不起到重要作用。

马尔克斯曾经说"孤独的反义词是团结"，《百年孤独》在描绘"命中注定一百年处于孤独的世家"传奇家族史的同时,也写出了人类反抗现实苦难的乐观精神。《宋朝尤物》同样体现出这种乐观态度,通过对"宋朝"和"尤物"等意象所包含的中国古典美学内涵,来对抗现代中国人90年来经历的历史苦难。作者意在以中国古典文化之美来对抗现代中国现实的丑陋,如同他在《后记》中指出的:"古文明也许真的是一个包袱,但那个包袱里的东西实在美丽。所以我让书中的人怀念宋朝,这个宋朝,其实代表一切失去了永远不会再回头的历史。历史就是这么一个尤物,当我们照镜子的时候,会发现一切美,其实早已经刻在我们自己脸上。"作者还试图凭借中国古典美的永恒来对抗和冲淡人类个体面对时间不断流逝、生命终将消失所产生的悲观情绪:"向这个世界宣布,所有的真正的尤物也都永远活着。她们的美,代替世界存在于世界的心中。"

也只有从这个角度出发,才能够理解作品结尾部分杜拉斯《情人》式的句子中所包含的领悟和超脱之意:"于是,我死了也活着。我永远活在我已经接近消失的家族的故事中。"90年的人生历程由此成为一部充满历史苦难然而又浪漫美丽的传奇,是苦痛和快乐相互纠结的五彩人生,亦是唯美和颓废交织而成的一道美丽彩虹,惊艳了现代中国90年历史的天空。从这个角度来说,《宋朝尤物》已经达到了"向马尔克斯和《百年孤独》致敬"的目的,这部家族小说呈现出的高超艺术水准就是最有力的证明。

八、《蒙古帝国》:谱写蒙古"草原人"的英雄曲

从文学史的角度来看,成吉思汗和他子孙征战亚、欧、非三洲之后建立了庞大的蒙古帝国,既是辉煌的历史,又充满了传奇性

色彩，因此始终受到世界各国小说家的青睐。在法国作家欧梅西克的小说《蒙古苍狼》中，成吉思汗的戎马生涯和奇异的草原生活带有浓重的异国情调，由此虚构演绎出一个东方世界。苏联作家瓦西里·扬的长篇历史小说三部曲《蒙古人的入侵》，包括《成吉思汗》、《拔都汗》和《走向"最后的海洋"》，均侧重历史纪实性，但是烙有欧洲作家对曾经征服过他们的蒙古人的仇恨和偏见。而成吉思汗36代长孙女包英丽历尽二十载时光写出的长篇小说《蒙古帝国》三册，分别为一册《成吉思汗》、二册《拔都》和三册《忽必烈》，却独辟蹊径地从"草原人"的角度来描写成吉思汗和这段历史，不仅生动描绘出她的祖先们建立蒙古帝国的丰功伟业和统一中国的伟大贡献，而且表现出一个后辈对他们的高度崇敬和怀念之情。

《蒙古帝国》无疑是一部较有吸引力的历史小说，既有史书所记载的金戈铁马、铁血丹心的战争史实，又有亲情、爱情的纠葛造成的儿女情长。这部小说力图塑造出成吉思汗、拔都和忽必烈等人物的生动形象。不过，尽管包英丽想把成吉思汗塑造成一个伟大英雄和英明君主，如同在《长生天的颜色·代序》中所期望的："战争中他杀人如麻，内心深处却善良淳朴，他有着政治家、军事家的冷酷无情，却为人光明磊落。他目不识丁，可在草原行将统一时做的第一件事就是创立蒙古文字。"但是作者没有达到目的。或许是因为作者的崇敬之情无形中把成吉思汗加以"神化"，这个人物太过于完美和理想化，反而显得虚假造作。具体到作品来说，《成吉思汗》一书开头就借用剑客的眼睛，写出了少年铁木真身上凝聚起的神秘月光等"奇迹"，借此把他推上了神坛。并且除了坚定如铁的意志和重情守义、胸怀广阔等高贵品质之外，铁木真还是一个剑术高强的武林高手，多次救助忘恩负义的义父王汗，早就是草原人心目中的明主。如果说铁木真是高大的正面形象，而他的对手扎木合和桑昆等人就是卑鄙低劣的无耻小人。扎木合和铁木真之间的部落争战，竟然全被描写成是心胸狭窄、耍弄阴谋诡计的扎木合对铁木真的嫉妒和陷害造成的后果，政治利益的纷争就被简单化为"忠"和"奸"的对立。成吉思汗缺乏复杂性格和人性造成的艺术魅力，不及《蒙古苍狼》中的形象。

相比之下，《拔都》中成吉思汗的孙子拔都的形象更成功，更能体现出包英丽的艺术功力。或许是因为没有太多的历史事迹拘囿作者的想象力，因此她不但描写出欧洲各国的优美风光和历史风景，而且围绕着波澜壮阔的国际战争和传奇情爱，突出了拔都智慧勇敢、淡泊名利的"草原人"英雄形象。这是一个充满魅力的人类英雄，并非是成吉思汗类的"神人"。在攻占花剌子模的"忽毡城战役"中，年轻的拔都就显出超人的战争智慧。由于他的对手是有"铁王"之称的勇将灭里，拔都就避开正面作战，而是利用蒙古骑兵灵活机动、擅长弓箭的特点侧面击破，还用填河和河中拦截的策略把敌方的队伍消灭掉。特别惊心动魄的是蒙古军队进入欧洲之后，在伏尔加河战役之前，他和钦察部落进行谈判的故事。拔都在危机四伏的钦察部首领的营帐中，本来可以抓住首领三四岁的女儿冰姬当作人质来威胁对方，可是他却毅然放弃此做法，不但显示出他坦荡的胸襟和过人的胆识，而且以此赢得了对方的尊重，以及兰容的敬佩和爱情，并且为 18 年之后他与冰姬的爱情和婚姻奠定了浪漫的基础。同时，作品在剑拔弩张的生死斗争中，穿插着优美的欧洲草原风物描写，以及古巴比伦王国流传的"两杯酒"的故事传说，这些历史文化典故自然丰富了小说内涵和突出了人物的人格魅力。

为了进一步凸现拔都的性格特点,《拔都》一书还专门设置了几个奇女子与他的感情纠葛。虽然在《成吉思汗》中已经出现了美貌智慧的女性孛尔帖,但是这个历史人物的存在并没有为小说增色太多,而《拔都》中拔都与沈清雅和兰容这两个完全虚构出的女人的爱情故事,不仅塑造出她们的独特性格,从各个侧面烘托出拔都性格的不同层面,而且充满缠绵悱恻、令人荡气回肠的似水柔情,堪称是一曲可供传唱的草原爱情恋歌。沈清雅的独特在于她对自由生活的向往,尽管她是拔都的救命恩人和恋人,但是她舍弃了拔都如火的爱情,宁愿当一个旅行家与父亲一起漫游世界,也是希望借分离而保存永恒的爱情。拔都正是在她潜移默化的感召之下,才兴起了踏遍欧洲大地的念头,他的子孙由此建立了统治欧洲几百年的"金帐汗国"。可以这样说,对沈清雅的永远爱恋折射出拔都内心深处对自由的向往,尽管他生为成吉思汗的孙子,命中注定要参加战争。多年之后,沈清雅为他所生的两个孩子来到他身边。虽然白灵身上遗传的香气让他认出了女儿,不过他并没有勉强她们与他相认,反而尊重她们的决定和选择,最终以高尚的人格魅力让白灵对他呼喊出"父亲"。拔都还以兄妹之礼让深爱他的巾帼英雄兰容嫁给了别人,并非是不爱而是两人无法相爱,更多体现出一种成全他人的自我牺牲精神。他拒绝众人的力荐,把蒙古大汗的宝座让给了"可以领导蒙古帝国走向繁荣昌盛的君主人选"——堂弟蒙哥的举动,就是这种牺牲精神的延续。

从以上的分析可以看出,拔都是《蒙古帝国》中最鲜明丰满的人物形象,超越了对成吉思汗的"神化"和对忽必烈惯常"明主"

的形象塑造。这个人物的成功塑造成为《蒙古帝国》的一个突出特点，同时为后者在以成吉思汗及其帝国为题材的一系列历史小说中争得文学史上的一席之地。

九、《恍若情人》：道德伦理在当下生活中的变迁

在中国当代文学史上，马原、洪峰、余华、苏童、格非和孙甘露等人均是20世纪80年代中期“先锋派”文学的代表作家。在此阶段，洪峰的“先锋小说”代表作品主要有《瀚海》、《奔丧》和《极地之侧》等。与现实主义小说不同的是，这些“先锋小说”注重小说形式上的试验，把创作的重点从“写什么”转变成“怎么写”，采用多种叙事角度和叙事空缺等形式策略，来探索小说形式上的各种创新和艺术张力。进入20世纪90年代以后，当苏童率先从先锋试验转向《妻妾成群》等故事性强的历史小说时，洪峰小说的风格也发生了某些转变。他在1993年出版的《苦界》几乎完全抛弃了先锋的形式试验，把侦探、间谍、武侠和爱情穿插在一起，结构出一部情节曲折惊险、离奇的长篇通俗小说。但是洪峰在这个时期的其他小说作品，如《年轮》、《东八时区》、《重返家园》、《和平年代》和《喜剧之年》等中长篇小说，却依然保留着某种先锋精神，正像著名学者、文学评论家施战军在《欲望话语与恐怖分布——90年代前半期洪峰小说论》的文章中所评价的：“洪峰的小说在结构历史的外部形态上，的确具有通常的写实小说的倾向，但在精神基质以及展开这种精神基质的方式上，仍具有先锋小说气派。”进入21世纪之后出版的长篇小说《生死约会》、《中年底线》、《模糊年代》、《去明天的路上》和《革命·革命啦》等则关注现实社会问题，倾向现实主义的创作方法。2007年出版的长篇小

说《恍若情人》就是洪峰又一部关注社会现实的长篇力作。

在《恍若情人》中，作家把目光投向当下社会中的一种特殊社会现象和特殊人群——妓女和暗娼（通称“小姐”）和“妓女现象”。老舍的《月牙儿》是中国现代文学史上描写暗娼生活的一部杰作，当下文坛上的一些作家也曾创作出涉及妓女的小说作品，例如池莉的《小姐，你早》和曹征路的《那儿》、《霓虹》等作品。但是这些小说只是把“妓女现象”当作一种批判社会不公和黑暗的靶子、一种生活的特例来加以表现，因此笔下的主人公仅是由受侮辱和损害的女性变成的暗娼，她们受尽了社会压迫。但是洪峰的《恍若情人》则更进了一步，揭示出日益普遍化的“妓女现象”的复杂背景，以及妓女内心生活的多重性。该小说不仅从社会和人性的角度塑造出生动的妓女形象，而且以此为对比，塑造出诸多社会上道貌岸然的正统女性和男性人物形象，由此涉及对当下生活中的性伦理和道德规范变迁的严肃思考。而这正是《恍若情人》具有的社会价值和艺术价值之所在。

鲁迅早就指出，希望自我经济独立的娜拉出走之后面临的境遇：“不是堕落，就是回来。”《恍若情人》的主人公杨晓溪和好友金花无疑印证了鲁迅的预言。她们在豆蔻年华就沦落风尘成为暗娼，这里面肯定有金钱匮乏的经济原因，作为从偏远山区来城市打工的女孩子，又没有知识和特长，自然很容易堕落到以出卖肉体为生。但是这并不是她们堕落的唯一原因，而她们的虚荣心和好逸恶劳等人性弱点才是堕落的最重要原因，所以她们并没有感觉到羞耻和自我道德谴责。大学教师的 15 岁女儿在离家出走之后选择当暗娼，主要则是因为有趣和好玩。正如小说借男主人公的感想说出的：“自古以来凡涉及青楼歌女烟花女子，都是这个

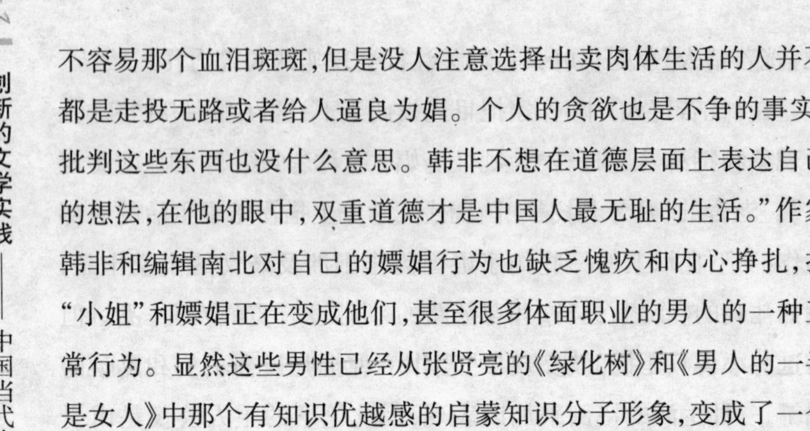

不容易那个血泪斑斑，但是没人注意选择出卖肉体生活的人并不都是走投无路或者给人逼良为娼。个人的贪欲也是不争的事实，批判这些东西也没什么意思。韩非不想在道德层面上表达自己的想法，在他的眼中，双重道德才是中国人最无耻的生活。”作家韩非和编辑南北对自己的嫖娼行为也缺乏愧疚和内心挣扎，找“小姐”和嫖娼正在变成他们，甚至很多体面职业的男人的一种正常行为。显然这些男性已经从张贤亮的《绿化树》和《男人的一半是女人》中那个有知识优越感的启蒙知识分子形象，变成了一个具有人道主义情怀的普通男性。举例来说，韩非想把晓溪拯救出风尘的重要原因，不仅因为他的人道主义情怀，更在于他爱上了这个年轻漂亮的女孩，所以才希望后者能够改变生活状态，变成一个有正常工作职业的女性。他面对着来自各方面的社会舆论和朋友忠告的压力，选择的却是忠于自己的感觉和人性，准备接受晓溪可能怀孕并要生下孩子的现实，并希望两人结婚建立起家庭。这些人物的行为均反映出当下社会中一种新的道德标准和习俗正在逐渐形成。

这种“新道德”规范还包括了正常职业女性们的道德标准的变化。女作家珍妮初次见面就对韩非进行露骨挑逗，两个人之间发生性关系成为理所当然的事情。既有丈夫又有情人的程建平在与韩非有性关系之后，对自己背叛婚姻的行为没有半点谴责，也没有想到她自己的行为其实是打着爱情旗号的肉体淫乱，却反而鄙视晓溪是妓女，并且指责韩非自甘堕落与妓女交往和恋爱。即使英姿飒爽的女警察阿秋也是具有“新道德”观念的女人，尽管她知道韩非正和一个妓女同居，但是她因为欣赏他就主动把后者邀请到家中，两人由此在情意缠绵中发生了肉体关系。人到中年却依然风姿绰约的小韩，可说是一个端庄典雅的古典传统女人，但是她却不声色中地把几个男同学的感情掌握在手中几十年，让他们始终围绕着她打转，为她效劳，韩非就是为了得到她的欢心才到云南各地尽力寻找她的女儿小妮。但是最荒谬和最具有嘲讽性的是，比母亲还漂亮的小妮因为强烈的反叛情绪离家出走，虽然年仅 15 岁却在云南当了妓女。小韩没有责怪女儿，不过对帮助韩非寻找小妮的晓溪却缺乏同情，甚至用优雅的方式劝说她离开了韩非。

这些具有正常和高尚职业的“良家妇女”，其实在骨子里并不比心思单纯的晓溪更高尚和可爱。当然作家的原意并不是想说这些正常生活轨道中的女性与妓女是同样的货色，更可能想表明的是在当下物欲横流的社会中道德伦理观念的变化，以及人们新的生活方式和对妓女现象的新态度，这正体现出《恍若情人》勇于直面社会现实的现实主义精神。

十、《因为女人》：文学欲望叙事的悖论处境和缺陷

中国当代文学中的“欲望化写作”叙事开始于 20 世纪 80 年代中期。欲望最初的表现形式态是性欲欲望，羞答答的性欲描写开始代替纯真爱情的描绘。其标志性作品则是张贤亮的小说《绿化树》、《男人的一半是女人》等。到了马原、洪峰、余华、苏童和格非等“先锋派”小说家的作品中，赤裸裸的性欲欲望成为推动小说情节进展的叙事动力。例如，在《虚构》、《奔丧》和《罂粟之家》等“先锋小说”中，文学欲望叙事成为当代文坛的主流叙事模式，甚至一直延续至今日。20 世纪 90 年代文学的“欲望叙事”变本加厉，获得茅盾文学奖的陈忠实的《白鹿原》，在小说开头就以主人

公白嘉轩六娶六丧的“性趣”来吸引读者,更不用说贾平凹的《废都》。《废都》则把《金瓶梅》中的色情描写照搬过来,虽然打着知识分子“精神堕落”的幌子,但是无法掩盖带给读者的普遍阅读感受——主人公庄之蝶就是一个当代西门庆。在20世纪90年代末和21世纪初期,文学欲望叙事出现变化,一些作家把欲望描写与生活苦难联系起来,由此出现两种“欲望叙事”类型:一种是人物形象的性欲欲望造成了他们的苦难命运,甚至是导致死亡命运。广西作家鬼子、东西等人显然是此道高手,《被雨淋湿的河》与《耳光响亮》堪称为典型代表作;另一种“欲望叙事”则是写苦难生活逼迫人物出卖身体,性欲欲望由主动变为被动。更确切地说,主要指女性因家庭贫困而被迫卖淫,其中曹征路的中短篇小说《那儿》和《霓虹》可为代表。在最近几年中,文学中的“欲望叙事”又出现新的特征,除了欲望与苦难之外,还出现了男人与女人之间的情感博弈斗争,以阎真2007年出版的长篇小说《因为女人》最为典型。

如果说阎真在2001年出版的长篇小说《沧浪之水》写出了男性知识分子在当下物欲社会的精神迷失,那么他在时隔六年之后推出的《因为女人》,则写出了女性知识分子肉体与精神上的双重迷失。从文学史的角度来说,这两部小说均可以当作严肃的“社会问题”小说来看待,尤其是后者提出了女性在当下社会中的社会地位问题,关注社会如何看待女性自身的价值,包括女性青春貌美的社会价值,以及她们年老色衰之后所面临的精神失落,还有恋爱婚姻中的男女地位问题等一系列值得探讨的当代女性问题。

《因为女人》中的主人公柳依依20岁时是一名天真烂漫的大

学生,坚持纯真爱情的理想。当她找到男友之后,以为实现了爱情理想,在爱情博弈中是胜利者。但是她没有想到帅气阳光的研究生男友只是一个爱情骗子,玩弄了她的感情和身体,他们两人的所谓爱情,仅是“伪浪漫”的校园爱情产物而已。伤心的柳依依离开寻花问柳的男友之后,继续寻找理想的爱情。而在她毕业工作之后,遇到的全是一些猎取“一夜情”的情场老手,虚荣和空虚使她成为一个已婚男人的情人,最终难逃“红颜薄命”和“尤物”的命运。柳依依的悲剧在于,她有意无意地当了“第三者”,以青春美貌获取金钱和男人的保护,当她无奈地结婚生孩子之后,丈夫却也另找情人,让35岁的她在家庭中扮演弃妇与怨妇。此时她的角色正是她给予此前已婚情人的妻子的,可说她在情爱和婚姻的博弈中均是失败者。这种因果报应和命运循环才是小说中最发人深省的部分。这部小说的震撼力量也正在于此:性爱欲望是男女双方争夺金钱物质的一场博弈,与纯真爱情和真诚婚姻无关,而且每个女人都无法逃避从“猎物”、“尤物”到“弃妇”的宿命,而每个男人都是追逐美艳女人的薄情“登徒子”。从这个角度来说,《因为女人》写透了欲望给女性精神与肉体上带来的苦难,以及男权社会对她们的压迫,这大概也是该小说引起读者广泛讨论的一个重要社会原因。

但是需要注意的是,《因为女人》对欲望的批判,以展示欲望横流的生活环境为描写手段,且不说柳依依在工作后见识到的形形色色“猎艳”高手,小说极其细腻甚至是很有拖沓之嫌地仔细描绘她一次次地受骗上当经历,尤其是对她无奈沦落为已婚男人情人的过程,更是大肆渲染她对这个男人肉体和精神上的迷恋,大概占了小说篇幅的二分之一;就是大学校园中的图书馆、宿舍、草

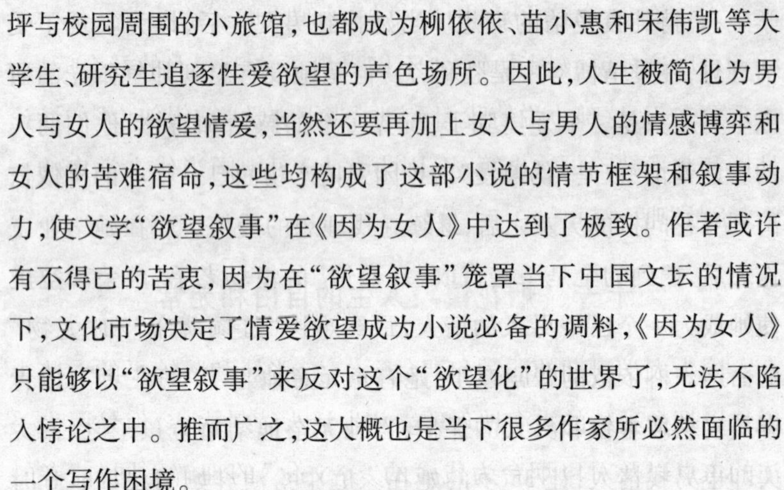

坪与校园周围的小旅馆，也都成为柳依依、苗小惠和宋伟凯等大学生、研究生追逐性爱欲望的声色场所。因此，人生被简化为男人与女人的欲望情爱，当然还要再加上女人与男人的情感博弈和女人的苦难宿命，这些均构成了这部小说的情节框架和叙事动力，使文学“欲望叙事”在《因为女人》中达到了极致。作者或许有不得已的苦衷，因为在“欲望叙事”笼罩当下中国文坛的情况下，文化市场决定了情爱欲望成为小说必备的调料，《因为女人》只能够以“欲望叙事”来反对这个“欲望化”的世界了，无法不陷入悖论之中。推而广之，这大概也是当下很多作家所必然面临的一个写作困境。

《因为女人》的“欲望叙事”方式还带来了艺术上的一些负面作用。以男女之间的博弈为例，这部小说无疑受到了张爱玲小说的影响：“她想起了很多年以前，又很多年以后，以前和以后都不真实，悠远、虚飘、渺茫，只有眼前这点时间，这个人，才是真实的。人是为今天活的，也只能这样想了，还怎么想？于是也可以赌一赌了。赌输了，至少也抓住了今天，明天到了明天不就是今天吗？”这些句子活脱脱是《倾城之恋》的翻版，只是大学生柳依依哪里有大家闺秀白流苏的心计与市民意识？说得再刻薄一点，阎真哪里有张爱玲个人世俗、人情通透感带来的笔致轻灵感？不过阎真可能也已经意识到这个问题，因此他在小说后半部分就舍弃了这种矫揉造作的模仿，而是直接讨论女人用美色和男人达成金钱交易的“现代爱情”观念。其实男女情感博弈的话题也并不是新鲜话题，在港台小说中比比皆是，包括台湾作家白先勇的《永远的尹雪艳》和李昂的《迷园》，以及香港作家梁凤仪以《花帜》为代表的一系列“财经小说”，但是这些小说都写得举重若轻，含蓄中又满蕴人生沧桑，而这正是《因为女人》所缺乏的文学魅力。

可以这样说，《因为女人》不仅提出了关于女人的社会问题，更重要在于，这部小说使我们看到了当下文学“欲望叙事”的悖论处境和艺术缺陷。这也算是《因为女人》对中国当代文学史的一个“贡献”吧。

十一、《烟花镇》：人生的自由和无常

同为大学时期的同学和烟台籍作家，张炜和滕锦平的一些小说均以烟台独特的沿海地理环境和生活为背景内容，但是两人关注的焦点以及对以烟台为代表的“齐文化”的理解不同，前者的《古船》、《九月寓言》和《家族》等长篇小说，显然是用现实主义的手法来写出沿海城镇的历史风云的变迁和改革经历的嬗变。而滕锦平则不同，虽然他的内敛性格使他甘于缄默，不愿参加任何文学评奖活动和炒作自己，但是他对小说艺术有一种持之以恒的严肃追求。他从创作开始就不懈地在小说语言和艺术构思上进行先锋实验，包括中篇小说《活剧》和《黄镇长》，乃至 2004 年出版的长篇小说《西线集锦》等，都带有某种艺术实验性质。不过张炜在 2007 年出版的《刺猬歌》，却一改以前风格，不重现实性而在于挖掘“齐文化”传统中奇幻缥缈的一面，颇有古典小说《聊斋志异》的流风余韵，这与早其半年出版的滕锦平的长篇小说《烟花镇》的艺术取向却也不谋而合：均转向中国传统小说汲取艺术营养，只是后者在语言上的含蓄蕴藉以及对人生中“常”与“变”的洞察理解，却更倾向明清世俗小说，探讨的范围同时也超出了“齐文化”，具有更多形而上的人生思考。

《烟花镇》的上半部分主要讲述镇里的书记周志明、镇长黄有

法和副书记郑霖的官场争斗，乍看很像当下流行的“官场小说”，不过从第十八章开始，作者的意图就浮出水面：其实官场斗争只是引子，而嫖妓、手器、花船等欲望的表层呈现，却是为了衬托作者对人生“自由”境界的向往追求和对人世“无常”的深层哲理感受。从这个角度来说，小说的后半部分比前半部分更切近其韵味，独特的语言和艺术风格也更纯熟圆润。这些均是通过黄有法和郑霖之间亦敌亦友的关系，以及两人与娼妓凤珠的微妙感情及其关系表达出来的。黄有法虽然是镇长，却不像周志明一样沉迷于升迁，并且深受官场的束缚和官职的约束，反而觉得远不如当一个无知无识的乡野村民自由快活，因此当他看到舞文弄墨、附庸风雅的县领导在醉酒后吟诗解愁时，就想到：“做人真是讲究不得的，像这陈秉玉，活活叫肚子里的墨水儿给累赘了。”他选择辞掉代理镇书记职位的真正理由是想自由地重新生活一次，不再约束压抑自己的意志，包括个人命运和饮食男女等人生必需之事，因而他对凤珠的爱恋只是一个契机和表面的理由罢了。只是没有想到的是，他当上花船“梵蒂冈”的总经理之后，虽然有大钱赚，个人性欲也得到了满足，似乎是志得意满，却有了另一种人生的空虚和无聊。当他与凤珠在月牙河滩幽会之后睡着了，“醒来时，心下恍惚，天上也只剩下残残的几缕，方知岁月间若干的绝好风景，也都这样不知不觉地丢了。就算那月亮终于又从云层里走了出来，天色却依然黯淡，稀星点点，月形模糊，注定是脱不开那份呆滞与寂寥了。真应了那番古意，其实是色，朗月清风是色，长空碧海是色，这朦胧阴晦稀疏空幻也是色呢”。空、色和人生易逝的哲学思想与氛围正是这部小说的基调，也正是由这种文白夹杂的明清小说语言风格烘托出来。黄有法与郑霖的关系也涂抹上了这种色彩,虽然有官场上的竞争,但是两人惺惺相惜,更像是知心朋友:"最舍不下黄有法的,自然还是这郑霖。"即使在郑霖和凤珠公开姘居在一起被黄有法捉奸在床,后者也无法向两人发作,他还为重病的郑霖请医治病,为后者的荒唐行为开脱,因为他深刻理解了人生命运的无奈和虚无。结尾处轮船"梵蒂冈"的沉没和黄有法的被捕,由此就成为中国文学特有方式表达出来的人类悲剧命运的一个象征。

概而言之,《烟花镇》是一本艺术性很高的小说,如同一杯清香氤氲、余味悠长的龙井茶,需要有识之士的耐心品味,才能够从中品出其中的非凡滋味和独特韵致。

十二、《到黑夜想你没办法》:独特的艺术构思

从艺术构思的角度来说,曹乃迁的长篇小说《到黑夜想你没办法》,需要读者把 29 个短篇连缀起来进行仔细阅读,才能够理解为何作者把小说副标题定为"温家窑风景"——一个个生活场景如同一个个电影镜头和风景片断,带有某种"蒙太奇"式的跳跃,而且需要读者的想象加入其中,如此才能够完整地呈现出小说的独特意境与悲欢离合的人生故事。换言之,这些短篇只是截取了生活的某一个层面和侧面而已,需要把几个相关的短篇组合,才能够呈现出复杂的生活场景和鲜活的人物形象。而且某一个人物的故事及其生活情景的叙述顺序还被有意打乱,从中穿插了诸多其他的人物和场景,无疑造成了小说阅读中的"谜"——人物塑造和叙事上的空缺和空白,而读者耐心阅读的过程实际上就是解开这些小说之"谜"的一个过程。也就说,读者只有到小说结尾处才能认识到,这部小说实际上塑造出了诸多血肉鲜明的人

物,以及精彩的苦难人生的故事。在《楞二疯了》、《打平花》和《楞二、楞二》中,小说揭示出楞二和他发疯的真正原因:触目惊心的贫困使他无法娶到心爱的恋人金兰,用卖血换来的钱并不能够改变他的贫穷状况,正是无法得到爱情和婚姻的苦难现实把他逼成了一个疯子。而愣二只要一发疯,楞二妈就打发他的父亲外出,楞二几天之后也就莫名其妙地痊愈了。而作者并没有直接写出病愈的原因。这种有意的叙事空缺,如同格非的小说《青黄》中的空缺一样,也是著名汉学家马悦然曾经指出的,明显隐喻了一种母子乱伦的巨大无奈和生活痛楚。然而这种乱伦是贫困生活强加给人们的,而且包含了一个母亲的忍辱负重和强烈的母爱。同时这也是一种虽然羞于启齿却经常存在于贫困的中国雁北地区农村的一种常见生活状态。但是这种状态是又隐蔽存在的,因此楞二并没有受到传统伦理道德观念的指责和惩罚,而《玉茭》中的玉茭则泄漏了这种乱伦信息,所以他被惩罚饿死。两个人物截然不同的结局反而更加令人感到温家窑生活的绝望和悲痛,我们甚至可以触摸到作者的悲伤。

十三、《疯狂红颜系列》:如花红颜为谁疯狂

中国大陆读者最早知道台湾作家柏杨,主要是因为20世纪80年代流行的一本书——《丑陋的中国人》,它曾风靡大江南北,并获得广大读者的青睐。作为一本杂文集,当时能够和琼瑶的言情小说、金庸的武侠小说和三毛的游记小说同时并存和流行,堪称是一个奇迹。其实作为台湾著名的杂文家,柏杨除了《丑陋的中国人》之外,他还有二三十本杂文集出版发行,还包括《柏杨版资治通鉴》和《中国人史纲》等历史专著。柏杨知识非常渊博,尤

其精通中外古今的历史掌故和文学逸事，所以他的杂文涉及面极广，除了《丑陋的中国人》中的“国民性批判”主题外，他对女性外貌、男女心理和爱情婚姻等“风花雪月”的事情也津津乐道。这与他嬉笑怒骂、针砭国民痼疾的“金刚怒目式”批判家的一面显然不同，呈现出柏杨“采菊东篱下，悠然见南山”的极富人情味的另一面。由北岳文艺出版社2005年10月出版、著名学者陈晓明主编的《柏杨杂文精选集》，就是从柏杨诸多杂文中选出来的精华汇编，其中的《疯狂红颜系列》杂文集，就鲜明地体现出柏杨“另一面”的风格特色。

《疯狂红颜系列》杂文集共分为三册，堪称是了解女性的“百科书”。概而言之，柏杨的视角从女性外在相貌着装，到内心修养，处处无所不包；从男女之间善变的爱情，到稳固的婚姻生活，步步条分缕析；从古怪的“处女”问题，到变态性心理，样样侃侃而谈。能够对女性的审美眼光、女性心理、女性情感，以及男女婚恋问题与现象如此全面地、大规模地探讨，态度真诚而坦率，毫不矫揉造作，如同直接申斥中国人的丑陋面一样，柏杨大概是第一人。而且所有的话题和讨论，都是围绕着现实社会中的普遍现象而生发，其中自始至终贯穿着男女平等的现代精神，也同时使他的杂文具有了强烈的现实批判和文化批判的意向。

在《女人，天生是尤物》杂文集中，柏杨主要对女性容貌进行探讨，品头论足达到极致，但是又毫无轻薄之意，而是满含指点之情。柏杨指出，作为天生尤物的“漂亮女人可以把男人的魂都勾走”，不仅因为爱美是人类的天性，而且他分析出“美”背后的文化内涵和人类的普遍性心理——“好色”。他的论点基础不是中国传统的孔孟儒家学说，而是西方的弗洛伊德精神分析学说，正如他所说的："盖从性心理学上研究，人类文明的进化，全靠着性的推动。"他先从女人的脚谈起，反对中国传统的小脚，而是提倡穿高跟鞋，为了健康亦是为了美。"高跟鞋的妙处是使女人的双乳猛挺"，俏伶伶地抖着，并且"跟越高而那种抖也越美，也越抖得男人的心脏大鸣大放，它引起的爱情力量，连火车头都拉得动"。由此鞋和脚的美丽就具有了爱情和文化的含义。至于头发，不仅为了外在美，而且与女人潜意识中的"公主情绪"有关。因为"嘴唇是女人身上最性感之处"，所以女性把它涂抹地像吃了"死孩子"，也是正常行为。为了美和爱情，丰满的乳房必须颤巍巍地在胸前耸着，至于眼睛则是"眼睛要大，乃美的第一要义"。完美的女性，标准应该是眉目可以传情，无声胜有声，还要明眸皓齿，黛眉如画，鼻子漂亮，颈白如玉，曲线玲珑的大腿和小腿，苗条婀娜的身材，如花似玉的面貌。但是需要指出的是，柏杨更强调美丽并非都是天生的，女性要努力培养自己的美，尤其是内在的气质上的美和智慧，才能去掉庸俗气质。女性必须永远不要忘记修饰自己，把美丽的外表和内心都呈现出来。

《女人，危险的投资》杂文集则主要编选了柏杨讨论女性情感的杂文篇章，尤其是关于爱情和婚姻。柏杨对爱情的认识和分析非常独到深刻，某种程度上可以把该杂文集看成是一部"爱情指南"。柏杨指出，爱情是复杂的、善变的，因为爱情只是感情的一种，人类的感情系统本来就极其不稳定和缺乏连贯性，这是人类的天性和本能，因而日久生厌、喜新厌旧等"天性"是无法改变的。因为善变的爱情在"旺盛时炽热如火，低潮时若隐若现，消失时像幽灵一样无影无踪"，所以现代人就要努力培养爱情，尤其是对女性来说。具体来说，女性首先必须认识到爱情不是买卖，不要为钱而爱；爱情既是自私的，没有自私便没有爱情，爱情又是不合逻辑的、虚荣的，并非是可以让她们舍弃自己的生命和事业的伟大与纯洁；爱情是“爱其强”——爱的是有能力、能给她们安全感的异性，她们必须能为所爱的人感到骄傲才能使爱情持久；爱情还需要双方互相交流，爱情也需要双方互相信任，爱情是不能分析、不可求证的，更不能被试探，否则就会出现爱情悲剧。柏杨对婚姻也同样持有诸多真知灼见。他强调说，在任何幸福的婚姻生活中，夫妻双方一定要相配。这不仅指双方身份要平衡，要门当户对——这不是指家庭背景和金钱财富的相当，而是具体指身体健康、知识程度和灵性的平衡，以及双方感恩程度的平衡。只有这种平衡的婚姻，才能天长地久。除此之外，婚姻还需要孩子的存在，因为孩子正是婚姻这条船的“压舱物”。

杂文集《女人，比了解上帝都难》的关注点，则对准女性难以捉摸的性格心理。“比了解上帝都难”的女性重视感性，套用柏杨的话说：“对过去模糊不清，对将来也模糊不清。”尽管如此，每个女人却都像一颗核弹，当真正不顾一切时，就会牺牲一切达成愿望，而不会像男人一样优柔寡断、割舍不下。这种特点更让男性无法了解女性的内心世界。至于女性的安全问题，包括她们经常会碰到的“性骚扰”现象，柏杨则中肯地建议她们要自尊自爱、理智清醒，这样才能不给男人冒犯她们的机会，保护好自身。柏杨还指出，女性外出时也不要穿着衣裳太暴露，和男人交往时态度也要端庄。目的是为了避免激起男性的性爱欲望和征服欲望，不管是有意抑或是无意，否则她们会陷入玩火自焚的不堪后果。

《疯狂红颜系列》杂文集还有一个显著特点，即“柏杨式幽默”比比皆是，语言生动活泼，构思妙趣横生，读来令人解颐。现

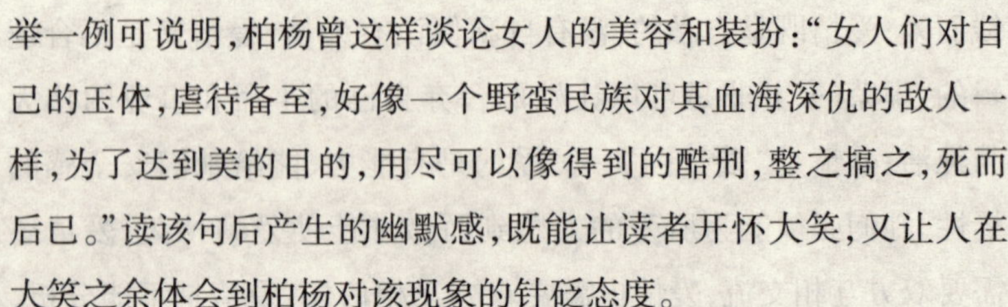

举一例可说明，柏杨曾这样谈论女人的美容和装扮："女人们对自己的玉体，虐待备至，好像一个野蛮民族对其血海深仇的敌人一样，为了达到美的目的，用尽可以像得到的酷刑，整之搞之，死而后已。"读该句后产生的幽默感，既能让读者开怀大笑，又让人在大笑之余体会到柏杨对该现象的针砭态度。

《疯狂红颜系列》还对现实生活具有指导意义。处于现代社会的女性读者，如果想学会正确处理和异性之间的交往，并了解爱情的本质和男性的复杂心理，不可不读该杂文集。而男性读者如果要想深入了解"比了解上帝都难"的女性，想知道"如花红颜"为谁疯狂，为何如此疯狂的话，并期望这些"如花红颜"能够为他们疯狂，那么也不可不读此书。

参考文献

曹文轩:《荒漠的回响——曹文轩文学论集》,二十一世纪出版社 1997 年版。

黄曼君主编:《中国近百年文学理论批评史(1895 ~ 1990)》,湖北教育出版社 1997 年版。

郑明娳:《现代散文纵横论》,台湾大安出版社 2001 年版。

徐则臣:《天上人间》,新星出版社 2009 年版。

陈思和主编:《中国当代文学史教程》,复旦大学出版社 1999 年版。

董建、丁帆、王彬彬主编:《中国当代文学史新稿》,北京师范大学出版社 2011 年版。

陈晓明:《中国当代文学主潮》,北京大学出版社 2009 年版。

张健主编:《新中国文学史》,北京师范大学出版社 2008 年版。

朱栋霖、朱晓进、龙泉明主编:《中国现代文学史(1917 ~ 2000)》,北京大学出版社 2007 年版。

樊星主编:《中国现当代文学史》,武汉大学出版社 2012 年版。

傅书华、徐慧琴主编:《中国现当代文学史综合教程》,北京师范大学出版社 2010 年版。

郑万鹏:《中国当代文学史》,华夏出版社 2007 年版。

赵树勤、李运抟主编:《中国当代文学史(1949~2012)》,湖南师范大学出版社2012年版。

陈国恩主编:《中国现当代文学史》,武汉大学出版社2011年版。

洪子诚:《中国当代文学史》,北京大学出版社1999年版。

钱理群、温儒敏、吴福辉:《中国现代文学三十年(修订本)》,北京大学出版社1998年版。

安家正:《胶东当代文学史略》,山东大学出版社1995年版。

张清华:《境外谈文》,花山文艺出版社2004年版。

余光中总编辑:《中华现代文学大系·台湾1970~1989》,台湾九歌出版社有限公司1989年版。

余光中总编辑:《中华现代文学大系(二)·台湾1989~2003》,台湾九歌出版社有限公司2003年版。

朱双一:《近二十年台湾文学流脉——"战后新世代"文学论》,厦门大学出版社1998年版。

〔捷〕米兰·昆德拉著,孟湄译:《小说的艺术》,生活·读书·新知三联书店1992年版。

刘锋杰:《中国现代六大批评家》,北京大学出版社2005年版。

古远清:《中国当代文学理论批评史(1949~1989大陆部分)》,山东文艺出版社2005年版。

〔英〕特里·伊格尔顿著,王杰、傅德根、麦永雄译:《美学意识形态》,广西师范大学出版社1997年版。